セデック・バレ

seediq bale

原案・原文 魏徳聖《ウェイ・ダーション》　著者 嚴云農《イェン・ユンノン》　訳 水野衛子

「父さん！　俺が刈ってきた首を見てくれ」

「モーナ、我が息子よ、覚えておくんだ」

ルダオ・ルヘは厳粛な表情をした。

「我々が敵の生命を取れば、
その孤独な魂は永遠の友になるのだ。

奇莱山の白雪の下で、
我々と共に新生の喜びを享受するのだ。

いいな？」

le

セデック・バレ

seediq ba

装　幀　坂野公一（welle design）
イラスト　竹田嘉文

セデック・バレ

第一章　手の血痕

秋のそよ風は、時に優しく時に粗暴な手のようだ。沈黙していた松林をそっと震わせ、その葉をハラハラと落とし、大気中の塵《ちり》を一掃する。降りそそぐ陽の光までが、キラキラと躍りはじめる。秋も深まり、中部台湾南投区《ちゅうぶたいわんなんとうく》の山岳地帯は、多色使いのキャンバスのようになり、楓《かえで》や杉の木などが絵の色彩に厚みを加えていた。陽の光も苔《こけ》に覆《おお》われた古木の幹までは達しない。

高くそびえる山の頂は多くの河川の源流であり、霧社《むしゃ》[※1]地区だけでも六つの渓流が流れている。どこまでも続く森林に足を踏み入れる。すると夏はジージーと鳴くセミの声しかきこえなくなり、冬は山全体が山桜で満開となる。木の皮が大好物のリスが、高い木の枝で飛び跳ねる。藤の蔓《つる》が密生しているが、高地のため雑多な様相は呈してはいない。

濃霧が立ちこめはじめたマヘボ〝社[※2]〟では、空気の底から涼気が這い上がってきた。皮膚にピタッとはりつくその感覚は、体に微かな緊張感をもたらす。

十数戸の木造の小屋は、コの字形にマヘボ社の集会広場を形作り、その先には深い樹海が広がる。午後に雨の降ることが多い気候のため、セデック族の家の屋根には乾燥した茅《かや》の草がいくえにも敷かれている。共同で飼っている豚が風下の柵の中に閉じ込められ、柔らかな陽射しの中で気だるそうにウトウトしている。マヘボ社の人々はおとなしい少女のように、四季の歩みのリズムに静かに従い、大自然に抗《あらが》うことはなかった。

父親のルダオ・ルへと族人たちに見つめられて、若いモーナ・ルダオは静かに地べたに横たわっていた。一言も言葉を発せず、あたかも大地と一体となったようだった。体は麻で織られた白い〝ジュート※3〟の衣装で首の下まで覆われている。ジュートの一部には夕霞《ゆうがすみ》のように美しい薄赤色の模様が織りこまれている。モーナの母親が息子のために編んだ傑作だった。

モーナは刺青《いれずみ》の儀式のために、呼吸を落ち着かせようと努めていた。だが、シワだらけの老婆が刺青の工具を一つ一つモーナの耳の脇におくたび、モーナの心は大雨の後の濁流のように、波立つのを抑えられなくなっていた。

セデック族にとって顔の刺青は、人生で最も重要な儀式だった。

セデック族として生まれた命は、男女を問わず幼い時分に額に刺青を入れる。それは〝生命〟のシンボルであり、祖先の霊の恩恵を受け、その成長を見守られることを意味した。だが、額の刺青だけでは、本当のセデック・バレ、〝真正の人〟となる資格を得たことにはならない。

セデック・バレになるには、男たちは優れた狩猟技術を持ち、〝出草《しゅっそう》※4〟して敵の首を取り、頭目《とうもく》の立ち会いのもと、あごに成年の印の刺青をしなければならない。一方、女が刺青の資格を得るためには、織物の知識と技術を学び、麻を採り、糸をよって布を織り、衣を縫うのに通じなければならなかった。そうして、自分が織った布が部落の長老に認められて初めて、ほおの両側に刺青を入れることができるのだ。

　セデック族はその刺青があって、ようやく結婚し次の世代を持つことができる。顔に刺青のない者は永遠に子ども扱いされ、あざ笑われ、[※5]将来は死んでも虹の橋を通って祖先の霊に会いに行くことはできない。

　顔に刺青がないことは、セデック族にとって最も恥ずべき堕落なのだった。


　暗かった天井が、今は小屋の中で燃やされる火で赤く染まっている。モーナは、メジロチメドリが近くの林でさえずる歌声にじっと耳を澄ましていた。老婆が先端に三本の金属製の針がついた木の棒を持ち上げる。針の先がチクッと褐色の肌に触れる。モーナは思わず歯を食いしばった。痛みを待ち構えるのは、苦痛であると同時に焦がれるような興奮をもたらす。狩人が獲物に近づく時の気持ちに似ている。そっと息をひそめ、声も立てず、一歩一歩、目標に近づいて行く。だが、極度に緊張した体は、鼻息すら立てられないのだ。

　そんなジリジリとした気持ちでいると、老婆が獣の骨の形をした木槌を振り上げた。モーナは自分の心臓が高鳴るのを感じた。一秒後、老婆は一寸の狂いもなく棒を打ち下ろした。カッという音が鳴りひびき、激痛の中、モーナの下唇近くから、指一本分の大きさの鮮血が広がった。

　その瞬間、モーナは目を閉じ、自分を暗闇に押しこめた。彼は、初めて敵の首を斬《き》り落とした時の血の匂いを思い起こしていた。

「モーナ、銃をしっかり安定させろ。震えるな。おまえは頭目の息子なんだからな」

「震えてなんかいないよ。震えるはずがない」

モーナは誇らしげに答えた。震えているのは彼の体ではなく、心臓のほうだった。震えは恐怖から来るものではなく、初めて出征する勇士が抱く興奮だった。

うっそうと茂るシダの葉陰に身を隠し、モーナの深い褐色の瞳は鷹《たか》のように鋭く、対岸のモヤに覆われた林を見つめている。

手には火縄銃を持ち、虚空《こくう》の一点に照準をあわせている。ずっしりとした銃身の重さからは、ある種の確かな存在感と恐ろしい殺気とが感じられた。

十五歳になったばかりのモーナは、まだ顔には少年のあどけなさが残るものの、彼の大柄な体とたくましい全身の筋肉は、すでにセデック族の勇士としてのあらゆる条件を満たしていた。

あと足りないのは、敵の鮮血だけだ。

父親に従い、モーナはセデック族とブヌン族の狩り場の境にいた。

十三歳の頃から、モーナは狩人の首刈りの行動に幾度となく参加していた。年は小さいが、その胆力は戦場をとおし、果敢かつ強靭に鍛えられていた。今日、彼は部落の選ばれた若者たちと共に、ガヤ[※6]を執行するために出征した。

種族の強大な戦闘力を維持するため、セデック族は男の子たちに大きな責任を与える。勇敢に戦闘に向きあうことを学び、自らの刀法と脚力を鍛えなければならない。いつでも戦場に赴き、危険と接近し、恐怖心を撃退し、進んで家園[※7]を守る責任を負う。戦いこそが、何者をも恐れぬ戦士を育て上げる。

セデック族の戦闘に特別な理由はいらない――。

戦闘は天職であり、腰の蕃刀《ばんとう》※8は敵の首を刈るためにあった。


一陣の涼風が渓流の上流から吹き降りてきた。柳や杉の林を覆っていたモヤが晴れた。遠くから獣が走ってくる音が、対岸の木々の間から空気を通して伝わってくる。かすかに乱れてはいるが、確かにその音はこちらへ近づいてきて、ますますはっきりときこえるようになってきた。

目標の到着に、モーナは近くにいた三、四人の仲間と目を見交わし、同時に手にした銃をしっかり握りしめた。

モーナは、（集中しろ、ヒョウが木の上から獲物に飛びかかる時のように集中するんだ）と自分に言いきかせた。耳元を飛びまわるやぶ蚊の羽音すらきこえなくなり、まるで動かぬ石像になったかのようだった。

ついに、一頭のイノシシの吠える声がして、二、三人のブヌン族カンツォワン人の狩人の叫び声が後に続き、死神の待つ渓谷へと突進してきた。

モーナはイノシシの後ろ足に竹の矢が一本刺さっているのを見た。イノシシは荒い息をしつつ、怒りのうなり声を上げている。後ろ足をひきずりながら、狩人に追い立てられて渓流のそばへと走り出てきて、よだれをダラダラと口から流している。

急流の渓谷を前に、イノシシは自分が追いつめられたことを知ったかのごとく、突然、身を翻《ひるがえ》して、その長い牙を後に続く殺戮者《さつりく》に向けた。

カンツォワン人の狩人は、一人は鋭い刀を、一人は竹の弓を、イノシシに向かって振りかざした。三人目の火縄銃を手にした男は火薬を装塡《そうてん》すると、必死の抵抗を試みる野獣に照準をあわせた。

まさに一触即発というその瞬間、モーナは機を逃さなかった。そして彼は、銃を手にしたカンツォワン人に銃口を向けた。怒り狂ったイノシシが短い前足をひっきりなしに持ち上げて、その場で地面を踏む。低く身をかがめ、力強い後ろ足と共に狩人が立っている方向に向かって突進しようとしている。

「戦闘開始！」

狩人が叫び声を上げる。銃を撃つ絶好の機会だ。モーナの体はこわばり、コントロールがきかなくなった。一瞬の緊張の後、背骨を真っ直ぐに伸ばし、彼は急いで深呼吸をした。その時、頭の中で冷静な声がきこえた。

（恐れるな。今だ！）

声の指示に従い、体を固定させ、照準を狩人の体の中心にあわせる。そして手に力を感じた途端、二つの銃声をきいた。

鼻を突くような火薬の匂いがあたりに漂う。と同時に、銃を持った狩人とイノシシが共に倒れるのを見た。

「パン！　パン！」

モーナが銃を撃つと、すぐそばから銃声と弓矢が空気をつんざく音がきこえてきた。ほかのセデック族の者たちも、ためらうことなく対面に立つ二人のカンツォワン人に攻撃をはじめた。

弓矢を持った狩人は身をかわす暇もなく、ルダオ・ルヘの銃弾に胸を射抜かれた。残った一人は、仲間が倒れた隙に、林の奥へと必死で駆け去った。

ルヘは、すぐさま仲間を率いて、逃げた狩人を追撃しようとした。しかし、皆が一歩踏み出した瞬間、銃声が一発、遠くの森林からきこえてきた。

「加勢だ！」

銃声をきいて驚いたルヘは、仲間たちが突進するのを止めた。

「急いで岩陰に隠れろ、戦闘準備だ！」

渓谷には巨岩が乱立し、隠れ場所には困らない。セデック族たちは頭目の命令をきくと、それぞれ近くの岩陰に身をかがめた。

ルダオ・ルヘはひとかたまりのブヌン族の狩人たちが、自分たちのほうに向かって走ってくるのを見た。相手の人数をざっと計算する。情勢はややこちらが有利なようだった。

（地形を利用して、敵と闘おう）

ルヘはひそかに心中で算盤を弾いた。

彼がそう考えた瞬間、一人の屈強な肉体が、彼の視線の隅から飛び出していくのが見えた。一人の若者が川岸の石を踏みしめ、軽快に渓流へと突進していく。それはルヘがよく知っている姿だった。

「モーナ！」

ルヘは思わず息子の名を叫んだ。

「モーナ、気をつけろ！」

ほかの仲間たちも一斉に叫ぶ。

モーナは岩陰に衣類を脱ぎ捨て、すぐさま北港渓《ほっこうけい》へと突進した。

この時期の北港渓は雨季の後の豊水期で、水の流れは急であり、どんなにベテランの狩人でも飛びこむのをためらう。だが、モーナは少しもためらわなかった。

氷のように冷たい渓流の水が、彼の体を呑みこみそうになる。巨大な衝撃力が前進を妨げ、モーナを下流へと押し流そうとした。

（急げ、急げ！）

自分の体が言うことをきかなくなるのを感じ、モーナは心の中で焦って叫んだ。

「俺の体よ、動いてくれ！」

戦闘のために鍛えてきた体なのに、こんなことで負けてしまうのか？

その時、自分の力強い左手が水底の岩にぶつかったのを感じ、必死で岩にしがみついた。そして体を安定させると、右手の刀を川床の泥に突き刺した。蕃刀のおかげで、モーナは自分の足でしっかりと川床を踏みしめることができた。

大自然の絶対的な力を前にして、モーナは一瞬たりともみくびることはなかった。

彼が川を渡っている間、ルヘは岩陰で拳《こぶし》を握りしめていた。

すると、ブヌン族の者たちがすばやくモーナに近づいてきて、その距離は数十センチとなった。

「モーナ、急いで戻って来い！」

ルヘはもう一度、叫んだ。だが、すでに対岸に這い上がっていたモーナには何もきこえなかった。

モーナは最初に倒れた狩人のそばに駆け寄ると、彼の体が猛烈に引きつっているのを見た。衣服の胸元が開き、大量の血が上着を真っ赤に染めていた。

　恐怖と絶望で光彩を失っていく狩人の瞳をモーナはじっと見つめた。彼の心中に一瞬、哀れみの情がよぎった。だが、それはすぐさま神聖な栄誉感に取って代わった。

　モーナは両手で魚の尾の形をした柄を握りしめると、高々と刀を持ち上げた。冷酷な目で、自分の刀が狩人の首に打ち下ろされるのを見つめる。あたかも、別人の行動を観賞しているかのように。刀の切っ先の感触が、刀を握った両手にはっきりと満ちてくる。モーナは腰をかがめると、狩人の長い髪をつかみ、すでに体と分離した首を引っ張った。

　そして手の甲で血に染まった目をぬぐうと、ためらうことなく、倒れたもう一人の狩人のほうへと向かった。死神の使者を演じるがごとく、てきぱきと生死の判決を執行する。瀕死《ひんし》の狩人の叫び声がきこえたが、それはただの風の音のようであった。刀を振り下ろし、一瞬の間に、モーナの左手にはもう一つ、血がしたたる首が増えた。

「急がないと間にあわないぞ、モーナ、早く戻って来い！」

　仲間たちの促す声が再びきこえてきた。出草を終えたモーナは急いで二つの首を背中の袋に入れた。上流のほうを見ると、七、八人のブヌン族が弓矢の射程距離にやってきている。彼らは木の幹や草むらに身を隠しつつ、ジリジリとこちらに向かってくる。モーナは自分の体が敵の弓矢の照準となったのを感じた。

　死の気配を感じ取ると、彼はすばやく身を伏せたまま渓流へと走り出した。そして狩人に仕留められ息絶えたイノシシを刀で持ち上げると、一気に肩に担いだ。

「イノシシはいらん！　モーナ、イノシシはいい！」

ルダオ・ルヘはモーナの狂気じみた行動に、今にも心臓が飛び出しそうになった。一方、モーナは一向にあわてる様子もなく、獲物を担ぎ、膝を折り曲げて渓流へと走っていく。イノシシの体はモーナの背中を覆い隠し、敵からの攻撃にも直接の被害は受けないで済んだ。それに何より獲物を持ち帰れば、おいしい肉を皆で数日間、味わうことができるのだ。

若いモーナ・ルダオは緊迫した情勢の中、即座に判断を下した。この戦闘に対する直感こそが、彼の天賦《てんぷ》の才を示していた。

初めての出草の成功が近づく今、興奮したモーナは渓流に飛びこもうとしていた。ルヘはモーナが川を渡るのを援護するため、対岸のカンツォワン人に向かって射撃するよう仲間たちに命じた。双方の火網《かもう》※9が渓流の水面で交錯する。

「パーン！」

あちこちで銃声が飛び交う中、モーナは特によく響く銃声が、自分の背後から響いてくるのをきいた。その瞬間、彼の体はすでに宙を飛んでいた。自分が、獲物を捕らえ飛び立とうとする鷹になった気がした。だが、重心のバランスを失い、背にした戦利品が飛んでいった。

ボトン！

イノシシが川に落ち、巨大な水しぶきが立った。一方、モーナの体は方向を変えて、大きな岩に向かって落ちていく。

「クソッ！」

焼きつくような激痛が足から伝わってくる。水に落ちる時、モーナの足は鋭利な岩に傷つけられていた。

彼は「ワッ」と声を上げると、水流に呑みこまれた。敵の首と自分の足から流れ出る鮮血で周りの水が赤く染まり、何も見えない。モーナの視野に映るのは、濁った水流と川底の奇怪な岩石だけだった。すばやく動ける足を一本失い、モーナは自分が浮き草になったように、力なく急な流れに押し流されていくのを感じた。一瞬、恐怖心が湧きおこったが、すぐにその恐怖を克服した。

川を渡ってくる時にとった行動を思い出し、自分を落ち着かせた。状況は思うほど悪くはない。力を精いっぱい振りしぼり、刀を川床に突き刺した。

一度目は失敗、二度目もダメ。三度目にとうとう刀の切っ先を川床の岩石の切れ目に差しこみ、体勢が崩れないようにした。モーナは腰に力を入れて、もがきながら水面に顔を出すと、肺に新鮮な空気を吸いこんだ。ケガをした右足を動かすと、麻痺した状態からは好転していたが、以前のような力を発揮してはくれなかった。

「潜れ。モーナ、潜れ！」

壮絶な銃撃戦のさなか、突然、顔を出すのは危険極まりない。ルダオ・ルへは対岸の敵を一撃で倒しながら、モーナに急いで体を水中に沈めるよう促した。戦いなれたモーナは、すぐに深く息を吸いこむと、敵が銃を撃つ前にまた水中に潜り、カニのように水底を移動した。

「モーナが岸に上がるぞ！　皆で援護するんだ！」

ルへはそう叫ぶと同時にすばやく銃に火薬を詰めた。仲間たちも対岸の敵をひっきりなしに攻撃し、モーナが安全に戻ってこられるきっかけを作ろうとした。

そしてついに、モーナの濡れた体が頑強な黒ヒョウのように、カンツォワン人たちにモーナを狙う機会を少しも与えなかった。仲間の加勢を得たモーナは、足を引きずりながらも、すばやく渓流脇の岩を飛び越え、草むらへ飛び込んだ。

彼が姿を現すと、味方の攻撃はさらに激しさを増し、カンツォワン人たちにモーナを狙う機会を少し
息子が危険を脱したと見て、ルダオ・ルへはホッと笑みをもらした。少し得意気に仲間たちに手を振ると、残りの銃弾を撃ちつくしたらすぐに撤退するよう合図した。

一人、また一人と、屈強な戦士が姿を消していく。カンツォワン人たちは、セデック族が幽霊のようにあっという間に姿を消したのが不思議でならない。

「覚えておけ。俺の名はモーナ・ルダオだ。おまえたちカンツォワン人は、せいぜいその首に気をつけろ。ハハハハハハ」

モーナは大樹の陰に隠れて、狂ったように大声で笑った。

それは、カンツォワン人の頭目に屈辱を味あわせた。

彼はモーナが話すセデック語の内容が完全にきき取れたわけではない。だが、理解するまでもなく、自分が徹底的にバカにされたことだけはわかった。

怒って火縄銃を地面に投げ捨てると、十いくつのガキにしてやられたことをとがめるように、周りの仲間たちをにらみつけた。

そして、モーナが姿を消した草むらを憎々しげに見た。セデック族のあざ笑う声が遠くから伝わってきて、対岸のそよ風に揺れる木々の葉までが、あざ笑いで震えているように見えた。

「モーナ・ルダオ……覚えておこう」

カンツォワン人の頭目は地面につばを吐き捨てたが、むしゃくしゃした気持ちを抑えきれなかった。もしこの時彼が、モーナは将来、霧社地区の最も勇敢な戦士となることを知っていれば、今回の挫折も一種の誇りとなったかもしれない。

少なくとも、彼は一人の英雄の誕生を目撃したのである。


セデック族たちは興奮した。それは、出草をやりとげた少年がもたらしたものだった。モーナが族人たちの所に戻ると、迎えた者たちは次々とモーナの肩をたたき、その勇気を讃えた。

「父さん！　俺が刈ってきた首を見てくれ」

「モーナ、我が息子よ、覚えておくんだ」

ルダオ・ルへは厳粛な表情をした。

「我々が敵の生命を取れば、その孤独な魂はもはや我々の敵ではない。永遠の友になるのだ。奇莱山《きらいさん》の白雪の下で、我々と共に新生の喜びを享受するのだ。いいな？」

モーナは深くうなずいた。

我が友よ

我々はもう二度と離れ離れにはならない
喜びと共に我と家に帰ろう

マヘボ社に戻る途中、モーナは一千万回は練習したであろう例の歌を大声で歌った。初めての出草に成功したら歌える歌だ。

おまえたちが残るのを歓迎しよう
おまえたちが我の宝物であることを皆は知るだろう
おまえたちのおかげで
祖先の霊は我が狩り場を守る戦士であることを認め
若者も年寄りも我を見下すことはできなくなる
我らは酒を飲み、肉を食う友だ
にぎやかに楽しもう
愛する友よ、帰ってきたぞ

足の傷の出血は止まり、モーナの顔についた敵の血は乾燥して、暗褐色の斑点となっていた。セデック族は自分の刀のもとに倒れた生命を尊重する。出草後は、刈る者と刈られる者との間にあった恨みも存在しなくなる。

彼らの伝統では、自分が奪った生命の魂は、自分につき従うことになり、自分の友となり、狩りや作戦時に自分を守ってくれると考えられていた。つまり、モーナが今後、酒や肉にありつく時は、その喜びと満足をこの〝友〟たちとわかちあわなければならないのだった。

夕日に照らされた山林の間で、モーナは激昂《げきこう》して歌った。若い彼は、すでに父親より頭半分大きかった。遠く山の谷間に見えるマヘボ社は、夕日に照らされてキラキラときらめく宮殿のようだった。

父が振り向き、息子にうなずいた。父と子は共に銃をかかげ、空に向かって一発放った。

「ヨウヨー」

族人たちが父子を取り囲み、高らかな声を上げた。

その時、モーナの家で布を織っていた母親も銃声をきいた。彼女の緊張に引き締まった顔も銃声をきくと、呪いが解けたかのようにほっとゆるんだ。

その布は、刺青の儀式のために織られていた物であり、紅白の模様は母親がモーナの成人祝いのためにデザインした贈り物だった。

息子が初めての出草に出かけたこの日、母親は一日中、言い知れぬ焦燥感の中にいた。出草成功を合図する銃声をきき、ようやく胸のつかえがとれた思いだった。

母親は織物の手を止めると、急いで外に飛び出した。社の人々も次々と小屋から出てきて、刈りから戻った英雄たちを大声で迎えた。

モーナたち一行は悠々と部落に戻り、彼らの雄々しく高らかな歌声がマヘボ社を覆いつくした。

きけ、人々よ
見よ、人々よ
我らの決死の勇士が出草し
枯松のもと、混戦に松葉は乱れ飛んだが
こうして首を取って帰ったぞ

族人たちの歌声が響く中、モーナはゆっくりと目を開き、意識を取り戻した。老婆が端を三角に折った竹片で、彼のあごの傷口からあふれ出る血を取り除いていた。

「モーナ、おまえは祖先の霊に血を捧げた。おまえの顔に男の記号を刺青したぞ。これからはガヤの訓《おし》えを守り、部落を守り、狩り場を保護するのだ。そしていつか虹の橋を渡って、祖先の霊に会いに行くのだぞ」

老婆はモーナを諭《さと》しながら、ひょうたんを持ち上げ、炭の混じった水をそっと彼の傷口にかけた。炭の黒と血とが混じりあい、かさぶたとなる。皮膚と魂に刻まれたその黒色は、モーナにとってこれからの一生を共にする栄光の印だった。

老婆の言葉に、ジュートの衣装に隠れたモーナの両手がしっかりと握りしめられた。針の痛みはまだ残り、足の傷跡も痛むものの、その真実の痛みは、はっきりとモーナに告げていた。

「おまえはもう本当のセデック・バレだ。おのれの手の血痕《けっこん》を見よ。それはおまえの家園が得た確かな守りだ。忘れるな。絶対に忘れるな！」

※1　本編の中心舞台。現在の台湾中部、南投県仁愛郷にあたる
※2　村、村落のこと
※3　主に中国原産の強く丈夫な麻繊維のこと。
保温性に富み衣類、袋などを作るのに使われる
※4　首刈り
※5　セデック族の重要な信仰で、顔の刺青が虹の橋を渡れる印だった
※6　祖先の霊の訓え
※7　社会
※8　台湾原住民の男たちが携える伝統の刀
※9　銃を縦横に発射し、弾道の網を張りめぐらせた状態

第二章　大地の震え

一八九五年、モーナ・ルダオは十三歳だった。

マヘボ社からはるか遠く離れた日本の広島。清朝の全権大使・李鴻章《りこうしょう》は、日清戦争に敗北したのを機に下関条約を交わし、台湾と澎湖《ほうこ》列島の割譲《かつじょう》に同意する調印をした。

白紙に血のごとく赤く押印された日本の玉印は、台湾海峡に刀を振り下ろし、台湾と澎湖を異民族の手に引き渡すことを、中国が正式に宣言しただけではなかった。やがて鮮血が日本帝国主義と共に、この海の南の彼方に横たわる肥沃《ひよく》な土地に侵入することを予言していたのである。

この時、台湾中部の奇萊山《きらいさん》では、空はどこまでも青く、陽の光はあくまでも暖かかった。だが、モーナの鋭い眼光をもってしても、〝横浜丸〟という名の日本の輸送船が、キールン港に接近しつつあるのは見ることができなかった。横浜丸では、日本海軍総司令官の樺山資紀《かばやますけのり》が大日本帝国から台湾を接収《せっしゅう》するために派遣された総督府《そうとくふ》の役人たちを集めて、テーブルに広げた台湾の地図を前に演説をしていた。

「台湾島は我が大日本帝国の新しい版図《はんと》※1であり、いまだ天皇陛下の皇恩《こうおん》※2に浴さぬ地である。今日、我らはこの土地に上陸し、人々の歓喜を天皇陛下のご恩にお返しする。と同時に、皇恩とそのご威光とは共存せねばならぬものであり、人々になれなれしい侮蔑《ぶべつ》の気持ちを起こさせてはならない」

年は六十近いとはいえ、樺山資紀の長く海風にさらされた顔はつやつやと輝いていた。彼は地図に近づくと、台湾島の中央山脈を指さし、落ち着いた様子で言った。

「特に蒙昧《もうまい》[※3]愚鈍《ぐどん》なる蕃族《ばんぞく》[※4]に割譲された、台湾の心臓地帯の林業と鉱山は、我が大日本帝国の無限の宝となるであろう」


「父さん、昨夜、長い角と目元に白い斑点のある鹿の夢を見たよ」

早起きして狩りの支度をしていたモーナが興奮して、父親に昨夜の夢の話をした。

ルダオ・ルヘは話には答えずに、手を上げて、モーナに声を出すなと合図をした。モーナは言いつけどおり、口を閉じた。

ルヘは木の上にいるメジロチメドリの動きを観察していた。

これはセデック族の習俗の一つであった。狩りの前は必ず占いをし、狩人はメジロチメドリの鳴き声と飛ぶ方向から、その日の吉凶を知るのだった。占いが凶と出たら、その日の狩りは取りやめになる。いい結果が出るよう望みつつ、モーナは息をこらして鳥を見つめた。モーナとバタン・ワリスの婚礼の日も近い。モーナは森林で獣を追う機会を、一時も無駄にしたくなかった。

突然、メジロチメドリが彼の心の声をききつけたように、高い枝から飛び下りてきた。それから地面に降り立ち、「チチ、チチ、チ、チ」と鳴き声を上げた。

「なんと穏やかな鳴き声だ！」

ルへがうれしそうに笑った。メジロチメドリの予言は吉兆だった。

「モーナ、行け。夢に見た鹿を追って、婚礼の準備をするんだ」

父親の許しと吉兆の支持を得て、モーナが興奮して地面を飛び跳ねる。すると、驚いたメジロチメドリは羽をはばたかせて、天高く飛び去っていった。モーナは歯を見せて笑った。そして地面の上の火縄銃を取り上げ、肩にかけると、父親に向かってうなずき、森林の奥へと駆けこんでいった。


山々に囲まれた別世界では、すべての運行の法則は太陽と祖先の霊と四季による。モーナはこの数年間に、下流の平原において民族間の対戦が勃発《ぼっぱつ》していることを知らずにいた。

一八九五年に日本軍がキールンの塩寮《えんりょう》から上陸して以来、清朝が台湾を割譲したのにこたえて官紳階級によって成立した〝台湾民国〟は、〝総統〟の唐景崧《とうけいそん》がまったく戦意のかけらも見せず、しっぽを巻いて中国に逃げ帰り、わずか十二日間という短さで滅亡していた。

総統が敵前逃亡したのを見ると、抗日を高らかに唱えていたはずの高級官僚や役人、大商人、大地主、清朝《しんちょう》の統治階級者たちも、同じく先を争うように中国に逃げ出していた。

こうして正規軍は崩壊し、既得権益者たちは次々と海外に逃亡した。実際に大日本帝国と肉弾戦を戦ったのは、台湾の純朴な農民と一般庶民からなる義勇軍であった。彼らは軍備の優れた規律の厳しい日本軍を相手に、大刀《だいとう》や棍棒《こんぼう》、鋤《すき》などの簡単な武器で必死で抗戦した。

次々と飛んでくる銃弾は農民たちの胸を貫いた。

「死ね！　俺は奴らと戦って死ぬんだ！」

弾丸でボロボロになった青地に黄色の虎の旗※5を揚げ、領事たちは大刀を手に、日本軍に占領された村に突進していった。つづいて、義勇軍も鎌や鋤を手に突進した。しかし、彼らの叫び声は、天までとどろくような銃声の音に埋没していった。

「ワンワン」

山上で猟犬が凶暴に吠えた。モーナは犬の鳴き声をきくと、かたわらにいた何人かの狩人と目と目を見交わし、ばらばらに散った。そして、猟犬に追い立てられ、下山してくる獲物を囲いこむ用意をした。裸足の足が水分をたっぷり含んだ落葉を踏みしめ、カサカサという音を立てた。モーナの足は太く、筋肉が盛り上がり、その脚力は一日で山を二つ越えることができた。

猟犬の声はますます近くなってくる。モーナは足を止め、銃を構えると、音のするほうに狙いを定めた。その瞬間、一頭のヤギが狂ったように草むらから飛び出してきた。だが、狩人の姿に気がつくと、猛烈な勢いで方向を変え、渓流に向かって走り去った。

「逃すか！」

モーナは火縄銃を撃ち放った。銃声に驚いた山雀《やまがら》たちが、枝から飛び立つ。だが、銃弾はヤギの背中をかすめ、足をほんの少しよろめかせただけだった。

ヤギは体勢を立て直し、すぐにまた懸命に逃げはじめる。その時、狩人が放った鋭い矢がすさまじい勢いでヤギの腹に突き刺さった。ヤギは一声鳴くとドッと倒れた。

「アハ、やったぞ、やったぞ」

若い狩人のラバイが満面の笑顔で、勝利の歓声を上げた。

「メジロチメドリの予言はやっぱり当たってたな」

モーナは銃筒《じゅうとう》を肩に担いで、ラバイのそばに歩いて行った。そして、自分の婚礼の席で仲間たちに鹿の肉を振る舞う光景を思わず夢想した。


「おい、モーナ、まだ先に行くのか。俺たちはもうイノシシとヤギを仕留めたぞ」

「俺はもっと奥に行く。ラアチ、おまえは他の者たちと獲物を担いで先に帰れ」

ガジンはもう一人の狩人とヤギを担ぎ上げ、部落に戻ろうとした。

「モーナ、俺はおまえと行くよ」

ラバイが言った。

「本当か？」

「本当だとも。何も恐れることはない」

モーナは笑って銃を肩から下ろし、両手で握りしめた。戦闘と狩りで名を馳せたモーナの足には、誰でもついていけるものではない。

部落に引き返す族人たちが歩きはじめると、モーナとラバイの二人は部落とは反対の方向に歩み去っていった。

本来、春と夏の季節はセデック族はめったに猟をしない。温暖な季節の山は湿気がひどく、毒へビや毒バチがさかんに活動しているからだ。特に毒性の強いコブラや台湾ハブは数量が多いだけでなく、いったん嚙まれたら治療が難しい。そのため、狩人たちはできるだけ涼しい季節、危険の少ない秋や冬に狩りをする。

だが、モーナは頭目《とうもく》の息子として、その身分にふさわしい婚礼の式を挙げるため、人気のない森の奥深くわけ入って、もっとたくさんの獲物を仕留めたかった。


モーナとラバイが無言で歩いて行くと、トゲのある植物がひっきりなしに彼らの皮膚を引き裂こうとする。獲物を探すのは刺激的だが、忍耐を必要とした。焦りと騒ぎは何も収穫をもたらさない。

モーナはゆっくりと、清らかな水の池へと近づいた。ここらで一休みするつもりだった。

モーナの動きを見て、ラバイはさっと周囲を見渡した。ラバイの目はすぐに、池の近くで一頭の鹿が、優雅に水を飲んでいるのを見つけた。

彼らにとって、鹿はめったにない獲物だった。警戒心が強く、聴力が鋭いので、狩人が近づこうとした途端、あっという間に逃げてしまうからだ。

立ち上がれば人の頭よりも背が高そうな鹿を見つけ、モーナは興奮した。

注意深くゆっくりと銃をかまえ、鹿の体に狙いを定めた。

その時、ラバイが喜びを抑えきれず、モーナを追いこして鹿を撃とうとした。

モーナの心の中で怒りが爆発した。ラバイの背中越しに、彼はすぐさま銃を撃ち放った。弾はラバイの耳元をかすめて、正確に鹿の首をとらえた。

突然のことにラバイは目を丸くし、倒れた鹿を見つめていた。ものすごい銃声音が右耳の奥でまだ鳴り響いていた。ラバイは、いぶかしげに振り返ってモーナを見つめた。

「俺の夢の中の鹿だ。誰にも撃たせない」

モーナは厳粛な表情のまま、倒れた鹿のもとへと向かった。

それから刀を抜き、鹿の首に突き刺した。刀身には真っ赤な鹿の血がついている。モーナは体をかがめると唇を近づけて、その生温かい血を二口すすった。その後、ラバイに手招きをして彼を呼び寄せた。

モーナの誘いにラバイは一瞬ためらった。小さい頃から一緒に育ったとはいえ、モーナが心の奥底に隠し持つ考えが、ラバイには理解できなかったからだ。そんな理解できない相手には恐怖心が湧いてくる。

ラバイがまだショックからさめやらずにいるのを見て、モーナは心の中ですまない気持ちになったが、さっきのことを謝る気にはなれなかった。

「一緒に飲もう。新鮮な鹿の血は体を温めるぞ」

モーナはラバイに言った。

その言葉にラバイも少し気持ちをやわらげ、おそるおそる血を吸った。熱いものがのどを通りすぎ、ラバイは顔を上げて、モーナと見つめあった。血で赤く染まったモーナの唇が誇り高く笑っている。銃を撃った時の恐ろしい様子とはまるで別人のようだった。

耳鳴りはまだ続いていて、ラバイの心はどきどきと波打っていた。

モーナには、一緒にいる者に安心感と不安感を同時に感じさせる何かがあった。

モーナの顔を見つめながら、ラバイはこの男にどう接すればいいのか、わからないでいた。それはとても複雑な気持ちであった。


台北の日本軍総督司令部。

樺山資紀が日本軍の死傷者報告書を読みながら、眉をかすかにしかめていた。

樺山が受けた台湾計画には、一カ月で台北を落とすとあった。ところが、駐屯《ちゅうとん》する清朝軍はまったく抵抗する意志を見せない。結果、樺山はまったく兵を動かすことなく、山砲《さんぽう》※6の一発も打つことなく、難攻不落《なんこうふらく》の三貂嶺《さんちょうれい》の要塞をやすやすと落とすことができた。さらに進攻して十日後には、日本軍の部隊は台北の繁華街に進駐していた。

樺山はこの勝利に困惑していた。台湾接収は彼の予想よりもはるかにたやすかった。日本軍はわずかな戦力を動かしただけで、新竹《しんちく》以北を制覇してしまったのである。

だが、実際に立ち上がったのは清朝軍ではなく、この台湾の地に暮らす人々だったのである。

台湾の民間人による抵抗は、樺山の予想よりもはるかに強烈だった。各地の義勇軍の頑強な抵抗に、樺山は予想外の軍力を動員せねばならなかった。半年かけて、ようやく台湾全体を掌握《しょうあく》できたものの、民間人の抵抗はまだあちこちでまばらながらも続いていた。

「どうしたら台湾人に、日本の統治を心から受け入れさせることができるのだろう」

遠くの美しい緑の陽明山《ようめいさん》に沈んでいく夕日を見つめながら、樺山は心の中に重い影が射すのを感じていた。

同じく美しい夕日がマヘボ社の山林を照らしていた。

乾燥した松の枝をたいた清涼な香りが、モーナが婚礼時に身につける正装の長衣にただよっていた。美しい月光が姿を現す。モーナと新婦のバタン・ワリスは、すべてを忘れて踊り続けた。バタンのすらりとした肢体は、モーナの大柄な体に寄り添うと、小さく、か弱く見えた。モーナは、自分の腕の中の柔らかい体に心を震わせた。

漆黒《しっこく》の長い髪が滝のように肩に流れ落ち、彼女のほおに入った青黒い網状の刺青《いれずみ》が、たき火の炎に照らされる。モーナの目には、幸せの模様のように映った。

織り物の上手なバタンと勇気と力のあるモーナとは、まさに似合いの組みあわせだった。

ルダオ・ルヘがたき火の中から木を一本取り出し、その火種をキセルの中の草に点火した。ルヘはにぎやかな婚礼の騒ぎを見つめながら、マヘボ社の頭目として限りない誇らしさを感じていた。

モーナが捕ってきたヤギとイノシシは、族人たちのごちそうとなった。ルダオ・ルヘは大声で叫んだ。

「さあ、踊れ、子供たち。動けなくなるまで力いっぱい踊るんだ」

彼の声に人々がこたえた。するとトンバラ社の頭目がルヘのもとへ近寄ってきた。花嫁の父として、手にした杯をルヘに向けてかかげて見せる。

ルヘはひと息で飲み干した。

「わしはルダオ・ルヘだ。あれが息子のモーナ・ルダオ。豪胆で勇猛な男だ。将来はきっと大頭目になるだろう。あんたの娘は、そんな息子の嫁になれて果報者だ……」

モーナは妻の美しい顔を見つめながら、目の前の温かく楽しい光景に向かって祈った。アカスギの木が、日の出と日の入りの間、永遠にそびえ立って揺るがないように――この幸せが続くことを。

白地に赤い太陽を描いた日本の国旗が、あちこちで掲揚されていった。

稲穂の実った水田で、にぎやかに人が集まる市で、旗の赤い太陽が空の太陽を覆《おお》い隠した。日本兵たちが口にする奇怪な言葉は意味を持つ音にはきこえず、たとえ耳に届いたとしても何の共鳴ももたらさない。

弁髪《べんぱつ》※7は強制的に切り落とされた。皮肉なことに、弁髪を強制したのも異民族だった。台湾人は自分の髪型を自由にする権力も持たなかった。

逃げ出せる者はことごとく逃走していた。残ったのは、この土地と生死を共にするしかない者たちばかりであった。

巷から遠く離れて暮らすセデック族の人々も、風向きの変化を薄々と感じていた。

長い間、セデック族と彼らが〝トムカン〟と呼ぶ漢人との間には、互いに不干渉の共存関係が維持されていた。唯一の交わりは、物々交換の交易だけだった。

セデック族側は狩りの成果である獲物と山の特産物、動物の毛皮などを差し出し、塩やマッチ、布《ふ》帛《はく》、さらには鉄器や銃、弾丸などと交換した。そうやって接触した漢人から、モーナ・ルダオは外の世界で起こっている一切について知っていた。だが彼は、日本人が台湾を占領したことが、自分たちにも影響を及ぼすとは思ってもいなかった。

この頃、モーナの妻はすでに最初の子をみごもっていた。家族の生計を維持するため、彼は祖先が残した農作を守り、天気が穏やかな季節はサツマイモや粟《あわ》などの作物を栽培した。また北風が吹きはじめると狩りに出て、イノシシやヤギを追った。毎年、昼が最も長い季節になると祖先の霊を祭る儀式を行い、祖先の霊とガヤにこの一年を感謝した。

モーナは決して他人の獲物を奪わなかった。部落間の協定を守り、よその狩り場を侵すこともなかった。そうした行為は必ず祖先の霊の呪いをこうむり、人々が病気になるだけでなく、農作や狩りも厄運に見舞われるとされた。モーナは祖先の教えに背く者を心の底から軽蔑していた。

その日はマヘボ社が貨物を集め、市で漢人の物資と交換する日だった。明るい太陽のもと、モーナは三人の男たちと共に半日がかりで山を下り、霧社《むしゃ》の物々交換所に向かった。

そこは霧社渓谷によって、U字型となった半島の台地の上にあった。漢人と広大な山々に散在する各部族たちとで形成する、小さな交易所である。ここで各部族間の交流が行われていた。だが、時には散発的な衝突も起こった。

木造の掘っ建て小屋を風が吹き抜けていく。軒下に立った幼い漢人の男の子が、モーナたちが毛皮を背負ってやって来るのを見つめていた。男の子はモーナの大きな体と精悍《せいかん》な顔つきに思わず釘付けになった。彼らが近づいて来ると、少年はおびえて後ずさり、年老いた漢人の陰に隠れた。

「なんだ⁉」

老人は仕事の手を休めると、いぶかしそうに鼻をたらした子供の顔を見た。孫の視線の先を追って振り向き、モーナたちを認めると、ぶつくさとつぶやいた。

「また、あいつらか……いつも、どでかい帽子をかぶって来やがって」

老人は背筋を伸ばすと、モーナたちを待ち受けた。だが、彼らは日陰の涼しいところへと歩いて行き、背中の荷物を下すと、肩を楽にした。

モーナは高い所から見下すような視線で老人の顔をじっと見つめ、塩の袋を指さした。それから、籐《とう》でできた帽子を彼に手渡し、塩をそこに入れるよう示した。

老人は眉をしかめて帽子を受け取ると、地面に並べられた獣の皮や特産物を仔細に眺め、手にした帽子を見た。そして、モーナに帽子が大きすぎるという表情をしてみせた。だが、それ以上は強硬な態度には出なかった。

その様子を見つめていたモーナの暗褐色の瞳が、突然鋭い光を放った。

老人はうつむいて、モーナの胸元からももまでを覆う、白と赤の格子模様の装束を見つめた。老人の額にはうっすらと汗が浮かんでいた。

気まずい時間がすぎてゆく。その空気にどちらが耐えられなくなり、妥協するかだった。要するに値段の駆け引きであり、争うのは双方の気勢である。

ついに老人が負けを認めた。彼は渋々と塩の入った袋へと向かい、注意深く真っ白な粗塩《あらじお》をひとすくい、またひとすくいと籐の帽子に入れはじめた。

「かなわんな。あんな小さな頭に、こんな大きな帽子をかぶりおって……」

老人の背後に寄り添った孫は、目を大きくしてモーナを見つめていた。小さな子供を前にしても、モーナの険しい表情がゆるむことはない。一方、他の三人のセデック族は、地面に並べられた武器や火薬、陶器の器を見つめていた。

「モーナ、タウツァ人[※8]だ」

仲間の言葉がモーナの注意を引いた。

彼は体を百八十度回転させた。すると、三人のタウツァ人が山の特産物を背負い、子供を一人連れ、こちらへとやって来るのが見えた。

「タイモ・チライか」

モーナは、先頭に立つ自分と年格好のよく似た、四肢の精悍な男を認めた。その男はタウツァ社で最強の腕力と最も正確な射撃力を誇る戦士——タイモ・チライだった。

「タイモ、あそこにいるのはマヘボ社のモーナ・ルダオだぞ」

モーナの姿を認めると、タイモ・チライの目には明らかな敵意が浮かんだ。首刈りの風習を持つ彼らの間では、たとえ同一種族であろうと、部落の違う者同士の出草《しゅっそう》や狩り場争いが絶えなかった。そのことが原因でしょっちゅう揉めごとが起きており、長年の恨みがたまっていたのだ。

両者の間でも、以前、狩り場をめぐって戦闘が起きていた。その戦いでタウツァ社はマヘボ社にかなわず、死傷者をたくさん出したばかりか、一部の狩り場から追い出されていた。

かなり前の出来事とはいえ、その失態はタウツァ人にとって、恥ずべき屈辱として刻まれていた。

モーナはそのマヘボ社の頭目の息子であり、霧社の各社公認の勇士でもある。

不穏な空気があたりにみなぎった。老人が粗塩を帽子に入れ終わり、モーナの手に帽子を渡す。

老人の孫は殺気立った視線を見交わしあう大人たちを見つめたまま、今にも恐怖で泣き出さんばかりだった。一方、タウツァ人の子供はまったく恐れることなく、モーナをじっと見つめていた。

「ほら、ほら、もういいだろ。ここで争いごとを起こさんでくれよ」

異常な雰囲気を見て取った老人は、今にも剣を抜かんばかりの場の空気を急いでやわらげた。

「ふん」

タイモは視線をモーナからそらし、鼻音を立てた。

「ふん！　タウツァのひな鳥め」

モーナはタイモ・チライをバカにして言った。

「ハハハハ」

タダオたちはモーナの言葉に大笑いした。その笑い声に、原住民の言葉を解さない漢人の子供までがつられて笑った。

「何がおかしい！」

タウツァ人の子供が怒って、漢人の少年に食ってかかった。少年はあわてて口をつぐんだ。

「モーナ・ルダオ！　偉そうにするなよ。いつか、おまえの首を刈ってやるからな」

モーナは背後からタイモ・チライがそう言うのをきき、驚きの表情を浮かべた。ブヌン族との激戦以来、彼にこんな挑発的なことを言う者はいなくなっていたからだ。

「モーナ・ルダオ！　俺の名はタイモ・ワリスだ。大きくなったら、おまえの首をきっと取るからな」

十歳にも満たない子供が、脅しの言葉を投げつけた。

モーナたちは一斉に振り向き、タウツァ人たちをにらみつけた。

「タイモ・ワリス、おまえに未来はない」

モーナはその男の子を見下ろした。少年はモーナの殺気にもあわてる様子はなかった。モーナは目の前の少年を見直す思いだった。

そう思うと、モーナの唇には笑みが浮かんだ。だが、再び視線をタイモ・チライに向けると、軽蔑の色を隠さなかった。

「もういいだろう……」

老人は両部族の衝突で、自分と孫の身の安全が脅かされるのを心配した。そして、急いでモーナに近寄ると、マッチを一箱、その手に握らせた。

「塩は手に入ったんだから、早く帰ってくれ。これは、わしからの贈り物だ」

モーナは老人に微笑むと、感謝の意を表した。贈り物を受け取った以上、商売の邪魔はできない。タイモ・チライにはもう目もくれず、くるりと背を向けると、仲間たちと出て行った。

「タイモ・ワリスとか言ったな」

モーナは側にいたタダオに小声できいた。

「タイモ・チライだ」

「違う、子供のほうだ」

「知らん」

タダオは答えた。

モーナは振り返って、タウツァ人たちを見た。モーナの胸には暴風雨を呑み込んだように、怒りがふつふつと湧いてきた。

この瞬間、彼は行動開始を決意した。


「鉄道敷設⁉　山に鉄道を敷くのは大変ですよ」

埔里《ほり》社の撫墾《ぶこん》派出所で、黒い制服を着た日本の警官が陸軍大尉の深堀安一郎と向きあい、驚きの声を上げた。

「山地の林業開発には、交通がなくてはどうにもならない」

年の頃三十すぎの深堀は、軍人らしい厳しい表情で言った。その後ろでは、十三人の兵士たちが地面にしゃがみ、それぞれ山に入る装備を点検している。

日本が台湾を占領して二年が経った。とはいえ、平地に住む漢民族への統治がようやく落ち着いてきたばかりで、心臓部にまたがる広大な山地はまったく手つかずの状況だった。

台湾総督直属の臨時鉄道隊隊長は、工事を加速させるため、山岳鉄道調査隊を特別に設立した。そして、山岳地帯に深く入って探査報告をするよう求めていた。

深堀大尉は、三組ある調査隊のうちの一隊の指揮官であった。

「そうですね。山には金目の物がいくらでもありますから。ヒノキの木や、樟脳《しょうのう》……。ただ、山に暮らす生蕃《せいばん》※9たち、それはそれは野蛮だそうですよ」

警官は山の奥地に暮らす原住民の話になると、思わず顔色を曇らせた。

彼の様子に深堀も微かに眉をひそめた。蕃族たちの首刈りの習俗は、軍人たちの間でもとうに知られていた。

軍人として、上司の命令に恨み言があってはならない。

ただ、妻の泣き出しそうな瞳を思い出すと、深堀の心は傷まないではいられなかった。

「長官、連れて来ました」

物思いにふけっていた深堀は、現実に引き戻された。

深堀が振り返ると、若い警官が中年の原住民の婦人を連れて彼の後ろに立っていた。

「ご苦労」

深堀はまず警官をねぎらい、つづいて婦人に軽く頭を下げた。

「日本語はできるのか」

深堀はたずねた。

「す・こ・し」

婦人はかたい日本語で答えた。きけば、埔里社で小商いをする平埔《へいほ》族だという。商売上、日本人とやり取りする必要から、彼女は簡単な日本語を身につけていた。彼女は山道の案内役として、撫墾派出所から深堀のもとへ派遣されてきたのだった。

「――いいだろう」

深堀は満足そうにうなずいた。

「では、出発しよう」

そう言うと深堀は右手を差し出した。

「接待に感謝する」

「大尉、生蕃は野蛮ですから、くれぐれもお気をつけ下さい」

警官は深堀の手を握りしめると、まるで祈るように言った。


モーナ・ルダオはタダオたちを連れて、曲がりくねった山道をとおりマヘボ社へと急いでいた。汗だくのモーナが小屋に入ると、妻は機織り機の前で布を織っていた。夫は交換してきた塩や雑貨をどさりと置くと、急いで長銃を取り出し、火薬を詰めはじめた。

「何があったの？」

バタンはゆっくりと立ち上がった。ゆったりとした布でも、お腹の大きさは隠しきれなかった。モーナは息を切らしたまま彼女を見上げたが、何も言わなかった。モーナは弾丸をこめるのに意識を集中していた。

バタンは丸い目を見開いたまま、夫の動作をじっと見守る。そして、モーナが銃を手に立ち上がり出て行こうとした時、小さく声をかけた。

「気をつけてね」

妻は夫の性格を知りつくしていた。モーナは勇敢だが、勝算のないことに焦って手を出すことはしない、と。

バタンは腰を押さえて戸口へと向かった。夫以外にも、他の男たちが手に武器を持ち、集会広場へと走って行く。彼女は無表情でこの騒ぎを見つめていたが、と同時にお腹の子供が興奮したように両足で蹴《け》るのを感じていた。

「早く逃げろ、マヘボの連中が追ってきたぞ」

タウツァ人たちのあわてた足が、山道の両側の草をなぎ倒していく。先頭を走るタイモ・チライは後に続く仲間に声をかけた。

殺気立った雰囲気の中、幼いタイモ・ワリスは父親の背中におぶわれて、彼の首にしがみついていた。

「あ〜〜〜！」

その時、一発の銃声がとどろき、最後尾を走っていたタウツァ人が悲鳴を上げ、どさりと倒れこんだ。

タイモ・チライが振り返ると、仲間が草むらを転がるのが見えた。

タイモたちは、それでも足を止めなかった。負傷者に一番近い仲間が急いで彼を助け起こし、山林へと逃げこんだ。

獲物がいれば狩人がいる。モーナ・ルダオが二十人ほどの仲間を率いて、彼らを早足で追って来た。

先頭を走るモーナの両目には、地上のウサギに狙いを定めた鷹《たか》のように、タウツァ人の姿しか入っていなかった。

その時、年の頃十五、六歳のマヘボ人が突然、足を速め、モーナを追い越した。若い彼は興奮した表情で走って行く。初めて狩りに参加したライオンのような闘争心だった。だが、それはモーナにすれば目に入ったトゲのようなものだった。

鷹の行く手を阻むものは、たとえ木の葉であっても挑戦と受け止められる。

モーナは若い仲間に向かって一発放った。

「わ！」

若者は前進の勢いを止められず、顔ごとやぶにつっこみ、傷だらけになった。

モーナが仲間に銃を放ったのを見て、他のセデック族たちは足を止めた。当のモーナだけが足を止めずに走り続けて行く。ついには倒れた若者を追い越していった。彼の負傷など目に入らないかのように。

「モーナ！」

年長の仲間が見かねて声を出す。誰も後に続いて来ないのに気づいたモーナが、ようやく足を止めた。

二十人の驚愕《きょうがく》に満ちた目が、いぶかるようにモーナを見つめていた。

「俺が隊を率いる時は、誰も俺の前を走ることは許さん！」

モーナは、厳しく叱責《しっせき》するように言った。

「戦闘中に俺の前に出た者は撃ち殺す。戦いの場では俺が先鋒《せんぽう》だ！」

その言葉は仲間たちの胸に突き刺さった。これこそがモーナだった。

それはためらうことなく銃で防衛される、不可侵のプライドだった。

たとえ仲間であろうと、決して越えてはならない境界線だった。

モーナの行いは激しすぎるきらいはあったが、それに異議を表明する者はいなかった。自分とは格の違う存在に疑念を抱くことはできない。

「起きろ」

モーナは負傷した仲間を助け起こした。若者の足は血だらけで、唇は痛みのせいで真っ白になっていた。

モーナに近づく者は誰もが皆、他とは違う空気を彼に感じ取る。それに触れると、たちまち身が縮こまり、反抗できなくなる。さらには呼吸すらゆっくりになる。その何とも形容しがたい感覚こそが、彼のリーダーたる気質と呼ぶべきものなのだろう。

「モーナ、まだ追いかけるのかい？」

タダオが心配そうにたずねた。タウツァ人たちの足音は、はるか彼方に遠ざかっていた。仲間たちは、モーナの決定を待った。

「もう無理だ」

モーナは刈りの機がすぎたことを悟った。

モーナは不思議な感覚に襲われていた。時々、自分の体が自分のものでないような感覚にとらわれる。戦闘中は特にそうだった。ついさっきの発砲もそうだ。何か別の力が自分の体を使って発する動作だった。怒りに駆られた時、戦意に満ちあふれた時、モーナは別人に変わってしまう。

それは自分がまだ成熟していないせいだと、モーナは知っていた。その力を掌握する方法を見つけたい、と彼は願った。そうして初めて、完全な戦士になれるのだ。

「タイモ・チライ、いつかおまえを殺してやるぞ」

モーナは拳《こぶし》を握りしめ、岩のようにかたい調子で言った。

「俺の頭を刈ると言った奴を生かしてはおかない。よく覚えておけ！」

※1　領土
※2　天皇の恩
※3　知識が無く、道理に暗いこと
※4　未開の種族
※5　台湾の国旗
※6　火砲の一種で軽量かつ小型のもの。分解して運べた為、山地での戦いにおいて頻繁に使用された
※7　側頭部の髪をそり、中央に残った髪を編んで後ろへ長く垂らしたもの
※8　同じセデック族だが部族が違う
※9　漢化が進んでいない山地原住民のこと。広義では征服者の教化に服さない民のこと

第三章　タナトゥヌ

シベリアから南下してくる寒気団がその鋭い牙でもって、肉体に刺すような痛みを持続的にもたらす。たき火の炎が赤々と燃える。光源のない山地では、それだけが唯一の光明となる。炎のそばで暖を取りながら、深堀安一郎大尉は自分の名が彫られた万年筆で、今日一日の行程で見たすべてを手帳に記していた。森林の木の種類や地図と実際の地形の対比にいたるまで。

周囲の兵士たちは、とっくに深い眠りについていた。警備係の佐川だけが銃を右肩に立てかけて大木に寄りかかり、静かにタバコを吸っている。

一陣の寒風が吹いてきて、深堀は思わず襟を閉めた。彼のさらさらとペンを走らせる音がやんだ。深堀は万年筆を手帳にはさんで、梢《こずえ》の向こうのたくさんの星々を眺めた。銀河が天空の中央を流れている。

「うわあ」

毎日眺める光景とはいえ、それでも深堀は思わず感嘆の声を発した。

埔里《ほり》から中央山脈を西へ西へと進んで、三週間が経った。トロック社をすぎ、花蓮《かれん》山へと移動すると、そこはすでに平埔《へいほ》族が案内できる範囲を越えていた。

平埔族の婦人は、不案内な地域に入るのを嫌がった。そこで深堀は探検して得た情報を報告書にまとめ、彼女に埔里の撫墾《ぶこん》派出所まで持ち帰らせ、そこの警官に上層部に届けてもらうことにした。

ここから先は深堀と十三人の部下だけで、運だけを頼りに進んで行くしかない。

「大尉、起きて下さい」

いつの間にか意識が遠ざかっていた深堀は、寝ぼけ眼のまま夜明けの空を見た。ため息をつくと、息が白い霧になった。そばにいる隊員たちの話し声がきこえてくる。ようやく目が明かりに慣れてきた頃、一人の隊員が深堀に言った。

「大尉、ご覧下さい」

「こ、これは……」

隊員が指さす方向を見た深堀は、驚いて口を開けた。

無数の赤い花びらが、宿営地の周りの枝に咲いている。風が吹くと、霧のたちこめる中を炎がちらちらと燃えているかのようだ。

深堀は目を見開いて、隊員たちが一様に見上げている木の下へと歩いて行った。

「昨夜は暗かったから、自分たちがこんなにも美しい赤い花の林で、寝ていることに気づかなかったんだな」

深堀は感嘆した。

「これは何という花ですか、大尉」

深堀の横に立った佐川がきいた。

佐川の言葉に、深堀は好奇心から一歩前へ進み出ると、花びらの形状を仔細に調べた。

「……桜か？」

深堀は露《つゆ》に濡れた小さく可憐《かれん》な花びらを見つめ、独り言のようにつぶやくと、突然、大きな声で言った。

「これは桜だ！」

「わあ」

深堀の言葉に、部下たちは感激の声を上げた。

「本当に桜だ」

深堀はつま先立って、枝から花びらを一枚つんだ。炎が手のひらに移ったかのようだった。

「真っ赤な桜だ。血のように赤い桜の花だ」

深堀は花びらを目の前に捧げ持つと、そうつぶやいた。こんな荒涼とした地に、美しい花の海が存在しているとは――。彼は人生の不思議に驚いていた。

しかし、思いもかけないのはそれだけではなかった。全員が花の海に酔いしれていたその時、深堀の背後から大きな音が響いてきた。

その瞬間、焼けつくような激痛が彼の背中を襲った。

「うっ……」

深堀はのどの奥からうめき声を上げると、そのまま桜の木の幹に倒れこんだ。夜露と桜の花びらが、彼の体に降り注いだ。

とつぜんの銃声に、探検隊はパニックに陥《おちい》った。兵士たちはあわてて銃を探して反撃しようとしたが、すべては遅かった。仙境《せんきょう》のように美しい土地は、死神の手に堕ちた。次々と火薬と弾丸の音が鳴り響き、それらは音符となって、兵士たちを死の円舞曲へといざなった。

深堀は顔ごと花びらに埋もれた。芳しい香りに、彼は妻の髪の匂いを思い起こしていた。

「おまえ……」

朦朧《もうろう》となった視界に、妻の笑顔が現れたような気がした。深堀は必死で体の下から手を引き出すと、明るい空に向かって震える手を伸ばした。妻に触ろうとするかのように——。

彼の目には深い情愛が満ちあふれていた。だが、妻の美しい顔はそう長くは留まってくれなかった。その微笑みに取って代わったのは、額とあごに黒い刺青《いれずみ》を入れた顔であった。その顔は深堀の恋情《れんじょう》を完全に打ち砕いた。

セデック族の顔だった。

深堀は鬼を見ていると思った。その鬼が一歩一歩、自分に近づいて来る。すさまじい恐怖に彼は襲われた。だが、体はぐったりとして、まったく力が出ない。深堀は鬼が腰から刀を抜き出し、嘲《あざけ》りの笑いを浮かべるのを見た。

奇妙なことに恐怖心が極限に達すると、もう何も怖くなくなっていた。最期の瞬間、明るく輝く太陽に向けた深堀の視線は、穏やかで憂いに満ちていた。


「赤い頭の人は来たか」

一九〇二年の初夏、人止関《ひとどめのせき》の険しい崖の東側に立って、セデック族トーガン社の頭目《とうもく》、ダナハ・ブカワは低い声で前方の様子をたずねた。

彼らの足元は長さ百尺（約三十メートル）あまり、幅は人が一人か二人ようやく通過できるほどの天然の要塞となっていた。

この天然の要塞は、古くから現地の人々に〝人止関〟と呼ばれていた。その呼び名には中央山岳地帯に入ろうとする人間に、〝ここから先に進むにはよく考えたほうがいい〟と忠告する意味があった。人止関の先には原始林が広がり、毒ヘビや猛獣が隠れ住むだけでなく、さらには神秘的な住民たちが、祖先の霊に守られた別天地を常に防衛しようとしていたからだ。

その時、絶壁の反対側ではホーゴー社の頭目のタダオ・ノーカンが、ボアルンやロードフといった部落から集めてきた男たちを率いて、籐《とう》のツタで結わいつけた丸太や岩を崖っぷちに隠していた。敵が近づいてきたら、それらの重しを谷底に落として行く手をふさぎ、前後から攻撃しようというのだ。

一八九七年、深堀大尉率いる探検隊が奇萊渓《きらいけい》の上流で行方不明になった。すると日本当局は山地の部落に対して封鎖政策を行使し、漢人と霧社《むしゃ》の原住民との物々交換を一切禁じた。食糧をはじめ重要な生活物資の供給を止めて、彼らに抵抗を諦めさせようとしたのである。

だが、日本人が思いもよらなかったことがおきる。こうした方策は、物資が乏しい環境での暮らしに慣れていた原住民たちにとっては、圧制の効果を生まなかった。かえって、外界からの干渉を受けない安楽な暮らしを彼らにもたらしたのである。

一九〇一年正月、日本軍は山中で深堀隊の行方を引き続き捜索していた。そしてとうとう合歓山《ごうかんざん》の奥で、深堀と名の刻まれた万年筆と何体もの遺体の残骸《ざんがい》を発見した。結果、十四名の隊員たちは原住民の襲撃により、すでに全員死亡していたことが明らかになった。

その間も、日本当局は探検隊を絶えず派遣し、山岳地帯の調査と測量を続けていた。

ほんの数日前、トーガン社とシーパウ社のセデック族は、眉渓《びけい》と東眼渓《とうがんけい》の合流地点で日本軍と最初の衝突をした。赤い帽子をかぶり、黒い服を着た人たちは奇怪な言葉を操った。そして彼らは、〝蕃布《ばんぷ》※1〟を揺らして相手の来意をたずねようとしたセデック族に発砲し、猛烈に襲撃してきた。

「タナトゥヌ※2が銃を撃ったぞ」

セデック族はあわてて弾丸をよけ、火縄銃で反撃した。

タナトゥヌ来襲の知らせは、霧社全体を駆けめぐった。

いくつかの部落が緊急会議を開いた。パーラン、ホーゴー、ロードフの三大部落の頭目は、人止関で侵入者を迎え撃つことで意見がまとまった。ルダオ・ルへ率いるマヘボ社も、当然その行動に参加していた。


ひんやりとした川の水が日本兵の革靴に浸み入った。長時間の行軍によって痛みの蓄積したかかとが、一瞬楽になった。

川の流れに逆らって進む部隊には、一人も口をきく者はなく、静けさを保っていた。手に掲げた太陽の旗と赤い帽子が、狩猟者の目には羽を広げた孔雀《くじゃく》のように見え、滑稽《こっけい》に思えた。

「赤い帽子の人が来たぞ……」

人止関の両側に隠れていたセデック族が、日本軍の到来を他の戦士たちの耳に小声で伝えていった。ルダオ・ルへとモーナ・ルダオにとって、規律の厳しい日本軍はアリの行軍のように見えた。実際のところ、セデック族は日本軍に対して別に深い恨みがあるわけではない。彼らが一面識もない人に銃を向けるのは、ガヤに統治されるこの森林が、敬意を持たないよそ者に侵略されないがためだった。

「蕃人《ばんじん》の痕跡はまったくないな」

行軍の間、この守備隊を統率する中村隊長は、前方の先鋒《せんぽう》隊が人止関の細長い渓谷に入って行くのを眺めていた。だが、何ら不穏な気配も嗅《か》ぎつけなかった。

三年前、日本総督府《そうとくふ》は清朝《しんちょう》の〝隘勇線《あいゆう》〟制度※3に倣い、蕃人の勢力範囲の境界地点に攻防一体の〝隘寮《あいりょう》〟という軍事施設を設立した。埔里社の守備隊は精巧な武器を与えられ、山地に次々と隘勇線を設置した。これは業者が樟脳《しょうのう》を山地で採掘する際の安全を保護するとされた。今回、中村中尉の部隊は山地の適当な地点に隘寮を設置し、蕃人を掌握《しょうあく》するという任務を果たそうとしていた。

涼風が人止関の岸壁にヒューという音を立てた。

その空気の動きに、中村はくしゃみをした。思わず風に目を細めると、不思議な景色が幻覚のように襲ってきた。

「ガタン」

たくさんの岩と丸太が前方の崖の上から落下してきて、大地の咆哮《ほうこう》のような音を立てた。

「うわあ」

すさまじい叫び声がきこえ、多くの兵士は空から降ってきた岩に直撃された。

「待ち伏せだ」

あわてふためく叫び声をききつけ、中村は両側の崖を見上げて、敵の所在を確認する。

騒ぎの中、先頭部隊はちりぢりになり、狭い峡谷に閉じこめられた日本軍は互いに押しあいへしあう。

やがて空爆のような攻撃から逃れられずに、次々と倒れて行く。

突然の急襲に、中村は必死で冷静を保とうとした。

「隠れる場所を探すんだ！」

部隊に向かって叫んだ。

だが、無数の銃声が渓谷の四方八方から響いてきた。中村は自分の目の前で伝令兵が敵に頭を射抜かれ、声を立てる暇もなく絶命するのを見た。

「早く、逃げ場所を探せ！」

中村はあちこちに落ちる銃弾をよけつつ、岸壁の下のほうへと進んだ。振り向くと、七、八人の兵士がまた敵の攻撃にやられていた。

（蕃人は何人いる？　奴らはどこに隠れているんだ？　どうやって反撃すれば？）

次々と浮かんでくる疑問に中村の頭は混乱した。

生死の境い目にあって、彼は完全に思考能力を失っていた。

なんとか逃げおおせた兵士たちが、中村に続いて、岩の後ろへと逃げこんできた。歩兵《ほへい》銃をでたらめに発砲するものの、まるで幽霊相手の戦闘のようで、彼ら日本軍の精巧な武器をもってしても、目に見えない敵には当たらない。

「撤退、撤退だ！」

中村はどもりながら、兵士たちに撤退命令を叫んだ。この状況では、自分が安全に逃げ出せるかどうかも疑問だった。

日本軍の狼狽《ろうばい》に対して、トーガン社の若者は火縄銃で少なくとも五人の命を奪ったあと、渓谷をのぞきこみ、岩陰に隠れる中村を見つけた。

「頭目」

若者は手で、ダナハに自分の発見を知らせた。その時、南側の山すそに隠れていたモーナ・ルダオがダナハに向かって手を振った。それは、自分たちに隠れている敵を追い出させ、マヘボの戦士たちが日本軍を始末する、という意味だとダナハは見て取った。

「行け！　奴らを追いつめるんだ」

ダナハは若者たちに指示した。

「中尉、どうしますか。飛び出して突撃しますか」

兵士の質問に、中村はすぐには判断が下せなかった。激しい銃声が遠のいたので、敵は後方の部隊と激烈な攻防を展開しているものと推測した。

「構うものか。突っ込め」

一人の兵士が我慢できず、中村の命令を待たずに銃を手に飛び出して行った。だが、二歩も走らないうちに彼は、崖の上で待ち構えていたセデック族に銃殺された。

「ああ」

二人の兵士はその様子を見て、足をひっこめ、中村に向かって叫んだ。

「どうします、中尉、自分たちは退却もできません」

呆然とした中村は、生き延びる機会が少しずつ消えて行くのを感じていた。危険を脱するどんな方法も思い浮かばず、死がじりじりと迫ってきて、時間だけが容赦なくすぎて行く。

トーガンの若者たちは中村の上方に集まり、石を放物線状に投げ下ろしはじめた。人の頭より大きな石が次々と落下してきて、一人の日本人兵士の胸に命中した。

「ああ」

兵士が倒れると、さらに次々と石が降ってくる。

「仕方がない、走れ」

中村と部下たちは岩陰から飛び出し、下流へと走り出した。

先頭を走る中村は、地面に横たわる死体に足を取られて転びながら、銃声が耳元をかすめていく音をきいていた。

必死で走りながら、前方を見つめ、他の者たちの安否を気づかう余裕さえなかった。

その時、彼の後ろから、ひたひたと足音が迫ってきた。中村は部下の誰かが自分のように射撃をかわし、生き延びようとしているのだと思った。だが、その足音はどんどん近づいてきて、まだ加速していた。

中村は振り向いて足音の主を見た。そこに見たのは、刀を手にしたモーナ・ルダオの影で、あっという間に自分を追い越していった。

「何だ？」

中村は本能的にモーナを撃とうとしたが、すべては遅かった。モーナが疾走しつつ、鋭利な刀を自分の首に振り下ろすのを、恐怖に駆られながらただ見つめるしかなかった。

激痛と共に、中村の視界が急回転した。

混乱した視線の中で、中村は頭のない体を見たような気がした。何が起こったかわからないまま、深い暗黒が急速に自分に襲いかかってきた。

※1　赤、青、茶色などの麻糸で編まれた台湾伝統の織物
※2　赤い頭の人間
※3　隘勇線とはバリケードのこと。総延長数百キロメートルにもなる砦や柵で原住民の住むエリアを包囲した

第四章　屈辱との交戦

一九〇二年四月の人止関《ひとどめのせき》の事件で、モーナ・ルダオと霧社《むしゃ》の各部落からなる自衛団は、合望渓《ごうほうけい》の河畔で二百名以上の日本兵を壊滅させた。その結果、日本軍の山岳地帯への侵入を一時的に止めるのに成功した。

重傷をこうむった日本軍は、森林で原住民と戦闘をすれば、痛い代償を支払うことになり、それに見あうだけの効果がないことを思い知った。彼らは考えた挙げ句、当分の間、兵力を埔里《ほり》と霧社の中間の眉渓《びけい》に撤退させ、臨時本部をそこに設立することにした。

その後の一年間、日本軍は戦略を変更し、道路を作るというまわり道を取った。さらに霧社の最大部落であるパーラン社に進攻しようとしたが、討伐隊は逆に襲撃されてしまい、ほとんど全軍壊滅の憂き目にあった。こうして再び甚大な被害を受けた日本軍は、以後二度と軍隊を派遣して原住民と交戦するという手段を取らなくなった。

攻勢に失敗した日本人は、狡猾《こうかつ》にも〝蕃をもって蕃を治める〟という新たな計画を考え出す。この時すでに服従していた平埔《へいほ》族を利用することにしたのだ。

当時、日本人から蔑《さげす》まれて〝生蕃《せいばん》〟と言われていた高山《こうざん》族に比べ、長いこと平地に住み、漢人化が進んでいた平埔社の原住民は〝熟蕃《じゅくばん》〟と呼ばれた。

十分な武器を与えれば、熟蕃は日本軍に代わって、生蕃と互角に戦えるだろうと日本軍は考えた。しかし、平埔族は原住民の血統を持つとはいえ、その生活様式はとっくに漢人のそれとなんら変わらなくなっていた。山中での戦闘能力においては、代々山林で活動するセデック族には遠く及ばず、平埔族の戦士たちは次々と戦場に散っていった。

セデック族の頑強さに、日本軍は泥沼に陥《おちい》った。

討蕃計画が遅々として進まない中、かつて清朝《しんちょう》の役人を務めたことのある平埔族の一人が、日本軍に策を献上する。それは、猛毒を持つ蛇をセデック族の心臓めがけて毒牙《どくが》で食いつかせ、標的が罠にかかれば、死の影から決して逃れられないという恐ろしいものだった。

濁水渓《だくすいけい》の川岸に位置する姉妹《しまい》ヶ原《がはら》は、セデック族とブヌン族との境界地点であった。

人止関の事件から十八カ月が経過した頃、ブヌン族のカンツォワン人の戦士たちは風上に向かって立ち、約束に応じたセデック族が対岸に姿を現すのを待っていた。

一方、モーナは、霧社の総頭目《とうもく》であるラバイ・ノカンの次男ウカン・ラバイに率いられ、他の部落の代表百名と共にカンツォワン人と友好条約を締結し、皆で日本人の侵略に抵抗すべく向かっていた。

「私たちカンツォワン人のブヌン族は、霧社の各部落と長年敵対関係にあったが……」

モーナは、ブヌン族を代表して伝言を届けに来た女性の声を思い出していた。

「憎き日本人を相手に、カンツォワン人は霧社と新たに兄弟となり、手を携えて日本に抵抗したいと思う」

パーラン社出身で、後に平埔社に嫁に行ったイワ・リラバは、そのヤマユリのような美貌から霧社の花と呼ばれていた。カンツォワン人側の和平を求める招待は、彼女のウグイスのような美声で読み上げられると、きく者の心を動かした。

経済封鎖は人止関の一件後、いっそう激しさを増した。日本軍は漢人と山地の人間の交易を完全に禁止してしまう。違反者には重罰が待っていた。セデック族たちは食塩が手に入らないばかりか、農具を製造するための鉄も不足し、農作物の種まきすら難しくなった。そうして食物の生産量も急速に減少していった。苦痛が臨界点に達していた彼らにとって、今回、カンツォワン人が差し伸べてきた援助の手は、砂漠に降る雨のようだった。

「ブヌン族が赤い頭の人間と手を結ばなかったことに感謝する」

ラバイ・ノカンは感謝をこめて、イワの手を握りしめた。

双方、和平に関してまったく異議はなく、集まった頭目たちの賛同を得た。そんな中ただ一人、モーナだけが漠然とした不安を感じていた。

皆の前では、カンツォワン人に対する不信の念を表さなかった。だが、先祖代々の積年の恨みを、モーナは忘れてはいなかった。一方、マヘボ社だけの力では、決議をひっくり返せないことも承知していた。そこでモーナは自ら願い出て、講和の隊列に加わり、彼らの一挙手一投足を監視しようと思ったのだった。

夕日が人影を竹林のように細長く映しだす頃、セデック族の代表たちは姉妹ヶ原の草原に姿を現した。黄金色の陽の光が、笑みを浮かべた双方の顔を照らし、穏やかで平和的な雰囲気をかもし出していた。隊列の先頭を行くウカン・ラバイは、前方のカンツォワン人に心から手を振った。ブヌン族の頭目も、手を挙げてそれにこたえた。

彼らは互いに言葉が通じないため、交流も最初はぎこちなかった。ついでカンツォワン人たちが食塩や鉄器など、霧社の各部族に不足している品々を運び出してくる。その様子を見ていたセデック族たちは、興奮を抑えられなかった。

それだけではない。ブヌン族は塩漬け魚や粟《あわ》の酒で客人をもてなした。これにはセデック族も大喜びし、感激した。その誠意に彼らは猜疑心《さいぎしん》を捨て、両種族の和解を信じた。白く濁った芳醇《ほうじゅん》な粟の酒が、人々を誘った。セデック族は、うっとりするような甘露をぐいと呑み干した。

川岸の赤々と燃えるたき火が、人々の顔を照らす。顔の赤みはアルコールのせいなのか、炎によるものか、わからなかった。ウカン・ラバイやモーナ・ルダオを含めた各部落のリーダーたちは、ひっきりなしに酒を勧められた。

警戒心を抱いていたモーナも、だんだんと心を開き、大きな杯で何杯も粟酒を飲んだ。モーナの心は雲の彼方を飛んでいるように浮き立ち、爽快な気分になった。

「日本人は漢人と俺たちの交易を禁じ、さらに兵隊をよこしてきたが、人止関では俺たちにやられて、逃げることもできなかった」

モーナは立ち上がって杯を高々と上げるると、ブヌン族全員に向かって言った。

「あんたたちが恨みを捨てて、俺たちと交易したいと望むのなら、この酒を飲み干そう。そうすれば俺たちは同盟を結んだ仲間だ。このモーナ・ルダオも、あんたたちカンツォワン人と一緒に日本人を打ち負かすことを約束する」

セデック語に通じたカンツォワン人の青年が、頭目の横で小声で通訳する。カンツォワン人の頭目は〝モーナ・ルダオ〟という言葉が耳に入るや、表情が一変した。

「モーナ・ルダオ……？　あいつがモーナ・ルダオか」

彼はブヌン族の言葉でそう言うと、モーナの彫りの深い、精悍《せいかん》な顔をじっと見つめた。
五、六年前、北港渓《ほっこうけい》の河畔で仲間の首を刈ったセデック族の少年が、こんな剛健《ごうけん》な男になっていたとは。あの時の惨状を思い出し、カンツォワン人の頭目は微笑みを浮かべつつも、幅広い布に隠した拳《こぶし》を握りしめた。
「モーナ・ルダオの言うとおりだ」

モーナの演説に、歓声がわき起こった。カンツォワン人の頭目は引き続き乾杯の杯を勧め、モーナと粟酒をくみ交わした。

「今夜は徹底的に飲んでくれ。明日から、憎き日本人を相手に一緒に戦おう」

頭目の声が高らかに響き、モーナも興奮した。警戒心を解いたモーナはこの時、頭目の杯が常に半分ほどにしか注がれていないことに気づかなかった。

すっかり酔ったセデック族は、カンツォワン人を完全に腹心の友とみなした。その友の勧めに従い、片時も身を離さない命より大切な銃と刀を外し、歓楽に身をゆだねた。酒とごちそうは毒薬の糖衣となり、セデック族は命の危険にも気づかずにいた。まさか目の前の歓楽が、血なまぐさい殺戮《さつりく》の前触れになろうとは――。

夜が深まった。赤々と燃えていたたき火が火種を残すのみになり、漆黒《しっこく》の闇の中でちらちらと燃えていた。

宴会は終わりを迎えようとしていた。ほとんどのセデック族は、おとなしい子猫のように寝息を立て、河原のあちこちに横たわっていた。

満天の星を仰《あお》ぎ見ながら、酒量のあるモーナですら、頭はぼうっとしていた。酒とごちそうに満ち足りて、平らな砂地に横たわると、だんだんと夢の中に引きずりこまれそうになっていた。

世界が眠りに統治されたように、すべてが静止した画像となる。すると、何人かのカンツォワン人だけがその規律を破って、死のような静寂の中、目を見開いてむっくりと起き上がった。

彼らは近くの仲間を次々と揺さぶり起こしていった。予定よりも多少飲みすぎたカンツォワン人の頭目も、深酔いからさめた。

「モーナ・ルダオはどこだ？　あいつ、なかなか酔いつぶせなかった」

頭目が最初にしたことは、仲間たちにモーナの様子を確認させることだった。だが、薄暗い河川敷《かせんじき》にきこえてくるのは落雷のようないびき声だけで、動けるセデック族がいるようには見えなかった。

「よし、計画どおりに手を下そう」

カンツォワン人の頭目は安心して、暗闇の中、その目に残忍な光を宿した。

他のカンツォワン人たちは頭目の命令のもと、刀を抜き、目星をつけていた目標物にそっと近づく。そして、刀を高々と振り上げ、セデック族たちの無防備な首めがけ、ためらうことなく振り下ろした。

完全に泥酔したセデック族たちは何の痛みも感じないまま、首を胴体から切り離された。

まだ完全には意識を失っていなかったモーナは、浅い眠りの中で、顔に熱い液体が飛んできたのを感じとった。無意識にそれを手でぬぐうと、粘っこく、つるつると滑るのを感じた。

「あ？」

モーナはすぐにはそれが血であるとはわからなかった。だが、だんだんと意識がはっきりしてくる。すると、カンツォワン人の頭目が仲間の頭を斬《き》り落とすのを見た。

「しまった」

一気に眠気から覚めたモーナは、事態の急変に気づいた。戦慄《せんりつ》がモーナの足の裏から駆け上り、背筋へと襲ってきた。モーナはひそかに自分の太ももをつねり、痛みを感じると、目の前の出来事が地獄にいる夢ではなく、血のしたたる現実なのだと悟った。

「起きろ！　カンツォワン人が出草《しゅっそう》してきたぞ！　早く逃げろ」

仲間の危機に、モーナは声を限りに叫んだ。その声は万雷のように、姉妹ヶ原の静寂を破った。

カンツォワン人全員が、突然の叫び声に縮み上がる。深い酔いからさめやらなかったセデック族も、その声に呼びさまされ、河岸は一瞬のうちに殺戮と混乱に陥った。

「くそっ」

計画が見破られたカンツォワン人の頭目は、モーナの居場所に気づくと、刀を振り上げて突進してきた。カンツォワン人の顔は、微かな光線の中でも憎々しげだった。モーナはひと息吸うと、急いで身を翻《ひるがえ》し正反対の方向に逃げ出した。その口は絶えず叫び続けていた。

「早く目を覚ませ！　罠だったんだ！　早く逃げろ！」

カンツォワン人の頭目の刀が空中に弧を描く。鋭い切っ先が、モーナの背をかすめて砂地に落ち、さらさらという音を立てた。

「モーナ・ルダオはここだ！　早く銃を撃て、早く！」

暗闇を閃光《せんこう》が走り銃声が響いた。だが、夜の闇と同化したモーナに命中させることは難しかった。銃弾が岩に当たる音がして、モーナの酔いは完全にさめた。星空の下を全速力で走り、絶えず絶叫し続けた。一人でも多くの仲間を呼び起こすように。

広い河川敷にモーナの声をさえぎる障害物は何もなかった。とはいえ、百人いるセデック族の大半にはその声もきこえず、泥酔していた。一方、眠りからさめた数少ないセデック族は、ある者は川を脱兎《だっと》のごとく逃げ渡り、またある者は武器を手に敵に抗《あらが》おうとして逆に取り囲まれ、あえなく命を落とした。

セデック族の大量の血が、砂石のすきまから濁水渓へと流れ出た。さらさらという川の流れの音が哀歌《あいか》のように、川岸を流れさまよう彼らの魂を追悼していた。

モーナの後ろを十名にも満たない仲間が続き、彼の後を必死で追っていた。

暗闇を疾走するモーナの足裏は川石で切られ、血まみれになっていた。だが、モーナはまったく痛みを感じなかった。仲間が惨殺《ざんさつ》された心の痛みに比べれば、足の傷の痛みなどあまりに小さかったからだ。

命が消えゆく声と川の流れの音とが一緒になって、モーナの耳に押し寄せてきた。痛切な悲しみと憤りが彼に一瞬、自分がどこにいるかを忘れさせた。

なぜ逃げるのか。自分はどこに行こうとしているのか。仲間の顔が暗闇の中の一筋の光芒《こうぼう》となって、モーナの瞳孔を突き刺した。

「ああ！」

モーナは胸の痛みに思わず声を上げた。体が、仲間の受難に対する怒りに燃えているのを感じた。戻れ。戻って戦うべきだ。モーナの体はそう叫んでいた。

足を止めると、胸が激しく上下した。

「だめだ。このまま逃げるわけにはいかない」

モーナは刀を握りしめ、姉妹ヶ原の方向に引き返そうとした。

「モーナ……何をする？　戻ってはだめだ！」

二人の仲間が、体ごと抱きついてきてモーナを止めた。

「放してくれ、戻って戦うんだ。戻って戦わないと」

「もう遅い。敵の罠にはまったんだ。間にあわない！」

「仲間を放ってはおけない！」

「モーナ！」

仲間たちは大声でモーナを説得した。

「これ以上、命を無駄にはできない！」

「だが……」

モーナが抗《あらが》っていると、またもや無情な銃声が響いてきた。

「わあ！」

モーナを抱きとめていた一人が、うめき声を上げた。敵の銃に命中したのだ。

「そばに潜んでるぞ、急いで川に飛び込むんだ！」

もう一人の仲間が気づいて、三人は急流へ飛び込んだ。

冷たい川の水につかると、モーナは頭を棍棒《こんぼう》で殴られたような感じがした。

力強い水流が一気に押し寄せてきて、何口も水を飲みこんだ。

川の流れは後悔に似て、モーナの体に無情に押し寄せてきた。だが、何とかして川を渡るしかない。

しばらくすると、混乱した頭は、だいぶ落ち着きを取り戻していた。

「急ごう、モーナ」

仲間が、早く川を渡るよう促した。

呆然と突っ立っていたモーナは、渋々ながらも歯を食いしばった。振り向いて敵を見てやりたかった。

だが今は、生き残ったわずかな命を救うしかない。

辛くも逃げ出せたセデック族たちは、迷うことなく川に飛び込んだ。対岸にたどり着けば、そこは祖先の霊が守る森林だ。そこならば、カンツォワン人の狙撃から逃れることができる。少しでも生き延びるチャンスがあれば、彼らは前進を諦めない。再び、祖先の霊の懐《ふところ》に抱かれるまで――。

傷ついた仲間を背負い、モーナはやっとのことで、よく知った土地へと戻って来た。やがて安全地帯にたどり着くと、モーナと仲間たちは地面に崩れ落ちるように座り込んだ。


恐怖に怯え疲れきった仲間の顔を見ると、モーナの胸は破裂しそうに高鳴った。

「虹の橋の祖先の霊に誓う」

満天の星のもと、モーナは顔の刺青《いれずみ》がちくちくと痛むのを感じた。

「今日、俺たちがなめた苦痛は、かならず血でもって復讐するぞ」

モーナは遠くの姉妹ヶ原を見つめたまま、誓いの言葉をしぼり出した。


一九〇三年十月六日の〝姉妹ヶ原〟の陰謀は、日本軍がブヌン族とセデック族の間の宿怨《しゅくえん》を利用して仕掛けた悪辣《あくらつ》な企みだった。この凄絶《せいぜつ》な虐殺により、百人のセデック族の男たちが殺害された。かろうじて難を免れ、部落に逃げ帰ることができたのは、わずかに五人しかいなかった。

パーラン社の頭目の息子であるウカン・ラバイもこの事件で死んだ。働き盛りの最も戦闘力のある勇士たちが、家を守る責任を二度と果せなくなった。セデック族は他人を信じすぎた。そのために、一度にたくさんの屈強な男たちを失い、日本軍の中央山脈進攻を妨げることはできなくなった。

霧社の岩戸が大きく開かれたのを見るや、日本軍はすぐさま眉渓河畔に軍隊を集結させた。そしてセデック族最大の部落であるパーラン社への進攻の準備をした。今回、彼らは眉渓の沿岸に六台の山《さん》砲《ぽう》を設置して、堅固な侵攻防戦を張った。

前方の山岳地帯全体が制圧されると、霧社はのど元を押さえられた、とらわれの猛獣にすぎなくなった。

霧社の士気が弱まっているのに乗じ、キツネのように狡猾な日本軍は、再び〝霧社の花〟のイワ・リラバに大量の生活物資を持たせて、各部落の頭目たちの間を遊説《ゆうぜい》させた。抵抗を諦め、日本の統治を受け入れ、年寄りや女子供を抱えた部落のことを考えるように、と。ラバイ・ノカンはイワの顔をじっと見つめたまま、心中深く葛藤《かっとう》した。

イワ・リラバが遊説している間、マヘボ社のセデック族はモーナ・ルダオに率いられて、眉渓付近の林で日本軍とのゲリラ戦を行っていた。日本軍の部隊はすでに前山に駐屯《ちゅうとん》していた。少しでも油断すれば、鉄条網と兵士と山砲があっという間に自分たちの土地にはりめぐらされかねない。モーナはその機会を与えないため、最前線の日本軍の陣営に対し、突撃をはじめたのだ。

大粒の雨が、どんよりと曇った空から落ちてくる。濡れそぼったセデック族の戦士たちは、赤と白の格子縞《こうしじま》の戦衣に身を包んでいた。だが、銃のほとんどは姉妹ヶ原事件でカンツォワン人に奪われたため、彼らは近距離での肉弾戦を選ぶしかなかった。

大雨で一休みと思っていた日本軍は、セデック族が豪雨の中を命がけで攻めてくるとは思いもよらずにいた。セデック族は柵から侵入して来て、警戒をゆるめていた衛兵を殺害した。日本側が気づいた時には、すでに多くの首がモーナたちによって斬り落とされていた。

「早く、サイレンを鳴らせ、電話で救援を求めろ！」

手動式のサイレンが鳴り響く。テント内で雨宿りしていた兵士たちは次々と武器を手に応戦し、豪雨の中、白兵戦が繰り広げられた。

モーナの手は、低温のため氷のように冷たかった。だが、皮膚の下を流れる血は沸き立っていた。長矛《ほこ》で、銃刀《じゅうとう》を手にした日本兵と真っ正面から格闘した。敵を足でひと蹴《け》りして地面に突き倒し、長矛《なが》に渾身《こんしん》の力をこめて相手の背中に突き刺す。

敵を始末すると、モーナは顔をぬぐい、目に流れ込む雨を手で払った。振り返ると、ルダオ・ルへの刀が、ちょうど一人の日本兵の腹をかっ切ったところだった。

「とりあえず、撤退だ。殺しても殺し切れん」

日本人の兵力はセデック族が想像していたよりもずっと多かった。ルへは部下たちに向かって、撤退命令を出した。

モーナはうなづくと、長矛を敵の背中から抜き、森林の奥深くへと走り出した。

「野蛮な蕃人《ばんじん》どもを逃がすな！」

マヘボ社の戦士たちが撤退をはじめた時、付近の軍事施設から応援に駆けつけた日本の部隊がちょうど到着した。するとモーナの背後から、猛烈な勢いで銃声が襲いかかり、うち何発かの銃弾がモーナの頭上をかすめた。

だが、モーナの前を走る父は、息子ほど運がよくなかった。一発の銃弾が、ルダオ・ルへの背中に命中した。

「父さん！」

モーナが叫んだ。

ルへは立ちつくしたまま、目を大きく見開いた。弾丸は肺を貫通していた。ルへは体を震わせながら胸の傷口を眺め、信じられないという顔をした。

「父さん！」

モーナは父親のそばに駆け寄った。頭がくらくらした。

恐怖がモーナの心臓をわしづかみにした。自分の死よりも恐ろしかった。父は大きな支柱であり、ただ一人、崇拝する英雄だった。

日本軍の猛攻撃を無視し、モーナは父親の体を支えた。銃弾が林の四方八方から飛んで来る。時間はなかった。モーナはすばやく父親を担ぎ上げると、林の奥へと走り出した。

「日本人を絶対にわしらの部落に入れるな。日本人を、わしらの部落に入れてはならん……」

モーナの背でつぶやく父親の声が、だんだんと小さくなっていく。

モーナは背中の父親がだんだん重くなってくるのを感じ、焦りながら、ひたすらマヘボへと走り続けた。そして日本軍の銃声がきこえなくなると、ようやく大きな木の下に父親を横たわらせた。

モーナは自分の服を引き裂くと、黒々とした傷口をかたく縛った。するとなぜか、子供の時の思い出が甦《よみがえ》ってきた。

思い出の中の若いルダオ・ルへが、木のベッドに座り、五歳のモーナに向かって話している。

「大地に生きる者は誰でも、いつか必ず死ぬ。だが、我々本物の男は戦場で死ぬ。本物の男は魂の家に行くんだ……」

若いルヘは屈強な体を持ち、今、目の前で重傷を負って弱っている彼とはまったくの別人だった。

「だが、我々本物の男は、本物の男は戦場で死に、魂の家に行くんだ……」

モーナはかぶりを振り、不吉な思い出を追い払おうとし、父親の手を握りしめた。目の前の父は目をつぶり、つらそうに呼吸している。一方、思い出の中の父は、まだ息子に言いきかせている。

「魂の家へは、美しい虹の橋を渡って行く。そこには橋の守り神である祖先の霊がいて、こう言う。『手を見せるのだ』と。男が両手を広げると、手にはどうしても消せない血痕《けっこん》がある。『確かに本物の男だ』。祖先の霊はそう言って讃美する」

「父さん、父さん……」

モーナが悲しげに呼ぶ。するとルヘはきこえたのか、うっすらと目を開けて、凄絶な微笑みを浮かべた。

「モーナ……」

父は弱々しく息子の名を呼んだ。

「祖先の霊は男に言う。『行くがいい。英雄よ。おまえの霊魂《れいこん》は、祖先の霊の家に入ることを許された』

……」

若いルダオ・ルヘへの語調が高ぶる。幼いモーナの目は、父親を見つめていた。

「――父さん、しゃべっちゃいけない。止血すれば助かるから」

モーナの手に父親の体のけいれんが伝わってきて、モーナは思わず傷口を覆《おお》っていた布をさらにきつく縛り上げた。

「そして、本物の女は男の赤い戦衣を見事に織り上げねばならん。女が虹の橋のたもとにたどり着き、その手を広げると、手にはどうしてもこすり落とせないタコができているんだ……」

若いルヘは幼いモーナに機織り機の前にいる母親を示す。ルヘは母親の顔にある美しく深い色の網状の模様を指さして、笑う。

「橋の守り神である祖先の霊は、それを見ると言う。『行くがいい。おまえは本物の女だ。おまえの魂は、山頂におられる祖先の霊の家に行くことを許された』」

「モーナ、約束してくれ」

ルダオ・ルヘが重苦しいせきをすると、のどから鮮血がほとばしり、口の端から流れ出た。

「なに？」

モーナは手を伸ばして、父親の顔の雨水と血痕をぬぐった。

「出草して敵の首を取ったことのない男と、機織りの技術を知らない女が、虹の橋まで来る。すると、橋の守り神である祖先の霊が彼らの真っ白な顔を見て、がっかりして言うのだ。『これが私の子供か。戻るがいい。おまえたちは本物のセデック族ではない！』」

ルへの声の厳しさに、幼いモーナは震え、自分の刺青のない白い顔をさすり、不安になる。しかし、父はまだ続けて言う。

「顔に刺青のない男女たちは、しょんぼりと恥ずかし気に、険しい渓谷を戻って行く。だが、渓谷を守る毒カニに、ハサミで体を切り刻まれるのだ」

若いルヘは指を伸ばして、幼いモーナの額とあごを指し、口調をやわらげて言う。

「モーナ、わかったか？　セデック族は虹の橋を渡り、祖先の霊の世界に入る資格を得るために生きているのだ。祖先の霊のしきたりを守り、セデック・バレにならなければならん。わかるか、本物のセデック・バレになるのだ！」

思い出はそこで終わった。モーナはどうしても、その先が思い出せなかった。その時、ルダオ・ルへが激しくせきこんだ。蒼白《そうはく》になったルへは、自分の旅路が終点に近づいたことを知った。命の最後の数秒間、父は慈愛《じあい》に満ちた目で息子の顔をじっと見守った。モーナはルへの誇りだった。ルへは最後の力を振りしぼり、何かを伝えるようにモーナの手を握った。一方、モーナは父の冷えきった顔をたえずこすっていた。父親が出かけるのを嫌がって、戸口でまとわりつく子供のように——。

「日本人を我々の部落に決して入れるな……」

モーナは、父親が息をひきとるのを呆然と見つめていた。

そして手のひらで、ルへの目をそっと閉じた。モーナの目に涙はなかった。憤怒《ふんぬ》と傷心を腹に呑みこみ、まったくの無表情だった。モーナは腰を曲げると、永眠した父親を背負い、部落のほうへと大股で走り去った。

「モーナ、わかったか。本物のセデック・バレになるんだ――」

父親の声と雨音が一緒になってきこえてくる。モーナの両足は一歩また一歩と、彼自身の心のように沈んで泥の中に深い足跡を残した。

モーナはその悲しみを訴えたかった。だが、自分にそれを許さず、ひたすら駆け続けた。父親の体を、大雨の中でこれ以上冷やしたくなかった。群れをはぐれた狼のように、モーナはひとり風雨の中を疾走した。

やがてマヘボ社の手前の小高い丘にたどり着くと、モーナは目の前の光景に衝撃を受けた。今度ばかりはさすがのモーナも立ってはいられないほどだった。

太陽の旗がマヘボ社の広場にそびえ、武器を手にした日本兵が洪水のように部落へと押し寄せていく。

モーナは故郷を見つめた。その目には哀しみを通り越した静けさがあり、父親を背負ったまま、立ちつくしていた。

薄暗い光の中で、モーナは自分の影すら見つけられず、大地にすら見捨てられたような気がしていた。

霧の多い山地の午後は、いつものように靄《もや》に隠れていた。原住民を征服するのに成功すると、日本軍は霧社に軍事施設の中央隘《あい》勇《ゆう》監督所を設けた。ここから霧社に対する日本統治がはじまった。

草むらが生い茂った空き地は、日本の軍警とセデック族とであふれかえっていた。そして、いつもはセデック族が祭典を執り行う場所で、投降の儀式が行われようとしていた。

セデック族の戦士たちの手から火縄銃が次々と日本の警察へと差し出される。地面に並べられた銃はセデック族自慢の爪と牙であり、それが今、日本人の手に落ちた。最も精悍な戦士たちが、飼い慣らされた猛獣となったのである。

ルダオ・ルへの死後、モーナは仲間たちに推され頭目の地位を引き継いだ。モーナはルへの遺体から真珠や貝でできた首飾りを取り外し、自分の胸にかけた。そして敬愛する父親を自分の家の東角に埋葬し、いつも自分を見守ってくれるよう願った。父が自分にさらなる勇気と智恵を授け、セデック族が苦境を乗り越えられるように――。

モーナは相変わらずガヤを尊重し、信じていた。だが、今度ばかりは彼の祈りも祖先の霊に届かなかった。

日本の軍人と向きあい、モーナと仲間たちは広場にしゃがんでいた。モーナは曇った空を見上げ、鬱々とした気分でため息をもらした。

〝マヘボ社、ボアルン社、帰順式《きじゅん》〟と日本語で書かれた木札を日本人兵士が掲げて来て、セデック族と将校の間に立てた。セデック族は文字を読めない。だが、木札に書かれた怪物のような字体は、モーナの目には恥辱《ちじょく》以外の何物にも映らなかった。

軍楽隊が日本の国歌を演奏する。霧社のセデック族が、日本の統治に服従するという帰順式のはじまりだ。モーナには、まったくきき覚えのない歌だった。悠々迫らぬ音楽は優美で、モーナですら驚くほどだった。だが、この時のセデック族たちは、とても音楽を楽しむ気分ではなかった。

国歌斉唱が終わり、ちょびひげを生やした背の低い将校がモーナに近づく。ついで小屋の下にいる高級将校に敬礼し、霧社の各部落の頭目たちをその高級将校に紹介しはじめた。

「右側のこの者が、マヘボ社の新任の頭目、モーナ・ルダオであります」

背の低い将校の日本語には不自然な抑揚《よくよう》があった。モーナはきき取れない言葉の中に自分の名をきき取り、落ち着かない気分になってその将校をにらんだ。

モーナの王者のような風格に、背の低い将校はそれまでの高揚した口調を止めた。彼は不愉快そうな表情を浮かべてモーナを見ると、さきほどまでとは打って変わった小さな声で高級将校に報告を続けた。

「モーナ・ルダオの後ろにいるのが、マヘボ社の長老のウブス、左側がボアルン社の長老の……」と、その時、

「モーナ、見るな」

ウブスが低い声でモーナを諭《さと》した。ウブスが目の端で、小屋の下に座っている中年の高級将校を盗み見る。すると、相手もモーナの不服そうな顔色に注目している。高級将校の眉を寄せた厳しい表情は、モーナの態度に明らかに不満げな様子だった。

「ウブス」

モーナは沈んだ声で振り向き、憤慨して言った。

「きいたか。ホーゴー社の二つの家族は、そのうちの一人が日本兵を殺したという理由で、家族全員

が小屋に集められ、火を放たれて焼死させられたんだぞ」

「……知ってる」

ウブスはかぶりを振り、顔には悲しみと憤りの色を浮かべた。

「日本人はコブラより凶暴だ」

モーナは言った。

ウブスもうなずいた。

「俺たちの祖先は、どんなことがあっても狩り場を失わなかった。なのに、このモーナが頭目に就任した途端、マヘボ社すべてが日本人の手に落ちてしまった。俺は、祖先に顔向けができない」

ウブスはモーナの肩をたたき、無言で慰めた。

帰順式は重々しく冗長《じょうちょう》で、強風が日本の国旗をはためかせていた。モーナは振り向くと、白地に描かれた赤い太陽を見た。日本人がこの旗を立てて以来、部落の空は二度と晴れないような気がしていた。

「諸君らが天皇陛下のご統治を受け入れ、文明開化の日本の皇民となったことを証明するため、今後、出草の習俗を厳重に禁じることを命令する」

「何だって!?」

高級将校の言葉に、原住民たちは騒ぎ出した。

「出草を許されなければ、ガヤはどうなる?」

「出草がなくなったら、男は虹の橋を渡れない」

「投降には同意したが、そんな話は条件になかったぞ」

すべてのセデック族が興奮して立ち上がった。日本側の要求は彼らにガヤを捨てさせるも同然で、そんなことがどうして受け入れられるだろうか。

「静かにしろ。静かにしないか！」

高級将校は通訳を通じて、抗議を制止した。すると外側に並んでいた警官たちが銃を手に、セデック族たち一人一人に狙いを定めた。

「首刈りのような野蛮な習俗は、許すわけにはいかん！」

高級将校は、重々しく演説を続けた。

「これを機に、諸君らを野蛮と困窮から脱するべく教育する。これは皇民としての義務であり、責任である！」

日本人にとって、出草という習俗が存在する限り山岳地帯の治安は得られない。日本軍は原住民の最も重要で脅威的な信仰を排除しようとしたのである。

「そんな話があるか！」

モーナは絶望した。そもそもモーナは、ラバイ・ノカンの必死の説得でしぶしぶ投降を受け入れたのだった。だがこれで、日本軍が投降を勧める際に約束した、セデック族の習俗を尊重し物質的によりよい生活条件を提供するという言葉は、ウソだったことが判明した。

日本人は獰猛《どうもう》な本音をむき出しにし、セデック族に他人を簡単に信じたゆえの末路を思い知らせたのだ。これは、誠意を命より重視するセデック族にとって、とても受け入れられないことだった。

セデック族は式典後、それぞれの部落に帰された。次に日本の警察は、セデック族に空き地に大きな穴を掘らせた。そして家々にしまってある首を処分させ、出草の習俗の根絶を示そうとした。セデック族の男たちにとって大切に保存してきた頭蓋骨《ずがいこつ》は、彼らの勇気と度胸の象徴であるだけでなく、自分たちを守る友であった。ゆえに、そうした栄誉を捨てろと強要されることは、自分で自分を去勢することに等しかった。

「……これ、全部おまえが一人で刈ったのか」

ほとんどの男たちが一つか二つの頭蓋骨を手にしている中、モーナ・ルダオだけが大きな麻袋を担いでいた。

「なんてこった。おまえ、一体何人殺したんだよ」

監督する日本の警官たちは、怪物を見るような表情でモーナを見ると、通訳を通じてモーナに出草の記録を尋問してきた。

モーナにとって銃で指示されるのは最大の恥辱であり、そんな状況で素直に尋問に答えるはずもない。モーナは日本人の顔も見ず、大きな山のように彼らの前に突っ立っていた。

「おまえ、耳がきこえないのか！」

「もうよせ。野蛮人相手に、ムキになるな」

モーナの不遜《ふそん》な態度を不満に思いつつも、日本人も彼には横柄な態度には出づらく、麻袋の中身を力いっぱい穴にぶちまけるしかなかった。

命をかけて堆積してきた戦功がゴミのように廃棄されるのを見たモーナの心臓は、千匹のムカデに嚙まれたように痛んだ。なぜ、命が奪われたばかりか、祖先が伝えてきた信仰まで、たった一言の命令で抹殺されなければならないのか。

「納得できん……俺には納得できん」

モーナはぶつぶつとつぶやいた。

怒りが頂点に達し、自分を抑えることができなくなった。モーナは全身の筋肉を緊張させると、握り拳に力をこめて、日本人の警官に雨粒のように降らせた。哀れな日本人はしたたかに殴られ、もみあいの末、モーナと一緒に穴の中に落下した。

「うわあ」

日本人警官が叫び声を上げた。落下した瞬間、彼の体は穴の中の頭蓋骨に押しつぶされた。モーナの挙動に、秩序を守っていた警官たちもあわてて止めに入った。長い銃を穴の中に向けて、さかんに大声を上げはじめる。

「やめろ、この野郎、すぐに手を放すんだ」

二人の警官が穴へ跳び下りた。警官は銃の柄でモーナの頭や背中を次々と打ちすえる。

だが、彼らの攻撃は微塵《みじん》もモーナを傷つけることなく、逆にモーナの怒りに火を注いだ。

「わあああ」

モーナはすさまじい叫び声を上げ、先にやりあっていた相手を放り出すと、後で跳び下りてきた二人の警官を殴り続けた。他の警官たちは誰も助けに行こうともしない。発砲したくても同僚に当たりそうで、なすすべもなくただ突っ立っていた。

そこに、高階《たかしな》という警官が駆けつけてきた。彼はその場ですぐさま指揮を執り、人海戦術とばかりに全員一緒に跳び下りて、モーナを狭い穴に押し倒した。

モーナは荒い息をしながら、穴のそばで見守っている仲間たちを見上げると、寒々しい思いでいっぱいになった。目に熱い涙がこみ上げてきたが、あふれ出させるわけにいかない。モーナは目をしばたき、人々のすきまの向こうに広がる遠い空をじっと眺めた。そこは限りなく広く、自由だった。

自分が鷹《たか》になれたらどんなにいいかと思った。祖先の霊の虹の橋を求めて、このまま雲の向こうを飛んで行きたかった。

第五章
秘められた戦意

乱気流が雨の気配を伴って、草原の草を押し倒していく。ホーゴー社の若者のピホ・サッポたちが、重たいヒノキの木を担いで能高山《のだかやま》の急な山道と格闘していた。

「急げ、雨になるぞ」

頑強な体つきのピホ・サッポが灰色の空を見上げ、仲間たちに下山の足を速めるよう促した。だが、ゆるんだ泥道の傾斜は、うっかりすると体の重心のバランスを失いかねない。

「わあ！」

案の定、誰かがなぎ倒された木のように倒れていった。まだ二十歳にもならない若者で、空を見上げた瞬間、足を取られて担いだ木材ごと崖を滑り落ちたのだった。

「ウェイ！」

人々は青年の名を呼んだ。一つの生命が、生死の境にあった。

幸い、彼は間一髪で傾斜地の草をつかみ、谷底に落ちるのを免れた。死神の誘いを振りきり、ウェイの両足は必死で足がかりを探すが、ぬかるんだ土がそれを許さない。さらにまずいことに、つかんだ草が今にもちぎれそうになっている。

「早く、俺の手をつかめ！」

最も年かさのピホ・ワリスが体を斜めにして斜面に手を伸ばす。他の仲間たちはピホ・ワリスの体を引っ張り、斜面に突き出て、彼がウェイに近づけるようにした。

力をあわせた甲斐があり、ウェイはとうとう崖の上へと引き上げられた。なんとか命拾いし、まだ動転している彼はへたへたと地面に座りこんだ。

「気をつけろ。日本人のために木を運んで命を落とすなんて、大損もいいところだからな」

ピホ・サッポとピホ・ワリスのいとこ同士が、ウェイに寄って来ると、顔をたたいて慰めた。


一九三〇年春。霧社《むしゃ》のセデック族が日本人の帰順《きじゅん》式を受け入れてから、二十四年が経っていた。赤ん坊が大人になるのに十分なこの歳月の間に、セデック族の生活様式は想像しがたいほどの変化を遂げていた。

産業道路が埔里《ほり》一路から、山岳地帯の森林にまで延びた。日本人にすれば、この道路は〝文明〟の延長であり、大事な輸送線であった。日本人のいう〝進んだ〟生活様式が、山脈の内臓部へとひっきりなしに注ぎこまれた。

日本軍は苦労して街道を霧社へと延ばし、森林から木々を伐採した。優良な品質の材木を運び出すのは、セデック族に文明的な生活をもたらした見返りといわんばかりだった。

「教育所、医療所、雑貨店、郵便局、それに旅館。霧社の全地区の原住民文化は、我々によって開化されました。大変なことですよ。ここがかつて最も暗黒の地帯だったとは、想像もつきません」

霧社分室の警部主任、佐塚愛祐《さづかあいすけ》と能高郡（現在の埔里）警察課長の江川博道が、霧社の街道を歩いていた。佐塚は新任の江川に、自分の功績を長々と自慢気に語った。

他の〝蕃区〟と比べて、霧社は近代的設備のある部落だった。全台湾の〝撫蕃《ぶばん》〟政策のモデル地区ともいわれ、日本人の秩序にしたがって動いている部落だった。またそれは無尽蔵の経済利益の象徴であり、政治宣伝の模範地区でもあった。

佐塚の得意げな口ぶりは、びしっとした制服をより堂々と見せていた。一方、江川は物静かで目立たず、佐塚の長官でありながら、部下があごを突き上げて歩く様子にも違和感を覚えていた。

二人が歩く先を、漢人の人足たちが山の農産物を天秤で担いで通りすぎた。さらにその先には、十数人のヒノキを担いだセデック族たちがいる。彼らは木材集積所へとよたよたと歩いて行く。

大雨が降り出しそうな低気圧に、江川は息苦しい感じを覚えた。

彼の慎重な目には、そこはかとない陰鬱《いんうつ》が見て取れた。セデック族の憂いに満ちた表情が、江川には心配だった。

「能高山の製材所は、霧社までどれぐらいあるんだね」

生活用品を売る雑貨店の前まで来ると、江川は足を止めて佐塚にたずねた。

「――十数キロでしょう」

佐塚が、少し考えて答えた。

「……そんなに？」

部下の答えに、江川は驚いた。

「製材所からここまで来るのに、丸一日はかかるのじゃないか?」

「平気ですよ」

佐塚はまったく気にも留めない様子だった。

「原住民は体が頑丈ですから。酒を飲む小遣い銭でもやれば、大喜びです。ハハハハハ。さあ、こちらです」

佐塚の乾いた笑い声に、江川は嫌悪を感じた。口に出しては言わなかったものの、不快そうに佐塚をちらりと見た。赴任したばかりの江川であったが、山地の警察がセデック族に対して相当な軽蔑的態度を抱いていることがわかり、原住民には恩情と権威とを併せ持った対応をすべきだと信じる彼にしてみれば、こうした状況にかすかな不安を覚えずにはいられなかった。

佐塚の案内で、江川の霧社巡視は部落内の各公共施設へと向かった。ちょうどその時、三人の若いセデック族の青年――タイム・モーナ、サプ、ワダンが半裸で、雑貨店のテーブルを囲んで話をしていた。

「ああ、いてえ」

長椅子に座ったタイム・モーナが、首を回している。濃い眉が痛みのせいで一文字になっている。両肩には青や紫のうっ血があり、下手な画家の失敗した絵のようであった。

「みんな、同じさ」

ほおの落ちくぼんだサプが手にした酒杯を置くと、やるせなさそうな声を上げた。サプとワダンの体にも赤くはれ上がった傷があり、それらはタイムと同じで肩の部分に集中していた。

「膏薬《こうやく》を持って来たぞ。塗ってやろう」

漢人で雑貨店店主のウー・ジントンが右手に膏薬を入れた箱を持ち、左手に酒を下げて、流暢な日本語で若者たちに声をかけた。

「オヤジさん、酒はもういいよ。俺たち、金がないんだ」

タイム・モーナはよだれが出そうなほど飲みたかったが、日本語で断った。子供の頃から日本語を学習させられた若い世代のセデック族は、日本語で漢人と意思の疎通が図れた。

「いいんだよ。これは俺のおごりだ」

ウーは友好的な笑顔を見せた。

つづいて彼はタイムの後ろに立ち、注意深く箱を開ける。それから指で黒い膏薬をひとすくいすると、タイムの肩につけ、平らにこすりはじめた。

「そっ、そっとやってくれ」

あたりに膏薬の匂いがあふれ、タイムはウーの指の力に悲鳴を上げた。

「辛抱しろ。ちゃんと塗らないと、効き目がないからな」

「ああ、毎日、金にもならない木を担いで、最近は俺の猟犬にまでそっぽ向かれる始末さ」

タイムは目を細めて、セデック語でサプとワダンにぼやいた。

「そうだよな。そのうちイノシシの母親が自分の子に言うぜ。昔はすごい猟師がいた。酒を飲んでも狩りができたってさ」

モーナ・ルダオの娘婿であるサプは、壁にもたれて自嘲《じちょう》した。

「でも、今はもう怖くない。肩の傷がひどくて、銃もしっかり持てないから」

「平気だよ。イノシシは、銃を恐れなくても木を恐れるから」

ずっと黙っていたワダンが突然、口を開いた。

「木は俺たちの祖先を見たことがあるほど年老いているが、それでも俺たちを恐れているさ。それに……」

ワダンは太い腕を持ち上げて、木を切るしぐさをしてみせた。

「木はますます俺たちを怖がっている」

ワダンの表情にはある種の諦めがあった。

「ハハハハ、そうだな」

彼の冗談にタイムとサプは大笑いした。ウーのマッサージの手も、タイムの体の揺れに止めざるをえなかった。

「しかし変だよな。なんであんなにたくさん工事があるんだ」

ウーは突然、見事なセデック語で言った。

「あれ、オヤジさん、俺たちの言葉がうまいじゃないか」

タイムたちにほめられて、ウーは照れくさそうに頭をかいて言った。

「霧社で長いこと商売をしていれば、あんたらの言葉ができるようになるのも当然だろう」

そう言うと、ウーもタイムたちと笑った。

雑貨店の笑い声は、日本語を話す若い警官が入り口の外から声をかけてくるまで続いた。

「もうすぐ雨が降ってくるぞ。まだ、ここで酒を飲んでいるのか」

質問とも命令ともつかぬ口調に、笑い声はぴたりとやんだ。タイムたちは目をしばたかせて、逆光でよく見えない声の主のほうを見た。年の頃十八、九歳のがっちりとした体格の、警察の黒い制服を着た花岡二郎だった。

「これはこれは、お役人さま」

二郎が店に入って来ると、三人のセデック族の顔色は暗くなった。サプは〝お役人さま〟という言葉をわざと強めて言った。嘲笑の意図は明らかだった。

サプの言葉に、二郎の顔色が変わった。制服のボタンはきっちりと首の下まで止められ、日本人の警官と何も変わらない。だが、その容貌はタイムたちと同じく、セデック族特有の彫りの深い顔立ちだった。

「これはこれは」

ウーは空気がかたくなったのを察知し、急いで二郎に親しげにあいさつをした。

二郎はウーに向かってうなずくと、居心地悪そうにサプたちに言った。

「苦労して得た少しばかりの金で、酒を買うなんて」

「これっぽっちの金、酒を買う以外に何ができる」

「そうとも。どうせ俺たちには、貯金なんてまねはできないからな」

サプとタイムが口々に言い返した。二人の口調には強烈な軽蔑の意図があり、誰がきいても心に突き刺さるものがあった。

「そうさ。お役人さんは日本人だから、俺たち原住民の苦しみはわからねえ。そこへいくと、オヤジさんは……」

二郎と向きあう位置にいたワダンが、タイムの言葉に続いて立ち上がる。それから二郎をにらみつけると、杯をウーに渡し、さほど流暢ではない日本語で言った。

「オヤジさんは俺たちのことをよく理解してくれる」

ワダンはウーに酒を飲み干すよう目で促し、声には敵意をこめて言い放った。ワダンたちの嫌がらせに、二郎は胸の苦しみを吐露する代わりに、荒い鼻息を吐き出した。彼は本名をダッキス・ナウイと言った。ホーゴー社の有力者であるオウイ・ピホの長男で正真正銘のセデック族だった。

佐久間左馬太《さくまさまた》が第五代台湾総督に就任し、〝理蕃《りばん》五カ年計画[※1]〟を発布して以来、日本政府は原住民の融和政策を徹底する。セデック族の生活を根底から変えると共に、日本人警察官に政治目的による原住民との結婚を奨励した。また頭目《とうもく》や長老の子どもたちには強制的に日本人名を名乗らせ、幼い頃から日本人のもとで教育を受けさせて、完全に日本人として育て上げた。

花岡二郎は、まさにそうした状況のもとで育った子供だった。だが二郎は、心の中では自分がセデック族であることを忘れられないでいた。

彼のような人間はどちらの民族にも属せず、自分のアイデンティティーを見出すことができない。政治に翻弄《ほんろう》された木の葉のように、日本人とセデック族との間の境界線上を漂い、民族孤児となっていたのだった。

二郎は、とっくに同族の仲間からの皮肉に慣れていたが、心中の苦痛は決して薄れることはなかった。黒雲の中で蒸発した水分がついに空気中にこぼれ落ち、大きな雨粒となって落ちてきた。

「降ってきたぞ」

まだ酔いのさめないワダンが、振り向いて二郎に言った。

「早く帰らないと、立派な制服がびしょ濡れになるぜ」

タイムとサプはそれをきくと、またひとしきり笑った。ワダンの得意げな表情に二郎は憤りでうつむき、こめかみがずきずきと痛んだ。頭が破裂しそうだった。二郎は逃げ出し、風雨の中を走り出した。

「急げよ！　その日本の毛皮は貴重だからな」

ワダンの最後の言葉が二郎の耳に届き、また二郎の自尊心を突き刺した。二郎は無表情のまま雨の中を走った。雨水で洗い落としても消え去らない汚れが、自分の魂にこびりついているような気がしていた。


「どしゃ降りだな……」

霧社から七、八キロ離れたボアルン社の警察署では、雨がひさしから滝のように落ちていた。タバコをくわえた警官が、足を机の上にのせてけだるそうな声を出した。その目は退屈そうに、大雨にけむる外の様子を眺めている。

「よかったよ。大雨が降れば原住民どもも家に隠れて、外で面倒を起こさないからな」

もう一人の馬面の警官がほおづえをつき、もう片方の手で無意識のうちに机をたたいて拍子を取った。

その時、遠くから雨傘をさした人影が、東のほうの集会場から警察署へと駆けて来た。水しぶきで服が泥だらけになるのも構わず、何か大事な約束でもあるかのように飛び込んで来る。

体格のいい丸顔の若い警官で、ずぶ濡れの制服には金色の刺繡《ししゅう》で〝花岡一郎〟と書いてあった。

彼はひさしの下で傘をしまうと、ひざに手をおいてぜえぜえと息を切らした。

「早く、早く、生まれるぞ！」

ずぶ濡れの一郎を見て、タバコをくわえた警官が独り言でも言うように声を上げた。

呼吸の乱れが少しおさまると、一郎は部屋の二人には取りあわず、広間の奥にある宿舎へと急いで走って行った。

「ふん！」

馬面の警官がその姿を見送りながら、嘲《あざけ》るような口調で言った。

「原住民の夫婦からは、日本人は生まれっこないがなあ……」

臨月の妻が気がかりでたまらない一郎は、長い廊下を走り抜け、畳敷きの宿舎の客間へとやって来た。

「ダッキス、早く、早く」

「もうすぐ生まれるというのに、見回りになんか行って」

客間に集まった警官の妻たちが一郎を見るなり、口々にセデック語でまくしたてた。和服を着ているが、全員セデック族の女たちである。彼女たちは皆、日本人がわざわざ迎え入れた〝和蕃《わばん》の道具※2〟であった。

鳥の巣をつついたような騒ぎに、一郎はますます緊張した。隣りの部屋からきこえてくるうめき声に、どうしていいかわからずにいた。

一郎は隣りの部屋に突進し、ノックもせずに扉を開けた。うめき声がさらにはっきりときこえてきた。

「花子、大丈夫か」

一郎が叫ぶ。妻のそばに駆け寄ろうとして、太った中年の女性にはばまれる。

「ダッキス、出て行って。ここは女に任せて」

一郎は心配そうに床の上の妻を見た。彼女の顔は陣痛の苦しみでゆがみ、後ろでまげに結った長い髪は、汗でびっしょりと濡れている。

「花子！」

一郎がまた妻の名を呼んだ。

「大丈夫よ。初産はみんなこうなの。あんたが中にいても、何もできないんだから」

一郎が渋々廊下に戻ると、厚い扉が無情にもパタンと閉められた。

妻の苦しみが忍びなく、しょんぼりと警帽を脱ぐ。すると、ぺちゃんこになった短い髪が現れた。客間に座っていた女たちは、口々に慰めの言葉をかけてきた。だが、花子が叫ぶたびに一郎の心も痛みにうずいた。

緊張のあまり手に汗を握る一郎は一人で玄関に行き、タバコに火をつけた。

ニコチンが効いてくると、一郎の手の震えも少しずつおさまっていった。


一郎の本名はダッキス・ノービンといい、花岡二郎と同じホーゴー社の出身だった。日本語の苗字は同じだが、彼らは兄弟ではない。ただ年齢が一つ違いで、同じ埔里の小学校を出たので、山地の警察によって義理の兄弟の契りを結ばされたのだ。

内向的な一郎は、明るい二郎とはまったく別のタイプだった。一郎はごく普通の家庭の出で、権勢のある家庭出身の二郎とは違う。だが、出自は平凡でも生まれつき優秀だった彼は、日本人か例外として頭目か長老の子どもだけが日本人小学校に入れる、という決まりを変えたのだった。

在学中も二人は共に学業優秀だった。特に一郎は大小の試験で表彰されたばかりか、高等小学校卒業時の成績は十点満点中平均九点というずば抜けたものだった。

卒業後、彼はそのまま進学し、台中の師範学校に入った。一方、二郎はそのまま故郷に帰り、派出所の雑用係となった。

一郎は師範学校を卒業すると、故郷で教師になるつもりだった。だが、政府は教師の職に空きがないという理由で、彼をボアルン社の警察署の乙種巡査に任命した。一郎はがっかりした。同族人に軽蔑される山地警官にならなければならないばかりか、日本人からの差別にも耐えなければならないからだ。

一郎の学歴は警察局では最高であったが、給料は一般の日本人警官の半分しかなかった。しかも、警官として働く時は、良心に背いて同族人と対立する立場に立たなくてはならない。同族人を殴るよう強制されることすらあった。

セデック族の目には彼は日本人の犬になったと映り、一方、警察内ではただ日本語のできる原住民というだけで何ら尊重もされない。その板ばさみの苦しみは、もともと陰りのある性格の一郎をさらに寡黙《かもく》にしていた。

一郎の心中には、どこにも持っていきようのない憤りがあった。理蕃政策の駒として文明人になるように訓練され、それは意識の奥底にくさびのように深く打ちこまれた。一郎は、自分の父たちが日本人が野蛮とみなす方法で身を立てることを受け入れられなかった。かといって自分のセデック族の顔をすげ替えることもできないでいた。

二つの相反する価値観に引き裂かれ、心はいびつになり、どちらの道を行くこともできない。となると、同じ運命を共にする者たちに救いを求めるしかない。

そうした考えにしばられ、一郎と二郎は結婚相手を選ぶにあたり、同じく日本の教育を受けた川野花子（本名はオビン・ナウイ）と高山初子（本名はオビン・タダオ）を、それぞれの運命共同体に選んだのだった。ただ、その選択が永遠に続くのか、それともしばらくのことであるのか、それは二人にもわからなかった。異民族の文化を強制的に注入された二組のセデック族は、その矛盾を新しく誕生する命にも伝えていくのだろうか。

雨雲が墨のように黒くたちこめ、稲妻が天空を引き裂くように光った。窓辺に立った一郎は自らの複雑な運命に疲れきり、その苦しみを誰にも訴えることができずにいた。

彼はその性格もあり、未来に希望を抱くことができなかった。それでも、新生児の生きようとする力強い泣き声には、やはり希望の笑みを浮かべずにはいられなかった。


「木が倒れるぞ！」

激しく降り続いた雨は、すすり泣きに変わっていた。モーナの長男であるタダオ・モーナは斧を高々と振り上げ、大空を仰《あお》ぎ見た。

さっきまで高くそびえていたヒノキが、今は静かに大地に横たわり、世界を見下ろす権威を失っていた。タダオはかがんで、心の中で詫びるかのようにそっと樹皮をなでた。

弱々しい陽の光が雲の合間から射しこんでくる。

今年で三十歳になるタダオ・モーナは父親に似て背が高く、精悍《せいかん》な顔立ちもまたそっくりだった。タダオは大空に浮かぶ鮮やかな虹を見つけた。その美しい色に、彼は唇の端を持ち上げた。

虹はセデック族にとって、祖先の霊が存在する証明である。

「うわあ」

タダオは虹の姿に感動し、大声を上げて周りにいた仲間たちの注意を引いた。

きけ
人間よ
見よ
人間よ
俺たち決死の勇士は出草《しゅっそう》する
枯れた松の下で戦えば
松葉は乱れ飛ぶ
今こそ首を持って帰るぞ

タダオの野太い歌声が森林の隅々までとどろいた。仲間たちも気分が高揚し、合唱した。

古めかしい旋律が響く中、タダオは麻の上着を脱ぎ、腰布だけになった。それから手にした斧を高々と上げると、後ろの大木に振り落とした。

日本人が来て以来、セデック族は出草ができなくなった。少年たちは男となる機会を失った。最も大切な財産とされた銃もすべて没収された。

男たちは先祖同様、弓と矛《ほこ》で狩りをするしかなくなった。だが、森林がさかんに伐採され、イノシシとヤギの姿すら、めったにお目にかかれなくなっていた。狩りの成果はどんどん減っていった。セデック族は山の特産物だけに頼って暮らしていくことができなくなり、生活が困窮していくのを手をこまねいて見ているしかなかった。

日本人はセデック族の暮らしをよくしないばかりでなく、彼らの伝統まで完全に否定した。習俗を尊重せず、神社をバカにし、彼らを二等国民とみなした。男たちは長髪だというだけで連行されて殴られた。そのうえ子供たちは学校に行かなくてはならず、本来の学習である農作業のさまたげとなり、女たちは理蕃政策の犠牲となった。

セデック族の美しい娘たちは、政府の采配で日本の山地警官に嫁がされ、不幸な結婚に憔悴《しょうすい》していった。日本人の夫はセデック族の妻たちを人間扱いせず、彼女たちは尊敬のない結婚をどう維持していけばよいかわからなかった。

忌まわしいことに、山地警官の多くは罪を犯した素行不良者で、彼らは公的権力を笠に着て威張りくさり、少女たちを暴行した。これにより婚外子問題が出現し、セデック族にとっては到底我慢できない状況になっていた。

自由な生活を奪われ、セデック族は重労働に衰弱した。駐在所、道路、各種公共施設の建設・補修にいたるまで、山地警察はありとあらゆる名目のもと、彼らの労働力と金銭とを搾取した。精悍さで知られたセデック族の戦士たちは、その力を土を掘り起こし、木を切り倒し、木材を運搬することに費やすしかなくなった。こうして先祖たちの華々しい戦いの歴史は、彼らの末裔《まつえい》からはますます遠ざかっていった。

（出草ができなければ、セデック・バレになれない。虹の橋の向こうにいる祖先の霊に顔向けができない）

タダオは胸の中で、重苦しい不満を叫んだ。人は誰でも、自分の信仰と暮らし方を決めることができるはずだ。だが、神はもはや、信心深くまじめなセデック族を見放されたかのようだった。彼らの恨みを、ガヤはきき届けてくれるだろうか——。

家の入り口に腰を下ろしたモーナ・ルダオも、同じように空の虹を眺めていた。手にした竹の琴が空気を震わせて、悲愴な曲を奏でている。それはまるで、亡くなった父親に対する懺悔《ざんげ》のようだった。

モーナは、日本人が部落を占拠するにまかせた自分を許せないでいた。

モーナは今年で四十八歳になる。全身の筋肉はまだ驚くべき張りを保っており、疾走するイノシシを軽々と弓矢で射止めることができた。しかし踏みしめる土地は、もう自分の物ではない。モーナの足がどんなに速くても、どんな意味があるだろう？

雨の後のひさしからは、ぽつぽつと水滴が落ちてくる。モーナのかたわらで、何匹かの猟犬が寝そべって眠っていた。だが、近づいて来る足音に驚いて目を覚ますと、猟犬たちは低いうなり声を上げてモーナに知らせた。

猟犬たちに脅かされて、一人の十二、三歳のセデック族の少年が小屋の前で足を止めた。くるくると動く丸い目で、石臼の上のモーナをじっと見つめている。

「バワン・ナウイ、こっちへ来い」

モーナはあごをひょいと上げて、自分の前に来るように手で呼んだ。

少年はそれをきくと、たちまちうれしそうな表情を浮かべて、モーナのそばにやって来た。

「頭目」

バワンの変声期にさしかかった声は、アヒルのさえずりを思い起こさせた。両手を後ろに回し、モーナの言葉を待っている。

モーナはタバコに火をつけ、気持ちよさそうにひと口吸った後、ようやくゆっくりと少年にきいた。

「バワン、学校はどうした」

「俺……」

少年は決まり悪そうにした。

「……病気なんだ」

バワンは恐る恐る答えた。

「病気？　おまえが病気だって？」

声が大きくなると同時に、モーナは少年のほおにかすかに血の痕があるのを認めた。

「こっちへ来い」

モーナは大きな荒々しい手でバワンの顔をつかみ、傷を調べながらきいた。

「先生に殴られたのか」

「……うん」

バワンは少しためらったが、自分が受けた仕打ちを打ち明けた。

「駆けっこで日本人の子に勝ったら、その子が泣いて、そしたらそこに先生がやってきて、俺がその子をいじめただろうと言って、何度も何度も殴ったんだ」

少年の悔しそうな顔を見ながら、モーナはキセルを吸った。彼はかがんで、酒つぼの酒を杯に注ぐと、少年の手に渡した。

「頭目？」

モーナの行動にバワンは驚いた。幼い彼はまだ酒を飲んだことがなかった。

「飲め」

頭目の許しを得て、バワンはうれしそうにしゃがむと、ひと口で飲み干した。

「ふん」

モーナの口元がゆるむ。

「もう一杯、飲んでもいい？」

モーナが酒つぼを渡すと、バワンは喜んでまた自分に一杯注いだ。

「頭目、俺、運動会では絶対に一位になって、表彰されて、あの日本人の子を泣かしてやるんだ」

バワンは顔をほころばせて自分の胸をたたくと、得意そうにした。

「頭目、俺は、日本人が大嫌いだ」

バワンは酒臭い息を吐くと、口ごもりながら言った。

モーナはバワンの言葉に暗い顔つきになった。

少年はまた手を伸ばして酒を注ごうとしたが、今度は止められた。バワンはどうして？　というようにモーナの顔を見た。

モーナの熱っぽい視線をバワンは正視することができず、下のほうへとそらす。すると、モーナの太ももにムカデのような大きな傷痕があるのに気がついた。

「頭目……じいちゃんが言ってた。頭目は若い頃、英雄だったって」

「ハハハ、わしが若い頃は英雄だった、とじいちゃんが言ってたって？　ハハハ」

モーナは笑いを抑えることができなくなった。

「わしは今も英雄だと、じいちゃんは知らんのかな」

激しく笑って、モーナは目が潤んできた。彼の高笑いが人に見せるためなのか、それとも自嘲なのか、それは誰にもわからなかった。

モーナはすくっと立ち上がると、バワンの肩をたたいた。それから残った酒を一気に飲み干し、小屋の中へと向かった。

「モーナ頭目、次に狩りに行く時は俺も連れてってよ」

少年は最後のチャンスを逃すまいとして、自分の頼みを口にした。

モーナは立ち止まると、厳しい顔で言った。

「バワン、男なら誰にも自分の狩り場がある。おまえの狩り場はどこだ？」

バワンは答えようとしたが、心の中の答えは蝶々のようにとらえどころがなかった。同時に天と地とが回転するようなめまいがして、答えが頭の後ろから飛び出し、全身を駆けめぐるような感じがした。

「バワン、大丈夫か」

少年の顔色がおかしいのを見て、モーナが声をかけた。

「平気だよ、頭目。ちょっと酔っただけだから」

少年はふらつきながら、自分の家の方向へと歩き出した。

モーナは、ヒナが旅立つのを見守る親鳥のようにバワンの後ろ姿を見送った。世の中は自分で思っているほど甘くはない。力のない者が試練から立ち上がろうとしなければ、現実はハゲタカのように我々の壊死《えし》した部分をついばむのを待ち構えている。

巨大な威力を隠し持つ酒は、バワンに大人の世界に対する畏敬《いけい》の念を教えることだろう。バワンは意志の力で、それを克服しなければならない。空の虹が消えると同時に、その意志の力は跡形もなく消え失せていることだろう。モーナが見守っていると、少年は泥の中にばたりと倒れ、意識を失った。

「どういう運び方をしたんだ？　ひきずって運ぶなと、言っただろうが。こんなにしちまって、使い物にならないだろ」

セデック語で叫んでいる男は目が細く、口がとがり、何かというと原住民の粗さがしをするのが好きな、マヘボ製材所の巡査の吉村克己《よしむらかつみ》だった。霧社の小学校宿舎を建てるため、監督として派遣された警官で、木材伐採の経験が豊富だということだった。その彼の前では、全身泥だらけになったセデック族の若者たちが黙って立ったまま、清潔な服装の日本人をじっと見つめていた。

男たちは疲れきり、腹をすかせ、心中の怒りは頂点に達していた。だが、吉村の前でそれを露わにすることはできなかった。

「木の皮がはがれただけじゃないか。中は問題ない。俺たちは、昔からこうやって材木を運んでるんだ」

上半身裸のピホ・サッポが、目の前の木材を足で蹴《け》った。

「なんだと？　何度言ったら、おまえらボンクラにはわかるんだ？」

吉村がピホの太ももを蹴った。

「こんなになったら、いい値では売れないんだよ。脳みそのかけらもない奴らだな。おまえらを生蕃《せいばん》と呼ぶのは、遠慮がすぎるというもんだ」

ピホはよろよろと後ずさったが、なんとか踏みこらえた。セデック族は敵の前では簡単に倒れない。

彼は狼が牙をむきだしにするように、今にも突っ込んでいきそうになった。幸い、仲間のピホ・ワリスがピホ・サッポの体を抱きしめ、吉村に向けた拳《こぶし》を押さえつけた。

「バカを言うな！　道がぬかるんでいるんだ。さっきもウェイは危うく落下して死ぬところだったんだぞ！」

ピホ・サッポの怒鳴り声が製材所中に鳴り響き、遠くで作業をしていた漢人たちもこちらを見た。

して言った。

「ふん、それがどうした」

吉村は余計にいきり立った。それから、手足がかすり傷だらけのウェイを見ると、警棒を振りかざ

「おまえの材木はどうした」

「……谷底に落ちた」

「落ちた、だと？　一本いくらすると思ってるんだ。それを落としただと？」

吉村は警棒をウェイの体に振り落とした。警棒はウェイの右腕に直撃し、あまりの痛みに彼は腰を折り曲げた。吉村はそれを見ても手を止めるどころか、めちゃくちゃに殴りはじめた。

「いい加減にしろ！」

ピホ・サッポの怒りは、とうとう限界を超えた。虎のように猛然と吉村に襲いかかる。貧相な吉村の体は、犬のフンの上につんのめりそうになった。

ピホ・サッポの快挙に、セデック族は喝采の声を上げた。しかし、原住民をバカにしている吉村が、そのままで済むはずがない。彼はクソッと叫ぶと、ピホ・サッポと取っ組みあいをはじめた。

「何をしている、ピホ」

今にも血を見ると誰もが思った瞬間、冷たい声がピホ・サッポの動きを止めた。全員が声の主を振り返った。騒ぎは一瞬にして静まりかえり、その人物の顔を見たピホ・サッポはすぐにしおらしい表情になった。

地面に倒れていた吉村が、自分の目の前に来た足を見て顔を上げる。すると、腰布の下から相手の

下半身をのぞく格好になり、気まずい思いをした。

「吉村さん、昔なら誰かがそんなところからわしを見たら、そいつの目をくり抜いてやるところだ」

男は、マヘボ社の頭目のモーナ・ルダオだった。

「そんな脅しには乗らないぞ。いいか、マヘボの責任者はおまえじゃない。この俺だ！」

吉村は全身の泥を払い落とすと、モーナに激しく警告した。吉村はこの頭目に畏怖《いふ》の念を抱いていたが日本の警察としての威厳を必死で保とうとした。

モーナは黙ったまま、自分より頭半分低い相手を見下ろした。その目はいたって冷静で、かえってそれが、吉村の毛を恐怖で逆立てさせた。

「今日の賃金はなしだ。木材を台なしにされたからな。今度こんなことをしたら、弁償させるからな」

モーナという野生の狼の前では、吉村はしっぽを巻いた負け犬だった。偉そうな態度で事務所に引き返して行ったものの、これ以上はモーナのそばにいたくない、というように見えた。

「弁償だと？　おまえらのために働いて、ろくに工賃ももらえないというのに、きいて呆れる」

ピホ・サッポはそう怒鳴った。吉村は事務所の前に立ち、ぶつくさとつぶやいた。

「貴様ら、覚えてろよ。いつか、目にもの見せてやるからな」

吉村が建物の中に入ると、マヘボの若者たちは、すぐにモーナに事の経緯を報告しはじめた。モーナはいらついていた。子弟たちの訴えにはまったく取りあわず、マヘボ製材所の門から出て行った。怒りのおさまらない若者たちは、呆然とその場に取り残された。

モーナがなぜこんなに消極的なのか、誰にもわからなかった。日本人が憎くないのか？　いいや、彼は誰よりも大和民族を憎んでいた。

父親の死、村の剝奪、習俗と祖先の霊に対する軽蔑、それだけでも日本人を地獄に送りこむのに十分な理由がある。それでもモーナは必死で耐えていた。それは自分がその目で、日本人のすごさを見たことがあるからだった。

モーナは二十九歳の時、セデック族の何人かの頭目たちと一緒に〝原住民日本内地観光団〟に参加させられていた。

〝教化〟を目的とするその四か月の旅は、東京、神戸、名古屋、京都などの日本の大都市を回り、山を離れたことのない彼らに強大な軍事施設を参観させ、日本の脅威と恐ろしさを知らしめた。

その帰りの船上でモーナは、日本の繁華街の通りや、銃や山砲《さんぽう》の製造工場を思い出して、複雑な気持ちでいっぱいになった。

日本の本土の警官が礼儀正しく親切であり、自分たちの部落にいるケダモノ以下の山地警官とはまるで違うことも知った。

「俺たちは人間扱いされていないんだ」

モーナは、そういう結論に至った。自分たちがどれだけ圧迫されているかを理解し、彼の反抗心はよりいっそう堅固なものになった。

霧社に帰ったモーナは、一九二〇年と一九二五年の二回にわたって、日本人に反抗する計画を立てた。だが、結局は計画が事前にもれて失敗、首謀者として彼は厳重な処分を受けた。

以来、モーナの刀を握る手はさらに慎重になった。目つきは鋭いが、矛をおさめることを覚えた。失敗から学び、二度と軽率な振る舞いはしなくなった。憂いと恨みを胸にくすぶる火種に変え、もっと大きな力と精通した智恵を求めはじめた。セデック族の子孫としてすべきことをやりとげるために――。

「歌おう。虹の橋の歌を」

製材所を離れ、小雨の降り続ける山道を歩きながら、モーナは即興で歌いはじめた。

祖先の霊よ
犬がフンを埋めるのを真似た
カラスが腐った肉をつつくのを真似た
俺の顔の刺青《いれずみ》は薄くなったか
日本人の酒を飲み
日本人の服を着た
虹の橋を渡る資格は取り消されたか
祖先の霊よ
森林のメジロチメドリはもう鳴かない
部落にガヤもなくなった
雨水で虹の橋の色を流さないでくれ
俺の死んだ魂が探せなくなる

子供たちが祖先に会えなくなる

情感のこもったモーナの歌声は風に吹かれて天に届き、マヘボを見守る祖先の霊の耳に届いただろうか。戦士の宿命は孤独だった。勇敢な人間も、時には気弱になる。モーナは冷たい雨に打たれながら思った。部族のリーダーである自分は、一体誰を頼りにすればいいのか。

遠くの空にうっすらと虹が浮かんだ。その幻想的な七色の橋に向かって、モーナは目を細めた。昔の友だちに会ったかのように、うれしく、また物悲しかった。

一羽のメジロチメドリが、彼の歌をききつけたように、ヤマユリの木から飛び立った。鳥はモーナの目の前をかすめ飛ぶと、変わらない歌声をきかせてくれた。

「チチ、チチ、チ、チ……」

虹もまだ消えていない。メジロチメドリも沈黙を選んではいない。

「林の中で静かに、メジロチメドリの歌をきいてずっとすごせたら……どんなにか楽しいだろう」

モーナの心に、そんな声がきこえてきた。美しい夢だった。彼はそっと微笑んだまま、雨の降り続く林の中を歩き続けた。

※1　原住民を日本に帰順させるための構想。彼らの住環境を侵し、食糧事情をコントロールし、武器を奪うなどした

※2　政略結婚で日本人の警官に嫁がされた原住民の女性のこと

第六章　導火線

タダオ・モーナはマヘボ駐在所の天井をぼんやりと見つめながら、時が経つのをじっと待っていた。隣りには八歳年下の弟のバッサオ・モーナ、それにワダン、サプがいらだちを露わにして立っている。

「銃五丁に弾丸が二十発……」

穏やかそうな横顔の日本の警官が銃を一丁ずつ机の上におき、引き出しから登記簿を取り出した。

「ここに押印して。それから、ここにも」

警官は銃の数を書きこむと、登記簿をタダオに渡した。タダオは親指を印肉に押しつけた。

「おはよう」

すると、別の太った警官が入ってきた。タダオたちはすぐに日本語であいさつをしたが、警官たちに親しみの表情はなかった。

「なんだ、銃を借りに来たのか」

警官はうなずきながら、椅子に腰かけた。

「そうだよ」

サプが、ワダンを指さして言った。

「ワダンが結婚するんで、その準備をするんだ」

「タダオ、バッサオ、おまえらの父親は今度の狩りのために、大人数を繰り出すらしいな」

太った警官がきく。捺印を終えたタダオが答えた。

「ああ、消えた森に獲物はいないから。狩り場の木は、ほとんどあんたらに切られてしまった。今のうちに少しでも多く狩っておかないと、何もいなくなってしまう」

「何だと」

太った警官が顔色を変えた。だが、タダオはそれには構わず、駐在所を出て行こうとした。

「タダオ・モーナ！　口のきき方に注意しろ。どういうつもりだ」

タダオは無頓着に警官を見つめた。太った警官が息を荒らげている様子は滑稽《こっけい》だったが、それをあざ笑うのはかろうじて抑えた。

「もう行ってもいいかい……」

タダオはわざとしおらしい口ぶりで言った。だが、その表情はあくまでも傲慢だった。

太った警官は怒りが爆発しそうになったが、深呼吸して我慢した。タダオは彼が何も言わないのを見て、仲間たちを連れて悠然と出て行った。


狩人に狙いをつけられたヤギは懸命に飛び跳ねる。そのスピードは、土にひづめの痕跡を残さないほどだった。だが、よだれを垂らした台湾犬たちは、決して諦めることなく追いつめて行く。

バワン・ナウイは手に鋭い刀を持ち、モーナのあとを疾走して行く。バワンは初めての出征で絶対に遅れをとりたくなかった。

ヤギはとうとう断崖へと追いつめられ、十数メートル下の深い川へと跳びこんだ。ヤギの体が空中で見事な弧を描き、水しぶきを上げた。

強烈な生きる意志を示した獲物を、セデック族は尊敬の念をもって仕留める。

すると、俊敏な人影が飛び出してきて、ヤギからそう遠くないところへ砲弾のように落下した。

ヤギは深い流れの中で必死にもがいているが、ほとんど進んでいない。バワンは水底から浮かび上がり、ヤギのかわいそうな様子を見ると、心の中で謝った。

「モーナ頭目《とうもく》、俺の狩り場はここだよ！」

バワンは顔の水しぶきをぬぐって、崖の上のモーナに向かって叫んだ。自分が一人の男に成長したことを、モーナに示したかったのだ。

子弟の勇敢さに、モーナは表情こそ険しいものの、バワンをじっと見つめるその目には限りない満足の色があった。

「頭目、銃声だ」

バワンはもっと仲間の歓声をきいていたかった。しかし、一発の銃声がそれをぶち壊した。彼らの狩り場に何者かが侵入しているのだ。

モーナ・ルダオの目が凶暴な光を放った。ついで、仲間に銃声のしたほうへ行くよう手で合図する。

すると、バワンを除いた二十数人の隊列がすぐさま移動した。

バワンはいぶかしげな顔で、去って行く仲間を見守った。せっかくの英雄になるチャンスを台なしにされ、がっかりだった。少しためらった後、バワンは水しぶきの中、鋭い刀で獲物ののどをかき切った。青緑色だった川の水に、口紅のように赤い部分が浮かび上がった。

その頃、モーナは刀で草むらを切り開きながら、銃声の音の主を捜し求めていた。森林を抜け、山道の下のほうから人の声がするのをきき つけると思わず足を速めた。そして人の背丈の倍はあろう高さの竹林を飛び越えていった。

モーナはタウツァ人たちの前にどさっと飛び降りた。彼らはさっと飛びのいて、モーナから後ずさった。

「モーナ・ルダオ⁉」

タウツァ人たちは驚いて叫んだ。

そこへ武装した大勢のマヘボ人たちが竹林から飛び出して来た。モーナ同様、彼らも殺気に満ちている。するとタウツァ人の一人が飛び出して、敵意むきだしの目でモーナとにらみあった。彼はトンバラ社の頭目のタイモ・ワリスで、幼い頃、モーナに面と向かってその首を刈ると言ったあの男である。

気だるい風がそよぐ中、双方は十歩も離れていない距離で向かいあう。それぞれの猟犬も吠え声で交戦した。

モーナは氷のように冷たい目で、目の前のタウツァ人の一人一人をにらみつけていた。すると敵の中に日本人が一人紛れ込んでいるのに気づいた。

「タイモ・ワリス、まだ足の赤いひよっこ、ここが俺たちマヘボの狩り場だと知らないとは言わせないぞ」

自分たちの頭目がひよっ子呼ばわりされて、タウツァ人たちの頭には怒りが洪水のように押し寄せた。

「モーナ、モーナ、誤解しないでくれ。俺がタイモたちに案内を頼んで、連れて来てもらったんだ。息子に狩りを教えてもらおうとしただけなんだ」

緊張した雰囲気の中、平服の日本人が飛び出して来て、双方の間に割って入った。モーナはそれがトンバラ駐在所の警官、小島源治であることに気づいた。

「そうだとしても、俺たちの狩り場に入りこむことは許されない」

モーナには、何ら譲歩する様子はなかった。それどころか、声に含まれる圧迫感はさらに強烈なものになっていた。

「叔父のタイモ・チライがまだ生きていた頃、ここはもともと俺たちタウツァ人の狩り場だったんだ」

タイモ・ワリスが言い返す。

「だったら、力づくで取り返してみろ！」

バッサオが我慢できずに、タイモ・ワリスに言う。すると打ちあわせていたかのように、双方の陣営からほとんど同時に刀を抜く音がした。白く揺れる刀が、暗い森林に殺気をみなぎらせた。

「よせ！」

いまにも戦いがはじまりそうな様子を見て、小島が大声で怒鳴った。それからモーナの前に出て行くと懇願するように言った。

「モーナ、俺の顔を立ててくれないか……」

ちょうどその時、バワンが仲間たちに追いつき、タウツァ人の後ろから姿を現した。

「顔を立てる？」

モーナはバワンには目もくれず、厳しい声で小島にこたえた。

「小島巡査、だったら、あんたも俺の顔を立てて、このひよっ子どもを連れて俺の狩り場からすぐに出て行ってくれ」

「何が俺の狩り場だ。ここは、俺たち日本人のものだ！」

驚いたことに、そう言った声の主は小島の息子だった。

モーナは目を見開くと、意気軒昂《いきけんこう》な日本の子供を見下ろした。男の子はせいぜい十歳ぐらいだったが、モーナを見るその目には、家畜でも見るかのような侮蔑《ぶべつ》の色があった。

「何だって？」

モーナは笑い出した。だが、その笑いは小島にはぞっとするような声にきこえた。彼は急いで息子を自分の体の陰に隠すと、モーナの怒りを静めようとした。

「子供の言うことだ」

小島は愛想笑いを浮かべて言うと、息子の口を手で覆《おお》った。タイモ・ワリスでさえ、少年の言葉に不満そうにしているのを感じていた。

実際、モーナは一瞬殺意を覚えた。だが、小島はタウツァ群全体を管理する巡査であり、日頃の評判も悪くなかった。その息子に手をかければ、大変なことになることをモーナはよくわかっていた。それで、できるだけ深く呼吸して、自分を抑えたのだった。

モーナは視線を小島の顔に下ろした。モーナの殺気を受け止めた小島は、背中に思わず冷や汗が流れるのを感じていた。

「ふん」

ようやく、モーナは鼻を鳴らすことで、小島とタウツァ人への怒りを解いた。

「行こう。ひよっ子は日本人が保護している」

モーナは部下たちに言うと、くるりと身を翻《ひるがえ》し去って行った。

タダオは帰り際に捨てゼリフを残した。

「タイモ、いつかおまえら全員を殺してやるからな」

マヘボ人たちは渋々と、モーナの後を追って去って行った。

無事に危機がすぎ去ったのを見届けると、小島は手足から力が抜けていくのを感じた。そして、すまなそうにタイモを見ると、その肩をたたいて言った。

「行こう。もう平気だ」

「俺は臆病者じゃない」

タイモはモーナが去ったのを見て抑えられなくなり、そばの小さな木を刀でたたき斬《き》った。

あの時から何年も経っていたが、タイモはモーナ・ルダオの脅しが忘れられなかった。モーナを倒すことを目標に心身を鍛えてきた。だが今日、自分とモーナの気勢にはやはり大きな隔たりがあることを思い知らされた。

むしゃくしゃしたタイモは、敵意をさらに募らせるのだった。

ロビ・バワンが鮮やかな色の結婚衣装に身を包む。華やかな冠飾りをつけ、三連の貝と獣の骨とイノシシの牙を編みこんだネックレスをかけると、彼女は実年齢よりもずっと成熟して見えた。どう見ても、十六歳になったばかりには見えない。恥ずかしそうに新郎のワダンのそばに立ち、うつむいている様子がかえってそれを目立たたせている。

十月のさわやかな空気は、喜びと祝福の祭礼である結婚式にふさわしかった。

珍しくリラックスした様子のモーナは上座に座り、人々の笑顔を見つめながら、さまざまなことを思い出していた。最初の狩りの成功や出草《しゅっそう》のこと。妻と初めて口づけをした時のこと。自分が愛する人と交わり、子供が生まれ、彼らが立派に育ち、さらにその彼らに子供ができたこと。知らず知らずのうちに、それまで存在しなかった小宇宙を自分が創造していることの不思議さ。生命は自分に、何と多くの恵みを与えてくれたことか——。

大きな声を出して心から笑いたいと思った。そんな気分になるのは、本当に久しぶりのことだった。モーナは喜びに包まれ、日本人がやって来る前よりも今が幸せなのだと思おうとした。

その喜びは誰にも奪うことはできない。快楽を感じる能力がある限り、まだまだ日本人と渡りあえるぞ、とモーナは思った。

「頭目、持ち帰るよう言われたマッチです」

モーナが頭を上げると、まぶしい光の中でサプの顔が視界に入ってきた。モーナはマッチを二箱受け取ると、何も言わずに微笑みを浮かべた。サプも口を開けて笑った。サプにとって舅《しゅうと》にあたるモーナは仰《あお》ぎ見る対象だった。

「サプ、おまえはやせすぎだ」

モーナは首を振って言った。

「マホンも子供たちもやせすぎだ。皆に肉を食わせてやれ。バッサオ！」

遠くで酒を飲んでいたバッサオが、急いでやって来る。

「父さん、何か？」

「タダオと一緒に、裏からイノシシを一頭連れて来て、殺せ」

「わあ」

歓声が上がった。広場の人たちはモーナの言葉に、一人残らず興奮して跳びはねた。

「さすがは頭目だ。皆、思い切り楽しんでくれよ！」

新郎のワダンがモーナに感謝して言う。

モーナは腰帯からキセルを取り出すと、石の上で二度ほどたたいた。中の灰がさらさらと落ちてきて、風に飛ばされて跡形もなく消えた。

それから、ゆったりとキセルをくわえるとひと口吸った。両肩をだらりとさせ、頭もからっぽになった。すべてを忘れ、いい気分になった。モーナにとって、時間は贅沢《ぜいたく》品だった。タバコの火が燃えつきるまでの時間は貴重であり、それが終わると、またいつもの自分に戻るのだった。

モーナはせきをすると周りを見渡し、近くに誰もいないのを確認した後、ベッドの下の布をそっと持ち上げた。それから鋭利な小刀を取り出すと、目を細めて注意深くマッチ一本一本の先端の火薬を削り取った。そして、その粉末を竹のベッドの小さな穴から、ベッド下の籐《とう》のかごへと落としていった。どんなささいな動きにも、いつでも作業を停止できるよう、警戒心を怠らない。その手つきは器用で落ち着いたもので、長い時間をかけて慣れたものであることがうかがえた。

モーナが火薬を貯めこむのに、特別な理由はない。ただ、いつかこれらが必要になると信じていた。

だんだんと陽が西に傾いてきた。タダオとバッサオたちはほろ酔い加減で、イノシシを炭火の上から下ろし、かたわらの石の上においた。香ばしいイノシシの丸焼きが皆を引きつけ、大人も子供もつばを飲みこんだ。真っ赤な顔をしたタダオが、刀を抜いてイノシシの首に切りつける。

「ハハハ、日本の総督の頭を俺が斬り取ったぞ」

タダオがイノシシの頭を高々と持ち上げて、日本人をからかう。すると、マヘボ人たちはその仕草に大笑いして、あわれなイノシシの頭を見つめた。

「楽しそうだな。今日は誰の結婚式だ」

流暢な日本語がきこえてきて、その招かれざる客に人々の笑い声がぴたりとやんだ。その声をきいたタダオは、頭皮がむずがゆくなるのを覚えた。

「あー、吉村さん」

吉村が幽霊のように、人々の中に迷いこんできた。タダオは吉村に背を向けて目を閉じ、気持ちを落ち着かせた。

「ちょうどいい所へ。今日は、ワダンとロビの結婚式なんだ」

吉村はキツネのような目でタダオの顔を見ると、彼の前へとやってきた。

「吉村さん、座って一杯飲んでいってよ。ワダンのお祝いなんだから」

頭目の息子としてタダオは、礼をつくして吉村たちを誘い入れた。タダオは酒がめから粟酒《あわ》をすくうと、吉村に飲むよう勧めた。

「いらん、いらん。つばで作った酒なんか飲めるか。汚い」

タダオの血と油だらけの両手を見て、吉村はゴミでも見たかのように嫌そうに後ずさりし、その背中を強風にしなる竹のように曲げた。

「飲めったら」

吉村の言葉に内心腹を立てたタダオは、彼が拒めば拒むほど、口にしつこく酒を注ぎ入れようとした。

「いらんと言っているだろ」

タダオがにじり寄ってくるので、吉村は吐き気を催した。血だらけの手が、吉村の清潔な服をつかむ。誇り高い吉村には耐えられなかった。

「血を、俺の服にこすりつけるな」

吉村は怒鳴り声を上げ、手にした警棒でタダオの腕を払いのけた。その痛みにタダオは杯を取り落とし、地面にぶちまけられた酒の滴が二人の足を濡らした。

「お、おまえ」

タダオは手の関節をさすって吉村をにらみつけた。

「どうしてそんなに礼儀知らずなんだ。人がせっかく酒を勧めているのに、殴るとは」

「野蛮人に、礼儀もへったくれもあるか」

吉村は酒で濡れたズボンをたたき、ますます腹を立てた。

「打たれて当然だろう。さっき、おまえがイノシシの頭を持ち上げて何と言っていたか、俺がわからないとでも思ったか」

彼はまた警棒を振り上げて、タダオの頭を殴った。

「くそう」

その場に倒れたタダオが手で唇をぬぐうと、口から血が流れていた。胸の怒りが体の痛みと共に膨張し、真っ赤な血がさらにそれに拍車をかけた。

「よくも殴りやがったな」

バッサオは兄が殴られたのを見て飛び出してくると、力まかせに怒りの拳《こぶし》を吉村の顔に見舞った。

だが、拳は吉村の顔の横をかすめ、彼の警察帽だけが地面に落ちた。

「バカ野郎！」

吉村はバッサオに怒鳴った。

弟が空振りに終わったのを見て、タダオは這い上がった。何もお構いなしに吉村に向かっていき、バッサオと一緒に彼の体を殴りはじめた。

「やめろ！」

吉村と一緒に来た警官が間に入って止めようとするが、逆にその警官は吉村がばたつかせた足に蹴《け》られ、地面に倒れた。

「いいぞ」

ワダンやサプたちは、興奮して叫んだ。

「みんな、かかれ。ぶっ殺してやれ」

若者たちは吉村の連れを押しのけると、ハチのように吉村めがけて突進した。あわれな吉村は大勢から暴行を加えられ、めちゃくちゃにされた。痛みは極限まで達し、目の端は切れ、鼻は曲がり、腹は太鼓のように何度も重撃をくらった。

吉村に馬乗りになったタダオが、彼のあごを思い切り一撃した。吉村は二度と反抗する力はなくなり、体は骨抜きになったように柔らかくなった。

「ハハ！」

タダオは吉村を勘弁することなく、力いっぱい首をしめつけた。

「やめろ！　手をどかすんだ」

家の中で騒ぎをききつけ外に出てきたモーナは、息子の手が吉村ののどをしめ上げているのを見て真っ青になった。周りの者たちも、思わず震え上がった。

「きこえないのか、やめろと言ったんだ」

モーナは怒って、一人一人蹴飛ばした。

とっくに理性を失っていたタダオは、自分を蹴飛ばした人間を殴り返そうとした。それが父親であることにようやく気がつくと、あわてて拳を引っこめ前のめりになった。

モーナは怒りをこめてタダオをにらみつけた後、腰をかがめて吉村の様子を見た。彼は見るも無惨な有り様で、ぜいぜいと息をしていた。

「おまえら、終わりだぞ」

吉村が連れに助け起こされ、つぶやくような声で言った。

「巡査に手を上げるとは、きさまら、ただでは済まんぞ」

「父さん、こんな人間のクズ、殺してしまえばいいんだ！」

吉村の脅迫に、タダオは腹を立ててモーナに言った。

「黙れ！」

モーナが怒鳴りつけた。その声の大きさは、タダオには思いがけないものだった。吉村は相当な重傷で、吉村の連れは彼を治療に連れ帰ろうとしたが、本人はまだタダオたちとやりあいたい様子だった。

「見てろよ……」

「生蕃《せいばん》め、一人残らず、部落ごと焼き払ってやるからな。マヘボをつぶしてやる！」

吉村は恐ろしい声で叫んだ。モーナは自分の心がその言葉によって、どんと深い奈落の底に沈んでいくのを感じていた。

「父さん、奴らと決闘だ。こっちがやらなければ、やられるだけだ」

静まりかえっていた広場でタダオがそう言うと、皆の注意は日本人の後ろ姿からモーナの顔へと引き戻された。

「やられるとわかっていて、なぜ手を出した！」

モーナはこれまでにない怒りの声で、息子に向かって叫んだ。タダオは父親の反応に驚いて、その場に立ちつくした。

「おまえたちは歯止めの効かない猟犬と同じだ。おまえたちには本当に我慢がならん！」

モーナは怒って広場にいた全員をにらみつけた。それから、手にしたキセルを力まかせに地面にたたきつけ、くるりと踵《きびす》を返した。

楽しかった婚礼が、吉村の侵入で台なしになった。タダオはうつむいて、モーナのキセルを拾い上げると、ワダンに近寄り肩をたたいて詫びた。そして、父親が去って行ったほうを見ると、濃い眉を山のようにしかめた。バッサオとサプが近づいて来たが、二人とも不安そうな目をしている。

広場の人々は、ちりぢりに去って行った。吉村の脅しの言葉がまだ耳に残り、彼らの頭上に分厚い黒い雲のように覆いかぶさった。明日もまた太陽が昇り、自分たちの家を照らしてくれるだろうか。いつものように温かい陽の光と赤い太陽が、この土地に草を生やしてくれるだろうか。ガヤに見守られてきた人々は、快楽の苗を一株も見出すことができなかった。

第七章　決心

「いいか、モーナ。手と足を出すのを我慢しろ。そうして初めて、弓矢で狙った獲物を取ることができるんだ」

　ぼんやりした炎が暗い家の中で瞬いている。モーナはキセルをじっとくわえながら、暗く沈んでいた。彼の耳には、初めて出草《しゅっそう》に行く自分に父親が語りかけてくれた言葉が響いていた。それは何よりも貴重な教訓だった。

「だが、一番大切なのは自分の心を抑えることだ。どんなに手足に力があろうと、正しい風向きを把握しなくてはムダになる。それがあって初めて、鷹《たか》も空高く飛ぶことができるんだ。心の導きがなければ、鷹も頭を失ったハエとなんら変わらん」

　モーナは父親の白髪頭を思い出していた。自分の髪にも何本か白い毛が混じりはじめている。なのに、自分はいつまで経っても、父のように冷静で智恵にあふれた男にはなれない。

「父さん、俺はどうすればいい？　正しい風向きは、どこに向かって吹いている？」

「今頃、酒を持って俺におべっかを使う気になっても遅いわ。巡査を殴った件は、もう江川課長に報告したからな。今度こそ、おまえら父子を捕まえるだけでなく、マヘボ社全体に代償を支払わせてやる。わかったか！」

頭も体も包帯だらけの吉村は、極めて不遜《ふそん》な態度で机の上におかれた粟酒《あわ》を端へと押しやり、お詫びの印の贈り物を受け取ることを拒否した。

「吉村、このモーナ・ルダオが、こうして自分から謝りに来たんだ。あまり無体なことは言わないでもらいたい」

吉村の傲慢さに耐えながら、モーナはセデック語で答えた。モーナは日本語を決して使わない。後ろにいるタダオとバッサオは、黙って頭を下げている。タダオは手を布に隠して、思い切り自分の足をつねっていた。そうしなければ、吉村に従順な態度を見せられないからだ。

「モーナ・ルダオが何だと言うんだ！」

吉村は机をたたいて、立ち上がった。

「自分のことを蕃王だとでも思っているのか。息子もろくに躾《しつ》けられず、それでも頭目と言えるのか。出て行け。誰が入っていいと言った。さっさと出て行け！」

吉村はびっこを引きながら、三人を外へと乱暴に押し出した。

「おまえらに、俺と交渉する資格はない！」

吉村はとりつくしまもない様子で入り口に立ちはだかり、力いっぱい扉を閉めた。

モーナが一晩かけて自分を説得し、タダオとバッサオを連れて謝りに来たことを、吉村は知らない。霧社《むしゃ》地区全体で最も地位のあるモーナにとって、それは大変な譲歩だった。

なのに吉村はその謝意を受け取るどころか、屈辱的な態度で彼に接した。モーナは一瞬、吉村の首を斬《き》り落としたい気分に駆られたが、何とか思いとどまった。

「ごめんよ、父さん」

タダオが足をつねっていた手をゆるめると、皮膚から血がにじみ出てきた。だが、父親が日本人に辱《はずかし》められるのを見て、彼は痛みを感じることはなかった。むしろ申し訳なさでいっぱいになり、吉村に対する憎悪の念を募らせていた。

モーナは黙って振り向くとタダオを見つめ、足早に製材所のほうへと歩いて行った。タダオとバッサオは顔を見交わすと、かぶりを振って、父親の後を急いで追った。

霧が濃くなり、霧社全体は朦朧《もうろう》としていた。花岡一郎は、箸で食器の中のおかずをかき混ぜていた。一郎は独特の匂いのする納豆を、日本人が好む食べ物だといつも自分に言いきかせるのだが、彼の舌は自分の意志に反してしまう。

「花岡君は、最初の息子さんが生まれたんだって？」

ボアルン社の視察に来た江川博道が話しかけた時、一郎は江川が言う〝花岡君〟が自分のことだとすぐには反応できなかった。

「花岡！　江川課長はおまえに話しかけていらっしゃるんだぞ」

江川と共に上座に座った佐塚愛祐《さづかあいすけ》が、一郎が黙々と飯を食っているのを見て、声を上げた。

「はい！」

一郎はあわてて飯を呑みこむと、箸と茶碗をおき、江川のほうに向き直って短く返事をした。

「君は、どこの部落で育ったんだね」

髪をきれいに整えたハンサムな江川は、好奇心いっぱいの様子で一郎を見つめ、優しそうな笑みを浮かべていた。

一郎は、なまりの感じられない日本語で礼儀正しく答えた。

「自分は、ホーゴー社の人間です」

「本名は、何と言うんだね」

江川がさらにきく。

「はい……ダッキス・ノービンです」

日本人の前で本名を名乗ったことのない一郎は、口ごもって答えた。食堂にいた日本人の警官全員が、江川のほうを見た。江川がなぜ、一郎にそんなに興味を持つのかがわからなかった。

「ダッキス・ノービンか……」

江川は興味深そうに、一郎の本名を繰り返した。一郎は、江川が自分をバカにしているのだろうかと推測した。そう考えると、一郎の顔は暗くなった。

「一郎は、霧社の原住民の中で最も学歴があるのです」

佐塚が大きな声で江川に言った。その自慢げな口調は、それが原住民〝開花〟の成果であり、まるで自分の手柄だというかのようだった。

「そうだったか……」

江川は佐塚には取りあわず、一郎の顔を注意深く観察した。一方、見つめられた一郎は、居心地の悪い気分でいっぱいになった。

「午後は時間があるかね？」

江川は身を乗り出して、一郎にたずねた。

「いいえ、自分は午後には霧社に行かなければなりません」

「そうか……」

一郎の返事に少しがっかりした江川だったが、つづけて言った。

「私と佐塚君に付きあって、各部落の視察に行ってもらいたかったんだがね。そのついでに、私に各部落の関係を説明して欲しかったんだよ」

一郎は丸い目を見開いて、江川を見つめた。心の中ではその誘いに必死で抗《あらが》っていた。口を半開きにしたまま適当な言葉を探すが、何と言っていいかわからない。

「先に、付きあえばいいだろう」

佐塚が厳しい目をして、同行するよう言った。だが、一郎は返事をしない。

「――いいさ。先に仕事を済ませればいい」

むしろ江川が一郎の窮地を救うかたちとなった。彼は、何事もなかったように茶碗を持ち上げると、大根のスープをひと口飲んだ。結局、一郎には何の圧力も与えなかった。

一郎はお辞儀をすると、急いで箸とお碗を手に取った。それから粘つく納豆を何とか咀嚼《そしゃく》して、無理やり飲み下した。自分の顔に人とは違うレッテルがはられているのも嫌だったし、日本人の食べ物を好きになれない自分もまた嫌だった。

　一郎は意地になって、胃のむかつきに耐えた。いつまで経っても、どちらの民族にも属さないままでいるのは耐えられなかった。溺れたヤギのように、対岸さえあればそこに向かって泳いで行く。方向が正しいかどうかは、問題ではない。とにかく、溺れ死にしそうな自分の魂を助けなければならない。他のことは命が助かってから、足場が定まってから考えればよい。


　吉村に謝罪を拒否されてからというもの、モーナは深刻なうつ状態に陥《おちい》った。いつもなら気持ちを落ち着かせるタバコもその効果を失っていた。

　マヘボの二百人余りの老若男女は全員がよく知った顔で、命に代えても守りたい存在だ。だが、敵はすでに砥石で刃を磨いている。

　きっと吉村はどんな手を使ってでも、マヘボに報復をしてくるだろう。部族の安全を確保できないのであれば、我慢することに何の意義がある？

　モーナの心は揺れ動き、迷っていた。

　トントン。

　物思いに沈んでいたその時、二人の息子が扉をたたいて中に入って来た。モーナは顔を上げ、タダオとバッサオを不機嫌そうに見た。すでに子供もいる二人がモーナの前では、いたずらをして叱られ許しを乞う子供のようだった。

「父さん、俺たちは確かに衝動的すぎた」

タダオは深呼吸して、勇気を振り絞ると言った。

「でも、こうなった以上、日本人と決闘するしかないと思う」

モーナは、タダオの言葉に猛然と振り向いて彼をにらんだ。縮み上がりそうな気持ちを押し殺して、タダオは自分の戦意がかたいことを示した。

「決闘？　何をもって決闘するんだ」

座っていたモーナは、がばっと立ち上がると、火のついた薪をタダオに投げつけた。

「部落全体の生命の安全とマヘボの将来――それをおまえは賭けるというのか」

驚いたタダオがかがんでよけると、薪は壁にぶつかって火花を上げた。タダオが振り向くとモーナがすぐそこまで迫っていて、手と足で殴られた。

「父さん？」

二人の兄弟は父親に逆らう勇気はなく、殴られるままになった。その時、バタン・ワリスが二人の外孫を抱いて家の前を通りかかった。バタンは中からきこえてくる音をききつけ、入り口近くまでやって来て様子をうかがう。すると中から飛び出してきた息子と鉢あわせしそうになった。

「バッサオ？」

バッサオが不服そうに駆け出していく。続いてタダオが飛び出してきた。

「タダオ？」

バタンはバッサオよりも陰鬱《いんうつ》なタダオの表情を見て、モーナと息子たちの間に何かがあったのだと察した。

モーナが壁に向かって立ち、激しい呼吸に全身を震わせている。バタンが黙ってモーナに近づくと、ちょうどモーナが振り向いて、二人の目があった。

言葉で語ることの少ないこの夫婦は、長いこと目や表情の変化で互いの思いを伝えてきた。夫の深い褐色の瞳の中に、妻は憤怒《ふんぬ》と抵抗と困惑を見た。

モーナと暮らして三十年、バタンは彼の心中に燃える炎を知りつくしていた。

バタンは心配でたまらなくなったが、夫が静かに一人で考える空間を欲しているのがわかったので、体をどけた。一方、モーナは微かに唇を動かしただけで、結局は何も言わずに出て行った。

家の中の乱れた様子を見て、バタンは寂しくなった。しゃがんで物を片付けはじめると、ふいにある予感に襲われた。マヘボは、大変なことに直面しているらしいと――。


マヘボ駐在所の前の道を、ずっと駆け続けて来たタダオが行く。汗が額からしたたり落ちてくる。父親に殴られた痛みは消えつつあったが、心に刻まれた納得のいかない思いはますます膨れ上がっていた。

タダオはモーナのことが理解できず、腹を立てていた。子供の頃から日本人は敵だと教えこんできた父親が、なぜ、彼らと決闘しようとしないのか。

「父さんは年をとって、勇気がなくなったのか？」

そんな考えを尊敬する父親に持ちたくはなかったが、そう思わずにいられなかった。

タダオは、赤い楓《かえで》の木の下を走り続けてきた足をゆるめた。その時、警察課長の江川博道が主任の佐塚愛祐に連れられてタダオのほうに向かってきた。坂道で少し汗ばんだ江川は、両手を後ろに回しゆっくりと歩いて来る。霧社地区は山水が美しく、特に眉渓《びけい》の壮大な風景は巡回していても気分がよかった。

江川と佐塚を見て、タダオはスカーフを巻いた手でしっかりと刀を握りしめた。タダオは幻想の中ではとっくに二人に手を出していたが、現実は違う。江川はタダオの敵意を敏感に感じ取り、思わずその目をじっと見つめ、すれ違ってからもタダオの後ろ姿を目で追った。

「今のは誰だね？」

江川が佐塚を振り返ってたずねた。

「タダオ・モーナと言いまして、マヘボ社頭目《とうもく》のモーナ・ルダオの長男です」

「私たちを見て面白くなさそうな様子であいさつもしなかったが、何か問題でもあるのかね？」

「ここらの者は皆、あんなもんですよ」

佐塚は、江川の問いかけに取りあわずに言った。

「そのうち慣れますよ」

「いい習慣ではないな……」

江川は部下の鈍感さに少し腹を立てて眉を寄せると、駐在所の門を入っていった。

「仕方ありません。なにしろ、原住民ですから」

上官の言葉に、佐塚は肩をすぼめて笑った。佐塚がこんな態度で理蕃《りばん》を推し進めているのが、江川には信じられなかった。

「課長、主任、中へどうぞ」

机に足を乗せていた杉浦巡査が上官の視察と気づいて、ズボンのシワをあわてて手で伸ばす。それからもう一人の石川巡査と共に玄関に立って出迎えた。

「杉浦巡査です」

佐塚が江川に紹介した。

杉浦は太った男で、霧社の警官の中では貪欲で好色なことで有名だった。

山地の農産物の運搬販売のついでにマヘボの利益をかすめとり、もっとひどいことにはマヘボの少女を何人も強姦した過去があり、マヘボの恨みは極限に達していた。

「いらっしゃると知らせて下されば、原住民たちに歓迎の踊りをさせましたのに」

杉浦はぜい肉を震わせてへつらい笑いをした。江川は、こういう人間が大嫌いだった。

「その必要はない」

そう言うと江川はにこりともせず、ソファに腰を下ろした。杉浦がすかさず茶を運んでくる。のどが渇いていた江川はすぐに茶を手にしたが、目に凶悪な光をたたえたタダオの顔が湯気の中に浮かんできた。

江川はますます憂鬱な気持ちになり、「疲れた」を連呼する佐塚とそれに同調する杉浦を見つめた。マヘボ社にひそかに流れる雰囲気は、江川の動悸を速めるのに十分だった。

「吉村はタダオの一件を分局に報告したそうだ。厳罰に処せられるらしいぞ」

ボアルン社の剣道場である武徳殿《ぶとくでん》で、剣道着を着た一郎と二郎が汗を流して竹刀を振るっていた。むしゃくしゃしていた一郎は、二郎と稽古をすることで憂さ晴らしをしようとしていた。

「何だって⁉」

二郎の言葉に、攻撃態勢に入ろうとしていた一郎は驚いて足を止めた。

「メン！」

一郎の隙を突いて、二郎が彼の面を強打した。

「負けだ。お手あわせ、ありがとうございました」

二郎は畳の開始線の上に戻り、一郎に礼をすると、面を脱ぎはじめた。

「吉村の奴もどうしようもないな」

一郎も面を脱ぐと、白い手ぬぐいで包んだ頭を出した。

「モーナ頭目がわざわざ謝りに行ったのに、どうして上部に訴えるんだ」

「俺なんか子供の頃から、頭目が怖くてたまらない」

二郎は流れる汗をぬぐうと、一郎と一緒に武徳殿の木の階段に腰を下ろした。

「頭目は服に隠した手にいつも刀の柄を握って、いつでも人を殺す準備をしているように思えてならないよ」

「頭目をみくびっちゃいけない。あの方は飼いならされるような人間じゃない。仲間の期待と日本人の脅威の間で、きっと苦しんでいると思う」

「俺たちだって同じさ。野蛮人にはなりたくないが、どう努力しても文明人とはみなされないこの顔を変えることはできないものな」

そう言うと、二郎はズボンのポケットから取り出したタバコに火をつけた。

二郎の言葉に一郎は黙った。子供の頃から受けてきたさまざまな屈辱が胸に去来し、悲しくなったからだ。

「二十年も我慢したんだ。あと二十年辛抱しよう。子供が大きくなる頃には、俺たちの状況も変わっているかも知れない」

「辛抱できるか?」

二郎は煙を吐き出した。煙を追う視線はうつろだ。

「マヘボが全滅させられるというのに……」

「だったら、何かいい手はないか、頭目と話しあうしかない」

そう言うと一郎は立ち上がり、重い胴着を外した。

「俺にもセデック族の血が流れている。学校に行ったのだから、何か手を思いつくはずだ」

二郎は気が急いているらしい一郎を見上げ、賛同するでも止めるでもなく、座っていた。嵐の前に、風にそよぐ野草のように――。二郎の心は一郎と同じようにマヘボのことを思って憂鬱になっていた。だが、自分はその原因と結果の間で進退窮《きわ》まり、まるで無力だと感じていた。

マヘボ社の河岸にしゃがんだモーナは、ごうごうという滝の音をききながら思い悩んでいた。

「人の魂は、川の流れのように行き着く所があるのだろうか。終点にたどり着くまでに、人は幸福な時を経験し、傷つきもし、失望し、そして死ぬ。激流もあれば、渦もあり、深みもあれば浅瀬もある。

でも、最後は海へと流れ出る。そして蒸発し、生まれ変わって雨となる。このように運命を繰り返すのだろうか――」

水面に映った自分の影を見つめながら、モーナはこの世の利害と生死とに思いをめぐらしていた。

「生命の誕生の目的が死だとすれば、問題はどうやってそれを迎えるかではないのか？」

かつて姉妹《しまい》ヶ原《がはら》で亡くした仲間の顔が、今となってはおぼろげになっている。マヘボの若い世代はようやく土壌を得て、風雨を妨げる木へと成長してきた。すべてを捨てて、彼らの生命を日本人との戦いに賭けてよいのだろうか。

「モーナ頭目、モーナ頭目！」

呼び声が林の中からきこえてきて、黒い制服を着た花岡一郎が草むらの中から出てきた。

「モーナ頭目」

一郎はモーナに近づいてきた。

「おまえか、ダッキス」

モーナはいぶかしそうに一郎を見ると、キセルに火をつけ、渓流に向かってくゆらせた。

「……何の用だ」

二人は肩を並べて、河川敷《かせんじき》の岩に腰を下ろした。モーナは一郎が何か言いかけてやめたのを察し、自分から沈黙を破ってきいた。

「モーナ頭目」

一郎は小石を拾い、なんということなしに川に投げた。話題の切り口を探しているようだった。

「日本の内地のことを話してくれませんか。日本に行ったことがあるのは知っています」

モーナは眉をぴくりと動かすと、一郎の横顔を見つめた。

「日本か……日本には軍隊と山砲《さんぽう》と機関銃がある。飛行機も船もある」

モーナは物語をきかせるように一郎に言った。

「日本人は森の葉っぱのように、川の石ころのように多い」

一郎は話をききながら、モーナの顔を見上げる。すると、モーナもじっと自分を見つめているのに気づいた。

「ダッキス、おまえは内地のことがききたいんじゃあるまい。日本人がどれほどすごいか、俺に思い出させたいのだろう。安心しろ。俺は忘れてはいない」

一郎は思惑を見破られると、気まずそうにうつむいた。モーナは口を閉じたまま、微笑んだ。

「おまえたち日本の警察は、俺たちを何日も船に乗せて日本観光に連れて行った。飛行機や山砲を見せるためにな。内地の警察官は山地の連中より、もっともっとたくさんいた。奴らは俺たちが造反しないかと恐れ、何とかして俺たちを手なずけようとした。だが、おまえたちがいつも俺たちをバカにするから、俺たちは出草したくなるんだ」

「モーナ頭目」

一郎は目で無言の抗議をした。

「俺を、あちら側扱いしないで下さい。俺だって、セデック族なんです」

一郎は制服の飾りをたたき、生真面目に言った。

「日本の警官ではあるけれど、あなたたちと同じ血が流れていることを忘れたことはありません」

「そうか？」

モーナは、体全体を一郎のほうに向けて言った。

「だったらきくが、おまえは将来、日本の墓に入るのか、それとも俺たち祖先の霊の家か——」

モーナの質問は一郎の矛盾した心にトゲのように突き刺さった。モーナは彼が答えないのを見て、やはりな、という顔をした。

「おまえは蕃童教育所[※1]で日本人と同じように我々の子供を殴るそうじゃないか」

「俺が殴るのは、子供たちが日本人にバカにされないためです」

一郎はあわてて言葉を継ぎ、反論した。

「だったら、師範学校を出て、他の日本人警官より学歴も高いのに、どうしておまえの給料は一番安いんだ？」

モーナは目を見開いて一郎を見つめた。その目には哀れみともいえない表情をたたえていた。

「それなら日本人はおまえをバカにしないのか。それともバカにされないよう、自分で自分を殴っているのか」

モーナの皮肉に一郎の顔は赤らんだ。だが、モーナもそれ以上は彼の傷に塩をこすりつけるようなことはせず、感慨をこめて言った。

「日本人はガヤが異なる頭目の俺たちの間には互いに因縁があるのを知りながら、わざと一緒に座らせ、飯を食いながらにらみあいをさせた。俺たちは今にも刀を抜いて、相手の首を斬り落としそうになっていた。日本人はそういう策には長けているんだ」

「頭目、日本人による統治の何がいけないんですか。少なくとも、俺たちは平穏な毎日をすごしているし、昔のように狩猟や敵を殺したりしなくても生きていけます」

一郎の言葉にモーナは目をつぶり、深いため息をついた。

セデック族の血が流れる一郎に、二十数年に及び日本統治下で生きながらえる部族の心境が理解できないとは――。

「男たちは木材を運ばされ、女たちは酒席に侍《はべ》らされ、もらうべき工賃もすべて日本人警官のポケット行きだ。ダッキス、いいか。頭目のこの俺は毎日酒に酔ったふりをして、何も見ないきこえないふりをしているんだぞ？　郵便局、商店、学校が俺たちの暮らしをよくしてくれたか？　俺には、自分たちの貧しさを思い知らされているとしか思えん」

「頭目、二十数年我慢できたのなら、なぜ、あと二十数年我慢できないんです？」

モーナは、一郎がこれ以上はないほどに深くうつむいて、弱々しい声で言うのを見た。

「二十年後には、俺の子供やあなたの孫が……もしかしたら……」

「完全に祖先を忘れて、日本人になるか？」

モーナは一郎の言葉を代わりに引き継いで言うと、かたく拳《こぶし》を握りしめた。セデック族の子孫がこんなにも臆病で、物の道理がわからないとは――。モーナは顔を背けて、遠い山を眺めた。

「本気で……やるつもりなのですか」

一郎は潤んだ目で、モーナを見つめた。

「タダオが吉村を殴った一件は、俺ができるだけ何とかしますから」

「俺はもう年だ。安心しろ。日本人相手に、どうにかできるはずがないだろ」

モーナはタバコの草をキセルに詰めながら、淡々と言った。

「ダッキス、もう戻れ。ここは俺の永遠の狩り場だからな。一人きりの狩り場だ。行け」

モーナはマッチをすった。火に照らされた彼の顔はかえって暗く見えた。一郎は追い払われると、渋々と立ち上がり、幽霊のような足取りで引き返して行った。

「ダッキス、酒を飲め。家に帰ったら、思いきり飲んで酔っ払うんだ」

モーナは教え諭《さと》すように言った。

一郎は足を止め、納得のいかない顔で言った。

「これ以上は飲めません。これ以上、飲んだら……」

「飲むんだ！」

モーナは一郎の言葉をさえぎって、苦笑した。

「飲め、ダッキス。俺たちの酒は楽しい酒だ。俺たちの酒は泣ける酒だ。おまえも一度酔っ払えば、いろんなことがわかる」

沈みかけた陽光が、渓谷全体を日陰と日向の二つの地域にわけた。一郎は日向に立ち、日陰に覆《おお》われたモーナのほうを見つめた後、踵《きびす》を返して帰って行った。

一郎の後ろ姿を見送ると、モーナは深々とため息をついた。モーナの心は重く沈んでいた。一郎との対話を思い起こし、悲しみが雨雲のように急速に湧き上がってきた。

「日本人をわしらの部落に入れるな！」

「誰だ⁉」

いきなり耳に飛びこんできた声に、モーナはびっくりした。すばやく立ち上がると、刀を抜き、周囲を見回した。だが、杉の葉が風に揺れているだけで、どこにも人影はない。

警戒して辺りを見回したモーナは、渓谷にいるのが自分一人だけであることを確かめると、ゆっくりとしゃがんだ。川の石で刀を砥ぎ、水面にゆがんだ刃の影を見つめつつ、先ほどの幻影に啞然としていた。

すると力強い手が彼の肩をたたき、突然の感触がモーナを驚かせた。勇敢なモーナも、さすがに後ろに飛びのいた。だが、モーナは卑しくも霧社公認の英雄である。敵が無言で近づくなり、あっという間に振り向いて刀を抜いた。

ところが、その人間の顔を見た途端、モーナの手は空気の中で凍りついた。

「父さん？」

モーナは目をしばたいた。自分が見ているものが信じられなかった。それは、ずっと前に死んだルダオ・ルへだった。

モーナは握った刀を落とすと、恐る恐る手を伸ばした。懐かしい思いと畏怖《いふ》の念で、父親の顔に触れた。

子供の時からよく知っている、温かくヒゲだらけの顔の感触にモーナの目頭が熱くなった。

「モーナ、おまえの顔の刺青《いれずみ》はまだこんなに黒い。おまえは本物のセデック・バレだ。本当の英雄だ」

ルへは微笑むと、指を差し出してきてモーナの額とあごをそっとさすった。

一方、モーナは父の言葉にうれしくなると同時に恥ずかしくなり、何と言っていいかわからなかった。父は息子の心を見透かしたように、慰めるような優しい笑顔を向けた。

「モーナ、あの大きな岩は落雷で削り取られたのだ」

モーナが父の指さすほうを見ると、山の斜面に鋭利な刃物で削られたような半分の岩石があった。

「暗い空の下、落雷が巨石を削り落とすさまは、どんなに美しい光景かのう」

モーナは、父の期待に添えなかったことを恥じる思いに長いこととらわれていた。

「父さん、俺は日本人を止められなかった。俺には仲間を守る力がないんだ」

モーナは詫びるように父を見た。しかし、ルへはそんなことにはお構いなしで、モーナの前で歌いはじめた。

　ここは俺たちの山
　ここは俺たちの……

ルへは歌うのをやめると、振り向いてモーナに言った。

「モーナ、一緒に歌おう」

そして、息子の返事を待たず、また歌いはじめた。

ここは俺たちの山……

夢の中にいるような気分のモーナは意図がわからず、ぼんやりと父を見つめて立っていた。すると、父親がまた振り向いて、息子が声を出さずにいるのを見た。モーナはあわてて歌いだした。

ここは俺たちの山……

ルヘはモーナの歌声をきき、満足して笑う。それから頭を上げて、森林に向かって高らかに歌い出した。

ここは俺たちの川
ここは俺たちの川

モーナも歌う。

俺たちは本物のセデック・バレ
山で獲物を追い
部落でわけあう
俺たちは川で水を汲み……

父親の太くて渋い歌声が、葛藤《かっとう》していた息子の心を落ち着かせた。モーナは父の後について、一音ずつ力をこめて歌い続けた。不思議なことに胸につかえていたものが崩れはじめた。

川よ、騒ぐな
メジロチメドリが歌っている
その美しい声をきこうじゃないか

何だかわからないが、父は歌うことで自分を励ましてくれているらしい。感動したモーナは手を伸ばして父の顔を触ろうとしたが、ルへはもう対岸に向かって歩き出していた。

我らの旅人のために歌おう
祖先の霊の歌を……

モーナは父の後をついて川を渡りたかった。しかし、ルへは息子に向かって首を振り、ついて来ないように合図した。

巨石は落雷のもとにあり

虹が現れた
虹が現れた
誇り高い人間がやって来た……

ルヘは川を渡ると、そのまま森林へと入って行く。モーナは遠くから見つめたまま、力強く歌い続けるしかなかった。

もっとそばにいたかったが、父は自分の息子が迷うことなく、二本の足でしっかりと立つのを見たいはずだ。

その誇り高き人間とは誰だ

ルヘが歌った。

その誇り高き人間とは誰だ

モーナが唱和した。

それはあなたの子孫

セデック・バレ……


ルダオ・ルへの後ろ姿は、その歌声と共に森林の中に消えて行った。

モーナは長いこと黙ったまま、川の流れを見つめていた。

父が教えてくれなければ、セデック族がどれだけ勇敢だったかを忘れるところだった。

自分の体を、ただ食べ物を貪るだけの袋にするな。自分の皮膚に、暖かい布だけを恋しがらせるな。

忘れてはならないものを忘れろと言われたら、反抗し、戦え。飼い馴らされた野獣になるな。信念と自由を失った肉体から、魂は死んで行くのだ――。

「父さん、どうすればいいかわかったよ。父さんが与えてくれた血に、恥じる真似はしない！」

空はだんだん暗くなってきたが、モーナの心は明るく輝きだした。

そして彼は、最後の歌詞を大声で歌い上げた。

俺はあなたの子孫
セデック・バレ！

※1　寺子屋式の学校。主に日本語を教わる

第八章　戦いの序章

タダオ・モーナが吉村を殴ったという話は、セデック族たちがこっそりと次々に伝えていった。

「クソ、タダオに先にしてやられたな」

ホーゴー社の集会広場では、盛大な結婚式が昼間から続いていた。酒つぼを手にしたピホ・サッポは、燃えさかるたき火の炎を見つめながら仲間と話していた。その表情は、タダオが羨ましくてならないというようだった。

「日本人の奴らは本当にひどいよな。酒を勧めて殴られるんだから」

アウイ・ラバイがピホに相槌《あいづち》を打ちながら、太ももをたたいた。

ピホ・サッポを中心に輪になって座る八人は、日本人が言うところの不良どもだった。ホーゴー社の若者の多くは、両親を日本軍に殺された孤児であった。ゆえに彼らは日本人に対して、特に反抗的だった。

「この間もボアルン社の娘三人が、日本人に強姦されたんだ。タダオの奴、いっそのこと吉村をぶっ殺してしまえばよかったんだ」

激昂《げきこう》してそう言った大男は、不良どもの中でも最も激しやすい性格のタイム・モーナであった。

「殺す？　ふん。俺の家族がどんなふうに死んだか、おまえらは忘れたのか」

ピホ・ワリスの顔に憎悪が浮かんだ。

「俺の親父は日本軍の進攻に抵抗して、一人の日本人を殺した。すると、奴らは俺の家族十数人を家に閉じ込め、火をつけて焼き払ったんだぞ。俺は林の中に隠れて、じっと見ている以外に何もできなかった」

「だから、一人を殺すだけじゃダメだ。やるなら、日本人全員を殺すんだ」

ピホ・サッポの言葉に、そこにいた全員が驚いた。彼の言葉は酒よりもっと強く、居あわせた者たちの心をしびれさせた。

「冗談を言うな。日本人を殺しつくせるものなら、俺たちはなんで今まで我慢してきたんだ」

ウガン・バワンが立ち上がってきいた。

「――いや、殺しつくせるさ」

ピホ・サッポは仲間たちを見回すと、わざと間をおいて言った。

「あさっての十月二十七日は、霧社《むしゃ》の運動会だろう。霧社中の日本人が集まるじゃないか」

「つまり？」

ピホ・ワリスがきいた。

全員が顔を見交わす中、ピホ・サッポは手で首の前をかっ切る仕草をした。

「ガヤが授けてくれた絶好の機会だ」

ピホ・サッポのギラギラと光る目には、殺気がみなぎっていた。

「だが、それは誰かと相談して、ちゃんと計画を練ったほうがよくないか」

一番年かさのピホ・ワリスが、しばし考えてから言った。

「各部落の頭目《とうもく》に、一緒に参加してもらうように言おう」

ピホ・ワリスの提案は、不良ども全員の賛成を得た。ピホ・サッポはピホ・ワリスに近寄ると、炎に照らされた従兄の顔をじっと見つめ、心の通じあいに微笑んだ。


ピホ・サッポたちは朝早くからホーゴー社を出発し、他の部落に遊説《ゆうぜい》に向かった。最初にやって来たのは、霧社の要塞的位置にあるタロワン社だった。ピホ・サッポは興奮した子供のように、頭目のテム・マナに自分の計画を話した。霧社発祥の地の頭目として、テム・マナはためらうことなく提議に賛同した。

次にピホ・サッポたちはテム・マナの勧めに従い、マヘボ社のモーナ・ルダオの支持を取りつけに向かった。モーナ・ルダオは誰もが認める燦然《さんぜん》と輝く人物であり、過去の抗日行動の計画にも参与している。そのモーナの支持が得られれば、今回の行動の動員率と成功率がおおいに高まるに違いなかった。

マヘボ社にやって来ると、ピホはタダオとマヘボの男たちに出会い、運動会での計画を彼らに告げ、大賛同を受けた。

タダオは彼らを連れてモーナの家に行き、父親から反乱の賛同を得ようとした。

「父さん、これ以上の機会はないよ。これが最後だよ」

タダオは言った。

「そうですよ。日本人にバカにされないためにも、俺たちを怒らせたらどうなるか、目にもの見せてやらないと。頭目、ピホたちと共に戦いましょう」

モーナは若者たちを見回すと、いま話したのがタロワン社のタイム・モーナであるのに気づいた。

「若いの」

モーナの顔からは、賛成とも不賛成とも読み取れなかった。ただ厳粛な表情で若者たち一人一人の足を見つめたまま、威厳のある声で言った。

「日本人に対する俺の恨みは、おまえたちに勝るとも劣らない。だが、おまえたちは、反乱行動の後は俺たちが死ぬだけでなく、一族全員が滅ぼされることはわかっているのか」

「俺たちの生命は、祖先の血と引き換えにもらったものです。俺たちも子孫と共に、戦衣を血で染める時が来たんです。俺たちは、セデック・バレです」

ピホ・サッポは一歩前に進み出て、興奮してモーナに答えた。

セデック・バレときいて、モーナの胸はざわめいた。ピホの言葉は、モーナに父親との川辺での会話を思い出させた。

「モーナ、おまえの顔の刺青《いれずみ》はこんなにも黒い。おまえは本物のセデック・バレだ」

モーナは顔を上げると、若者たちの顔をじっと見つめた。彼らの顔のほとんどは、つるっと真っ白だ。

モーナの心は、そんな彼らに対する申し訳なさでいっぱいになった。

「タイ、おまえの父親は、おまえがここに来ていることを知っているのか？」

モーナはしばらく黙った後、タイム・モーナを見た。

「父さんは、モーナ頭目に助けを求めろと言っています。子供たちの顔に印を刻めば、虹の橋の祖先の霊にセデック族の子孫だと認めてもらえると――」

タイムの答えに、モーナは初めての出草《しゅっそう》で作った太ももの傷痕を手でなぞった。戦いの時が来た、とモーナは思った。

モーナには頭目になって初めてわかったことがあった。気にかける人がいる者は、永遠に勇敢にはなり得ないと――。だが、この時、モーナは自分が守りたいと思っていたものが、すでに尊敬に値する勇士になっていたことを知った。

心が晴れ晴れとし、すべての暗雲が去り、モーナは急に気が楽になった。

モーナは自分の寝床に向かうと、竹で編んだ床板を持ち上げた。

「日本人に復讐すると言うのなら、それはマヘボだけの問題だ。だが、ガヤの掟を執行すると言うのなら……」

モーナが寝床の下から籐《とう》のかごを取り出し、かぶせていた布を取ると、かごいっぱいの火薬が現れた。

「霧社の十二の部落、全部が参加しなければならん」

その場にいた全員が驚きと喜びとでざわつき、ピホ・サッポは興奮して叫び声を上げた。モーナは手を挙げて、皆を静止した。

「いいか。行動前は絶対に秘密にすることだ。部落の年寄り、子供、女たちには決して知らせてはならん。ピホ・サッポ」

モーナは興奮を抑えられない様子のピホに言った。

「おまえが言い出したことだ。だから、おまえが責任をもって十二の部落の頭目たちに連盟を呼びかけろ。明日の午前、ガヤの火祭りを行うと――」

モーナの言葉は火種のように若者たちを燃え上がらせた。タダオは微笑んで父親を見つめていた。ずっとタダオの胸にくすぶっていた焦燥感は跡形もなく消え去っていた。

モーナは指を差し出すと、タイム・モーナの白い顔に刺青の線をなぞった。

セデック・バレになれない男の子たちは、二つの刺青に憧れの念を抱いていた。それは、彼らの魂になくてはならない一部だからだ。

若者たちは雄叫びを上げ、出征のその時を待ち望んだ。


運動会の開催まで二十四時間を切った。その間にセデック族たちには、やることがたくさんあった。特に大事なのは、もっと多くの仲間を募り、勢力を拡大することだった。

モーナの依頼を受け、ピホ・サッポとピホ・ワリスたちは各部落に出向き、呼びかけをはじめた。他の者たちはそれぞれ自分の持ち場に戻り、決起の準備をはじめた。それから時間をずらして、塩やマッチなどの物資を買い求めに出かけた。霧社の通りで雑貨店を開く漢人のウー・ジントンは、彼らをいぶかりつつも、まさか反旗《ひるがえ》を翻すとは思いもよらないでいた。

「ブタをしめて燻製《くんせい》肉にしろ。粟《あわ》の餅も保存しておけ」

マヘボ社では、タダオがバッサオに食料の準備をさせていた。タダオ自身はワダン、サプらと粟の酒を手に、一軒一軒を訪ね歩いた。彼らはまず酒を地面にまいて先祖に祈りをささげると、それぞれの墓から副葬品として埋めてあった銃を掘り出した。

墓を掘り起こすことは、セデック族にとっては禁忌《きんき》であったが、銃を手に入れるためには仕方がなかった。

モーナは家の中で、自分と三十数年を共にしてきた刀を何度も砥石で磨いていた。まぶしい陽の光が、壁のすきまから射しこんでくる。モーナはいとしそうな目で刀を見つめ、量感を確かめ、柄の感触を味わった。何度も血の洗礼を受けて暗く沈んだ色に変わった刀身に、励まされる思いだった。

ついで、刃にできた小さな一つ一つの凹みを、自分の一生を審議するようにじっと見つめた。それらの傷はまるで自分の体が受けた傷のようだが、すべての起伏は無傷であり、鋭さもそのままである。刃にも自分の霊魂《れいこん》にも、敵を震え上がらせるのに十分な鋭利さがまだある。

モーナは竹櫛を手に取ると、刀の柄の先についた頭髪を梳《す》きはじめた。それらの頭髪はすべて、自分が斬《き》り落とした首から取ったものだ。彼はそれらの髪の毛を自分の友としていた。自分の刀の下で死んだ魂が、戦いのたびに勇気と勝利を授けてくれたのだと、モーナはかたく信じていた。

そして決戦の時――。

風が霧社の大通りを吹きすぎる。木々はゆらゆらと揺れて、学校の運動場から伝わってくる歓声と唱和していた。

日本人は、かつて抗日活動で命を落とした北白川宮能久親王《きたしらかわのみやよしひさしんのう》を記念して、毎年十月二十八日に台湾全土で「台湾神社祭」を行う。山奥の霧社も、例外ではなかった。

能高郡守の小笠原敬太郎《おがさわらけいたろう》と教育長の菊川孝行らは、すでに数日前に霧社に到着していた。霧社地区全体の警官たちは、お偉いさんの到着に忙しくしていた。そのため彼らは、セデック族たちの目が興奮に輝いているのにまったく気づかずにいた。

運動場を巡回し終えた花岡一郎は、制服の襟を立てた。モーナと会話を交わして以来、一郎の胸元はいつも何かにつかまれているような感じがしていた。

「お役人の方々が、視察に見えているんだ。へらへらしてないで、さっさと帰って掃除をしろ」

一郎が運動場を出る時、一人の日本人の警官が、セデック族たちに怒鳴りつけているのがきこえた。

「はい、はい。そう興奮しないで下さいよ」

セデック族がにやにやして謝るのを見た一郎は、彼らが何か仮面でもかぶっているように感じた。

ちょうどその時、小島源治が家族を連れて、一郎がいる通りへとやって来た。

「それじゃあ、送るのはここまでだ。明日はしっかりやれよ」

小島は長男の頭を撫でると、いとおしそうに見つめた。妻と子を霧社の同僚の家に泊めてもらうために送り届け、自分はそのまま駐在所に戻るところだった。

「父さんも一緒に泊まろう」

六歳ぐらいの下の子が、小島の足にしがみついた。

「だめだ。父さんはすぐ戻らないと」

小島はその子を抱き上げると、目を細めて顔に軽く口づけた。

「人様の家に泊まるのだから、いい子にしてなくちゃダメだぞ」

「うん」


小島一家を眺めていた一郎は、思わず妻と息子の幸男を思い出し、温かい気持ちになった。だが、その思いもすぐに打ち破られた。

「おはよう、おはよう、おはよう、おはよう」

ピホ・サッポが右に左にと人をよけながら走ってきた。ついで小島一家とすれ違うと、小島に四回もあいさつをし、そのままパーラン社のほうへと駆けて行った。

「何をしてるんだ?」

小島はいぶかしげに、ピホの後ろ姿を見送った。

「野蛮人は、やっぱり野蛮人だな」

小島の長男が、ピホをバカにしたように言った。しかし、小島はその子の頭を撫でただけで、特にとがめ立てしなかった。

一郎の耳に、小島一家の話はすべて入ってきていた。一郎の胸に不吉な予感がよぎった。それは小島の息子の差別的な言葉のせいではなく、ピホの解せない笑顔のせいだった。

一郎は彼の笑顔に暗いものを感じ取り、思わず背筋が冷たくなった。

「まさか……」

一郎は強烈な恐怖に襲われ、マヘボ社の方向へと駆け出して行った。

小島はものすごい勢いで駆け去って行く一郎を見つめた。

「……どうしたんだ。原住民たちは病気にでもかかったか」

わけがわからないまま、小島は懐《ふところ》から時計を取り出した。

「まずい。のんびりしてられない」

小島は名残惜しげに、妻と子供たちにもう一度別れを告げた。その時の彼は、その〝さようなら〟が永遠の別れの言葉になろうとは思いもよらないでいた。


花岡一郎が、息せき切らしてマヘボ社に着いた。静かな部落は、目立たないながらも何かに忙しくしている様子だった。

一郎は足をゆるめると、マヘボの人たちが小屋の前で刀を研いでいるのを疑わしそうに見つめる。畑から掘り出したばかりのサツマイモを抱えて、部落の外に出て行く者がいる。石臼でしきりと粟を挽いている者もいる。

一郎は人々のあまり友好的でない眼差しに見つめられる中、モーナの家へと向かった。その時、タダオとバッサオがちょうど家の前で刀を拭いていた。二人は、制服姿の一郎が父親の家へと入って行くのを見て驚いた。タダオとバッサオは見つめあうと、急いでモーナの家へと走った。反旗を翻す計画が警察に知られたと思ったのだ。

「モーナ頭目、何もしないと言ったじゃないですか」

家に入るなり、一郎はあいさつもしないでモーナを問いつめた。一郎はすでに、ピホ・サッポたちの様子から嵐の予兆を嗅《か》ぎ取っていた。

モーナは冷たく落ち着いた声で答えた。

「何をするって？　誰がおまえに、俺が何かすると言った？」

一郎はモーナが否定するだろうと予想していた。それゆえ自分が見た光景を話してモーナを問いただそうと思っていた。しかしそれを口にする前に、タダオとバッサオが扉を開けて入って来た。彼らは殺気立った様子で一郎に言った。

「ダッキス、日本人に首輪をつけられたこの警察犬め。ご主人様に言われて、俺たちに投降を勧めに来たのか」

「タダオ！」

自分たちの密謀《みつぼう》を認めたも同然の言葉に、モーナは怒ってタダオを制した。一郎はタダオの挙動から答えを見出し、モーナに向き直ると、理解できないという目で見つめた。

「頭目、なぜです？」

日本人のすごさを知りながら、なぜ立ち向かおうとするのか、一郎にはわからなかった。なぜ日本人の統治に甘んじないのか、わからなかった。たとえそれがどんなにつらい日々だろうと、部族が滅びる危険だけはないのに――。

モーナは隠しごとはできないと悟った。そして隣りに立つタダオとバッサオを横目でにらむと、深々とキセルを吸い込んで答えた。

「ダッキス、この間の質問に答えろ。おまえは日本人の神社に入るのか、それとも俺たちセデック族の祖先の霊の家に入るのか」

一郎のまぶたがひくひくと動いた。一郎には到底答えられない質問だった。自分にセデック族の血が流れていることを、誇りとすべきなのはわかっている。だが、〝文明〟という言葉に対する思い入れを、断ち切ることができなかった。

一郎が明らかに迷っているのを見て、モーナは悲哀を感じ、彼に迫った。

「おまえはダッキスか、それとも花岡一郎か」

「俺は、自分がセデック族なのは知っています、でも……」

「でも何もない！」

モーナは寝床から立ち上がると、一郎のおどおどした答えを一蹴した。それから彼に近づくと、制服の襟をつかんで言った。

「わかっているのなら、この制服を脱ぎ捨て、俺たちと共にガヤを執行するんだ」

「モーナ頭目」

一郎は顔を上げると、モーナの体の陰に顔全体を埋めた。

「日本の軍隊がどれほどか、知らないはずがないですよね。彼らと命がけで戦っても、無駄な犠牲で終わることもおわかりでしょう。日本人は森の葉っぱのように……」

「そうだ。日本人は、霧社の森に生える葉のようにたくさんいる」

モーナは言葉を継いだ。大きな目は充血して、今にも燃え上がりそうだった。

興奮したモーナは、一郎の襟首をつかんで体ごと持ち上げ、さらに怒りを露わにした。

「おまえが本物のセデック族なら、よくきくんだ。セデック・バレは体は敗れても魂は勝つ。魂が負けたセデック族は祖先に見捨てられる。わかったか、ダッキス、俺の息子よ」

モーナはそう言うと、一郎を押しのけた。

モーナの言葉が、一郎の耳の中でわんわんと響いていた。一郎は自分の顔に温かい涙がふた筋、流れているのに気づいた。全身真っ裸の罪人のような気がしていた。自分が逃亡者のようで、自分可愛さと優柔不断をモーナに見透かされているのがわかった。

「ダッキス、おまえの顔は二度と見たくない」

タダオは、とめどなく涙を流す一郎を見て、彼に対する敵意が薄らぐのを感じていた。

一郎はモーナ父子に見つめられると、黙ってうつむいた。涙がぽたぽたと地面に落ちて、斑《まだら》の跡を残した。そして、自分の意志が最後の決定をするのを待った。

その時、家の扉が開いた。四人は同時に、戸口を見つめた。それは各社を回って知らせを伝えてきたピホ・サッポだった。

「ここで何をしてる」

全身汗だくのピホは、ただごとならぬ雰囲気に思わず警戒を強めた。

花岡一郎は黙ってピホを見つめ返した。

「霧社分室に、百三十丁の銃と弾薬がある」

一郎はためらうことなくモーナに報告した。

「明日の運動会は、二郎、いえ、ダッキス・ナウイがちょうど宿直だから、皆の決定を伝えておきます」

「百三十丁の銃？」

人々は、一郎の言葉に目を輝かせた。モーナはタダオたちと目を見交わした。一郎の言うことが本当なら、それはガヤからセデック族への贈り物だ。

「モーナ頭目、それじゃ」

一郎は、モーナの喜ぶ顔を見るのがつらかった。ガヤに説得され、迫られて選んだが、気持ちは複雑だった。人は、選ばなかったほうに執着するものだ。失望感と未練が、日本の皇民としての生活を三十年送ってきた彼の心を襲った。

一郎はモーナにお辞儀をすると、家を出て行った。

バッサオは、憔悴《しょうすい》した顔で出て行く一郎を見送ると、思わず心配になってきいた。

「父さん、あいつまさか、密告しないだろうな」

「それはない」

モーナは寝床に座ると、またキセルを吸った。一郎の目を見ればわかった。あの若者はまだ疑念を持ってはいるが、ガヤを裏切るような真似をするはずがない。それよりモーナが気にかけているのは、霧社分室におさめられているという弾薬だった。モーナは寝床の下に隠してあった籐のかごを見ると、つぶやいた。

「そんなにたくさんの銃が隠されていたのなら、苦労して火薬を準備することはなかったのに……」

「ピホ、どうだった」

タダオはピホに各社の反応をたずねた。

「モーナ頭目」

ピホは、喜びと憂鬱半々の表情で言った。

「マヘボの他には、ボアルン、スーク、タロワンとロードフの四つの社だけが行動に賛成です。男たちは全部あわせても、三百人あまりしかいません」

「パーランは？　それとおまえたちのホーゴーは？　二つの部落は臆病者の集まりか」

バッサオがモーナの前に進み出てきいた。モーナは詳しい状況を知りたがった。

「ワリス頭目は言ってました。パーラン社はかつて、姉妹《しまい》ヶ原《がはら》でたくさんの若者を失った。ようやく育った今の若者たちを、おまえら気が触れた者と一緒にむざむざ殺されたくない、と」

「俺たちが気が触れていると言うのか」

バッサオが怒って、ピホの肩をつかんだ。

「ワリス頭目が言ったのは、それだけか」

タダオのほうは、もう少し冷静にきいた。

「秘密を他にもらすことはしないと。ただ、モーナ頭目に、バカな真似はよせと何度も言ってた」

「ふん、ワリスの老いぼれめ。年を取って臆病風に吹かれたか」

モーナは立ち上がると、腕を組んだ。三百人で日本人と戦うのは、確かに彼が想像していたのとは落差があった。

「ホーゴー社のタダオ・ノーカンは？　ホーゴーはパーラン社と違い、そんなにたくさんの死者を出していない。酔っ払いは、どんな口実を言っていた」

「俺たちの頭目が何を考えているのか、俺にもわかりません」

ピホはがっくりとうなだれた。自分の部落が行動に応じないことを恥じていた。

「日本軍とやりあっても死ぬだけだと。ホーゴー社の過去三代の頭目は全員抗日で死んだから、生き延びた自分は部落の命脈を守るのだと……」

そう言うとピホは地面につばを吐き、感情を高ぶらせた。

「犬のように尾っぽを振って骨を恵んでもらうぐらいなら、潔く死んだほうがましです。何が部族の血だ。俺は何度も何度も説得しようとして、しまいには刀に手をかけそうになりました。でも、頭目は……」

ピホが何かにつかれたようにますます興奮してくる。すると、モーナはいきなり手を伸ばしてピホの下半身を握りしめた。

「緊張しすぎだ。もっと気を楽にしろ」

モーナは軽く身をかがめて、ピホの耳元でささやいた。

「肝心な時ほど冷静にならなければ、行動を起こす前につかまるぞ」

ピホがやや落ち着きを取り戻したのを見て、モーナはようやく手の力をゆるめた。

こんな時に浮き足立つことは、決して許されない。

「三百人いれば十分だ」

モーナは床に近づいた。

「俺たちが霧社を片付ければ、他の部落だって俺たちと組むに違いない」

モーナは竹の寝床に腰かけ、日本側の連絡系統をどうやって断ち切るかを考えはじめた。互いに情報をやり取りできなければ、日本人は孤立したも同然だ。霧社周辺の警察力を削ぎ、周辺部から中央を包囲する。これが、少数で多数を制圧する最良の計略だ。

モーナは日頃から、各社の警察署の状況を観察していた。日本人への攻撃は、二十年前から幻想の中で繰り返し演習済みだった。

パーランとホーゴーという二つの大部落が参加しないのには、モーナも少なからず不安を覚えた。一方で日本人が防衛の手をゆるめている状況なら、セデック族が成功する機会は大きかった。

「父さん、どうするかは決まってるの？」

タダオは畏敬《いけい》の念で父親を見つめた。

モーナはそれには答えず、三人の若者を見て言った。

「今はまだ明るい。ガヤも太陽の光の中でお休みだろう。今夜は、月と星が出なければいいが……。ガヤが俺たちを導いてくれ、敵の目が闇でふさがれるように」

モーナは寝床から立ち上がると、ピホの肩をたたいた。

「ピホ、家に帰ってひと休みしてから夜中にまたここに来い。タダオ、バッサオ、おまえたちは行動に参加する部落に行き、こう言うんだ。明日の夜明け前の一番暗い時に、行動を起こす。まずはホーゴー、ボアルン、桜、マヘボの四つの駐在所を攻撃し、日本人警官を一人残らず殺し、それから電話などの通信設備を破壊する。すべてが上手く行ったら、次の段階に進むと……」

タダオとバッサオが興奮して知らせに出かけると、ピホ・サッポも帰って行き、家の中は静けさを取り戻した。

モーナは祖先の霊を祭る礼服を取り出した。赤、黒、白の三色の格子柄の長い服を着ると、貝で作った髪帯で長い髪をまとめた。貝殻で作った耳飾りをはめ、首には真珠の首飾りのほか、ヒョウの牙で作ったネックレスをかけた。モーナが若い頃、狩りでしとめた貴重な獲物だった。過去に何度か、息子や娘の結婚式につけたことがあるだけだった。

支度が終わると、モーナは刀を腰につけた。興奮と嫌悪、期待と心配とが入り混じって、胸はいっぱいだった。

外に出て、目に入ったのは、夕陽で黄金色に染まる故郷だった。モーナはゆっくりと足を踏み出した。部族の者が不思議そうに見守るのも構わず、一人一人の顔を注意深く眺めていく。

何も知らない老人と女子供たちは、普段と何も変わらずにすごしている。タバコを吸う者、遊ぶ者、夕食の支度をする者。まさに、嵐の前の静けさだった。

モーナはあいさつをする人たちに返礼した。若者たちは、秘密を顔色に出さないようにこらえている。

モーナは歩いていくうちに、自分がどれだけこの場所を愛しているかを知った。

やがて彼は、霧社全体を眺め下ろせる山の坂道へとやって来た。さわやかな空気が立ち昇ってきて、母親の懐に抱かれたように心地よかった。

そうだ。この山、この林、この土、この水、すべてがセデック族の母なのだ。母の誇りであり続けるために、モーナは刀を抜き、足元に広がる世界を指さして、独り踊り、高らかに歌い出した。狩りに出かける前に歌う、戦いの歌を――。

　彼岸の向こうへ
　俺たちは皆、本物の兄弟だ
　きけ
　見よ
　俺たちの魂が松の木の下で枯れて死ぬ
　燃える松葉が乱れ飛ぶような混戦に
　今 無邪気な魂を携えて帰ってきた

モーナは自分の歌声をききながら、これが故郷をゆっくりと見る最後かもしれないと感じていた。明日の今頃、情勢がどうなっているかは誰にもわからない。そう思うと、たまらなく名残惜しくなった。だが、それでいて少しもためらう気持ちはなかった。

体を揺らしながら、踊りのステップを正確に確実に踏む。その執拗なまでの敬虔《けいけん》さは、マヘボが自分たちを見守ってくれたことへの感謝であり、最も丁重な別れの儀式だからであった。

(明日どうなるかは、少しの希望も持てない。ただ、自分たちの堅強な魂を信じるだけだ)

モーナは心の中で大地に向かって叫んだ。

「偉大なるマヘボよ。俺たちの子孫をその懐に抱いて、生かし続けることができるのなら、このモーナ・ルダオはここに無上の敬意を表する。だが、俺たちすべてを、その懐に眠らせることを選ぶのなら……」

モーナの目はきらきらと光を放った。

「俺はそれすらも誇りに思う」

モーナはあごを高々と持ち上げ、いつものように誇り高く立っていた。

第九章

血と魂の祭り

電球の灯りが黄色い光を放ち、温かみが感じられる。十月末の夜は寒く、北風に窓の外の木影が冷たく揺れている。

息子の幸男はむつきにくるまれて静かに眠っていた。赤いほっぺの寝顔がかわいらしい。

一郎は手にしたセデック族の衣装を置くと、壁にもたれて自分似の幸男の濃い眉毛を見つめた。一郎の顔には息子への愛しさと悩みが浮かんでいる。

時間が経つのがとんでもなく遅く感じられた。窓格子の向こうの裏庭で、妻の川野花子が昼間干した洗濯物を竹竿から取り込んでいるのが見える。一郎は一瞬、自分が収監された受刑者になって牢屋の格子から外の世界を眺めているような錯覚を覚えた。

部族の仲間たちが日本人に手を下す運動会は、明日の朝八時にはじまる。モーナと約束を交わしたからにはもう後には引けない。

行動に参加するのを選んだことを後悔はしていなかった。一郎の胸にあるのは自分の運命に納得できないもどかしさだった。

伝統的衣装の畳みシワを伸ばしながら、一郎は過去を思い出していた。日本人教育の〝模範〟として、この二十年間、自分のことを自分で決断する機会はほとんどなかった。服の着方、髪型、学校の授業、進学、卒業後の就職に至るまで、自分が望むかどうかは関係がなかった。一郎は服従に慣れており、言われたとおりに規則正しく人生を歩んできたのだった。

花子との結婚も政策に基づくものだった。二年がすぎ、人との交流が不得手だった一郎は、物静かな彼女と阿吽《あうん》の呼吸の関係を築いていた。

自分は花子を愛していると信じていた。どんなことをしても、家庭を守り、妻を幸せにしようと誓っていた。警官という本当は好きでもない仕事を一生懸命続けてきたし、家の将来のために耐え続けてきた。だが、その将来ももうすぐなくなる。人生初の決断が、過去に夢見たことの一切を否定することだったとは――。

洗濯物を抱えた花子の後ろ姿を見て、一郎はすまない気持ちでいっぱいになった。夜が深まるにつれて、ますます冷えてきた。自分の幸せはロウソクの火のように燃えつくすのだとわかっていた。そう思うと、目が赤くなり、自分が運命の前ではいかに小さな存在であるかに涙した。

夜の闇に沈んだマヘボ社では鳥すらも声を潜めていた。人々が夢の世界へと入っていき、製材所の最後の灯りも無用の長物となっていた。日が昇るまであと二時間――。夜明け前の闇は生命が最も脆弱な時である。眠りと死は、ほんのひと息ほどしか違わないからだ。

霧が深く立ちこめる中、セデック族の戦士たちが暗闇に次々と姿を現した。先頭のタダオ・モーナは白い頭巾を巻き、何の音も立てない蛇のように頭をもたげた。製材所の窓を開け、漆黒《しっこく》の部屋の中を進んでいく。

事務室の時計が時を刻む音と、別の部屋からはいびき声がきこえてくる。

タダオは歩幅を縮め、吉村の寝室へと向かいながら刀を抜いた。その時、ワダンとサプも部屋に入ってきた。タダオは振り向くと、一人は電話線を切り、もう一人は岡田巡査の部屋に行くように手で合図した。夜の製材所には、二人の警官しかいないことを知っていた。手を下すのは容易だった。

タダオは暗闇の中、目を光らせ、部屋の障子を開けた。小さな灯りが部屋の周囲を灯している。タダオは動きを止めると、吉村が熟睡しているのを確かめ、足を踏み入れた。日本の警官は畳の上に敷いた布団で寝る。吉村の制服は部屋の入り口のハンガーにかかっていた。

タダオは裸足で一歩一歩、吉村に近づく。顔には復讐を果たす興奮がみなぎっている。掛け布団を首まで覆《おお》った吉村の顔を眺めると、足で蹴《け》りつけてたたき起こした。

「ああ?」

寝ぼけて幽霊でも見たと思ったのか、吉村は布団から飛び出した。

タダオはすぐに手を下すことなく、冷たく笑っていた。自分に気づき、吉村が完全に目を覚ますのを待った。それでこそ本当に吉村を痛めつけられるというものだ。

「タダオ、何をしている」

「おまえの首をもらいに来た」

タダオの声が冷たく響き、吉村は背筋が凍りついた。吉村は本能的に後ずさると、震えながら叫んだ。

「警察に歯向かう気か。バカな真似は……」

「何がバカだ！」

タダオは大声で一蹴すると、右手を高く振り上げ、思い切り斜めに刀を振り落とした。

「これでもまだ偉そうにするか」

タダオは吉村に死刑を宣告した。

大量の血が吉村ののどからほとばしる。

痛みに体を縮める吉村を見て、タダオは快感を覚えた。布団に上半身を伏せ、処刑を待つ受刑者のような彼を見下ろした。タダオは両手で刀を握りしめると、首斬《き》り役人のように上から下へまっすぐに振り下ろし、その命を終わらせた。

もう一人の警官、岡田の悲鳴が隣りの部屋からきこえてきた。

タダオは顔に飛び散った血をぬぐった。

「やったか」

「やった」

タダオは部屋から出ると、岡田の部屋にいるサプと小さな声を交わしあった。二人が客間に戻ると、ワダンがすべての電話線を切り、通信設備を破壊した後だった。

「急いで銃の保管室の鍵を探し出そう。もっとたくさんの日本人の首を斬り落とし、俺たちの仲間にしようぜ」

「中にいる者は、全員出て来い」

同じ頃、弟のバッサオは父親の指示に従い、二十数人の同志を率いてマヘボの駐在所の前に来ていた。たいまつを手に、声を限りに叫ぶと駐在所の灯りが点いた。

彼らが行動を起こす前に、ウェイがすでに電話線を切っていた。そのため、魚籠《びく》の中の魚のように中にいた日本人たちは、外部に救援を求めることができなくなっていた。

バッサオは仲間たちに駐在所を取り囲ませ、奇襲という方法は取らなかった。警官たちに自分から出てきて死を受け入れさせ、その目にセデック族の勇猛さを見せることで、セデック族が劣った民族ではないと証明してやりたかったからだ。そして、日本人に自分たちの弱さを思い知らせ、普段大威張りしていた罪を償わせるためでもあった。

「何をしてる。酔っ払ってるのか。真夜中に集まって、どういうつもりだ」

駐在所長の杉浦巡査が寝巻きに制服の上着をひっかけて、扉を開けて出て来る。彼はセデック族たちの様子に仰天した。

「杉浦さんよ、今日こそマヘボのすごさを思い知らせてやるぞ」

バッサオが手にしたたいまつを杉浦に向かって放り投げる。寝ぼけ眼《まなこ》の杉浦はあわてて身をかわしたが、まだよく事情が呑み込めないでいると、獰猛《どうもう》な顔が間近に近づいてきた。バッサオは、灯りに照らされ光る湾曲した刀を高々と振り上げた。

「なにを……なにをする？　うわあ！」

杉浦は左手を斬り落とされ、激痛にのたうち回りながら悲鳴を上げた。すると二人の警官が飛び出してきて、状況を目の当たりにし、愕然《がくぜん》とその場に釘付けになった。

「やれ！　一人たりとも逃がすな」

バッサオの隣りにいたウェイは、獲物の出現にたいまつを掲げ、恐怖に青ざめた顔の警官に刀を振り下ろす。ウェイの後ろにいた刺青《いれずみ》のない若者も、長矛《ながほこ》を躊躇《ちゅうちょ》なく若い警官の腹に突き刺した。

「俺たちに威張りくさっていたことを後悔したか」

バッサオは反抗する力もない杉浦を地面に蹴り倒すと、最後の審判を下すようにたずねた。

杉浦は真っ青な顔でバッサオを見上げた。震える唇が何か言いかけたが、時すでに遅かった。

杉浦の目は大きく見開かれたままだった。自分は今、悪夢を見ていて、夢からさめれば目の前に広がる地獄の情景は消えるとでも思っているかのようだった。だが、かわいそうな杉浦は自分が完全に終わっていることを知らなかった。夢からは永遠にさめることがないことも――。


「ガヤよ、あなたに捧げる祭典がはじまりました。敵の倒れる音がきこえましたか」

満天の星のもと、モーナは独り広場の中央に座っていた。松ヤニを含ませた木の枝をたき火に放り入れると、燃え上がる炎をじっと見つめていた。

彼は戦闘を待ち望んでいたが、敵の首に対する執念を必死で抑えこんでいた。

モーナはずっと独り思いに沈んでいた。呼吸を整える。戦いの序曲に興奮しすぎない。首領として、自分が他の誰よりも落ち着いていなければならないことを理解していた。

「飲もう、酒だ」

静けさの中、モーナはバッサオの声と仲間の戦士たちが勝利を告げる笑い声をきいた。

おまえが血を流した時
おまえと俺の恨みも消える……

杉浦の首を手に、マヘボ社にやってきたバッサオは大声で歌っていた。

おまえが血を流した時
おまえと俺の恨みも消える……

バッサオに唱和して、暗闇からたくさんの歌声がきこえてくる。マヘボの男たちが手にしたたいまつで、辺りは真昼のように明るくなった。彼らの多くがバッサオと同じように今回の戦利品を掲げている。

おまえの魂は俺のところに来た
酒と食べ物をおまえにやろう
もうおまえを憎まない
おまえは俺の家族となり
祖先の霊と共に俺の仲間たちを見守るのだ

バッサオの気分は仲間の歌と共にさらに高揚してきた。

女や子供たちが男たちの歌声をききつけ、何事が起こったのかと外に出てきた。凱旋《がいせん》した男たちはモーナを取り囲んで気勢を上げている。夢からさめた部族の人たちも集まり、マヘボ社全体がたき火の炎のように沸きかえった。

「喜ぶのはまだ早い。戦いはこれからだ」

人々の顔が得意で輝くのを見て、モーナは立ち上がると皆を静かにさせた。

バッサオは歌うのをやめ、父親の話にじっと耳を傾けた。

「製材所は遠いから、タダオたちが戻るまでにはまだ時間がある。バッサオ、おまえたちは先に霧社《むしゃ》に向かい、他の社と落ちあうんだ」

「父さんは?」

バッサオは父親が皆と行動を共にしないのを不思議に思い、たずねた。

「俺はボアルン社の様子を見に行く。霧社を落とすには、やはり彼らの助けがいるからな」

モーナはバッサオに言った。

「何とかしてホーゴー社も説得し、一緒に連れて行く」

「わかった」

バッサオはうなずいて振り向くと仲間たちに言った。

「きこえたか。霧社に向かって出発だ」

バッサオのかけ声に、若者たちは手に手に武器を掲げる。それは見る者に戦慄《せんりつ》を与えた。一晩寝なくても、男たちの気分は高揚していた。

若者たちが自信満々で発つのを見送ったモーナは、男たちに手を振って別れを告げる家族たちの姿を眺めた。女たちの表情には心配の色もあったが、ほとんどの顔には誇らしさと期待が浮かんでいた。

その時、モーナは妻のバタンが大きな目で自分を見つめているのに気づいた。彼女の無表情な顔は、こんな大事な決定を女たちに黙っていたのか、とモーナを責めていた。モーナはそれを動じることなく受け入れた。うしろめたさのまったくない視線をバタンに返すと、何も言わずに踵《きびす》を返し、家族の見守る中、ボアルン社へと駆けていった。

バタンはため息をついた。だが、それはすぐに消えて口元に笑みが広がった。

「モーナがついに動いたわ」

バタンは思った。モーナがこの日をずっと待ち望んでいたことを、彼女は知っていた。日本人への反抗がどんなに深刻なことかわかっている。だが、夫のあのような鋭い目をバタンはもうずいぶん長いこと見ていなかった。

モーナの自信にあふれた目を見て、バタンは自分の愛する男の勝利を信じて疑わなかった。心配はひとまずおき、モーナに対する絶大な信頼から、バタンは疑念を打ち消そうとした。

暗闇の中をモーナは疾走した。そして渓谷を越えてマヘボ社の向かいの山にあるボアルン社へとやって来た。

黒い龍のような黒煙が木造の駐在所から、しらみはじめた空へと昇っていた。傾斜地に建つ家々の間では、女と子供たちが、男たちがたいまつを一本ずつ駐在所に放つのを眺めていた。炎は猛烈な勢いで、窓から煙を吐き出している。興奮で輝いたたくさんの目が灰塵《かいじん》を見つめている。抑えつけられていた怒りを発散することが、こんなに軽快なものだったとは――。

「マヘボ社のモーナ・ルダオだわ」

駐在所を取り囲む男たちの歓喜の声は、人を鼓舞《こぶ》する力に満ちあふれていた。その騒ぎの中、モーナは坂道を下りてボアルン社へと入っていった。女たちのひそひそ声の中、急ぎ足で坂道を通り抜け、粉塵《ふんじん》が空気中を雪花のように降っているのを眺めた。

「モーナ、わが友よ」

駐在所に近づくと、頭目《とうもく》のダナハ・ラバイが男たちを連れ、坂道を下って来た。彼らは手にいくつかの日本人の首と銃を下げている。ダナハ・ラバイはやって来たのがモーナだとわかると、喜んで腕をさしのばして祝福の抱擁をした。

「全員片づけたか」

モーナはダナハにきいた。

「昨日、霧社に出かけた柴田以外は全員殺してやった。ははははは」

ダナハは奪い取ったばかりの村田式歩兵《ほへい》銃を持ち上げて、後に続くボアルンの戦士たちを誇らしそうに見た。

「モーナ！　モーナ！　モーナ！　モーナ！」

ボアルン社の男たちが頭目に続いて銃を掲げ、モーナの名を叫んで崇拝の念を表した。その声はだんだんとリズミカルになり大きくなって、雷のように漆黒の山野をこだました。

「黙れ！　静かにしないか」

モーナの突然の叱責《しっせき》に、勢いづいていた人々は水を打ったように静まり返り、呆然と立ちつくしたままモーナの表情を見守った。

「ダナハ、きいてくれ」

モーナは人々には構わず、ダナハをそばに呼び寄せた。

「霧社を落とすために、おまえたちには二手にわかれてもらう。おまえの組はプカン渓沿いに東に行き、尾上と能高の駐在所を滅ぼし、東への連絡線を断て。もう一つの組は俺と一緒にホーゴー社に行き、ほかの部落と合流する」

ダナハは話をきくと少し黙って、自分が取るに足らない任務を与えられたことに疑問を呈した。

「三つの駐在所を滅ぼした後は？」

「その後？」

モーナは笑ったのかそうでないのかわからない表情で、ダナハの平べったい鼻の顔を見つめて言った。

「おまえが、日本人が花蓮《かれん》のほうから攻めてくるのを止められたら、マヘボで酒を飲もう。はははは」

モーナは大笑いした。それは心からの気概の笑いでもあり、警告でもあった。すなわち、日本軍の支援部隊を後方で断ち切ることがどれだけ大切かを示したのだった。

モーナの意味ある笑い声にダナハは彼の計画を読み取り、口元をほころばせると一緒に笑い出した。

二人の後ろにいたボアルンの戦士たちは、改めてモーナを敬い畏れた。だが逆に、モーナの沈着さには強い影響力があり、目の前の小さな勝利からボアルンの人々を目覚めさせた。
もっと謙虚に勝利に向かいあわなければならない。慎重な者だけが本当の勝利を得られるのだ、と。

露《つゆ》に濡れた落ち葉を裸足で踏みしめ、セデック族たちは音も立てずに疾走する。強健な脚力が作り出すスピードは、セデック族が戦闘で誇る最強の武器である。彼らは道端の草むらや葉の生い茂った木の上に辛抱強く身を隠す。そして敵が通りすぎた後、背後から風のように追いすがり、追い越すと同時に返り手で一太刀を浴びせる。

夜明け前の暗がりの中、セデック族は一人また一人と相手が気がつく前に連絡の手足を断ち切り、何の反撃も、逃亡もさせまいとしていた。

殺戮《さつりく》行動は水銀がもれるように展開されていった。バッサオ率いるマヘボの人々がホーゴー社に向かうと同時に、ピホ・サッポはモーナの指示のもと、反乱の連絡人となった。結果、行動の火種が参加に応じた部落へと広がっていった。

まず、タロワン社の男たちがテム・マナに率いられて濁水渓谷《だくすいけいこく》のスーク鉄橋を渡り、鉄橋の横にある駐在所を焼きつくした。つづいて、霧社の東にある桜駐在所も武装したセデック族の襲撃に遭い、駐在警官の全員が殺害された。

頭目のタダオ・ノーカンが行動に加わることを承知しなかったにも関わらず、蚊帳《かや》の外におかれたくないホーゴー社の男たちは、ピホ・サッポに率いられて駐在所を襲った。警官全員は六時半に夜が明けると同時に、反撃することなく命を落とした。

八時の運動会開始前までに、セデック族は各駐在所で五十丁以上の歩兵銃を奪い取った。霧社より東の山区は、誰にも知られることなくセデック族の手に完全に落ちた。除幕は見事に切って落とされ、モーナの最後の計画――血と魂の祭りがいよいよ最高潮を迎えようとしていた。


モーナがボアルン社の支援部隊を連れてホーゴー社の入り口にさしかかった時、辺りは駐在所から立ち昇る黒煙のほかはすべてがひっそりとしていた。

「モーナ頭目」

村田式歩兵銃を手にしたホーゴー社の青年たちが出迎えに現れた。

「これだけか。他の者たちはまだ着かないのか」

人数が少ないのを見て、モーナは不満そうな顔をした。

「マヘボ、タロワン、ロードフ、スークの者は全員到着しました。ただ……」

一人の青年が答えた。

「ただ、何だ」

モーナの表情が険しくなった。

「俺たちの頭目が、俺たちホーゴー社が参戦するのを許さないのです」

青年はうつむいたまま、モーナの顔を見ることができずにいた。

「今、皆で頭目を説得しているんです」

モーナは思いきり大きく鼻を鳴らすと、目の前の情勢を理解した。

「駐在所は片付けたか」

遠くに黒煙が見えているにもかかわらず、モーナはやはりたずねた。

「焼き払いました」

「だったら、何をタダオとぐだぐだ話をする必要がある」

モーナは怒って、隣りの若者の手から歩兵銃を奪うと、ホーゴー社の中へと入っていった。

実は、モーナが一番心配していたのがホーゴー社だった。ここは霧社の拠点に最も近く、人も物資も一番豊富な部落だった。ホーゴー社の駐在所を落としたことで、モーナの胸のつかえは少し取り払われた。モーナがすべきことは、自らタダオ・ノーカンと腹を割って話しあい、彼の恐れを取り除き、セデック族として共に戦わせることだった。


「頭目、俺たちが日本人をやってはいけないとは、一体どんな理由があるんです」

タダオの家の前に近づくと、たくさんの若者たちが中からきこえてくる言い争いに耳を澄ましていた。

戸口の外の広場では、他の四つの社から来た男たちが、それぞれ立ったり座ったりしていた。皆、タダオ・ノーカン宅の議論を眺めている。

「外に出て、他の社からやって来た仲間たちを見て下さい。俺たちのような、最大の部落が参加しないですむと思いますか」

室内は人でいっぱいだった。ピホ・ワリスが、寝床に座って目を閉じたままのタダオ・ノーカンを必死で説得していた。

「ダメだ」

タダオは目を開けた。彼は、怒りで気も狂いそうなピホを見たが、動じる様子はなかった。

「ホーゴー社の者は一人とて、今回の行動に参加してはならん。罰を受けようと、臆病者とそしられようと、一族が滅びるわけにはいかん。おまえたちの家族のことを考えてみろ」

タダオ・ノーカンは振り向くと、不満げな面もちをした一人一人の顔を見た。

「そこをどけ」

その時、モーナが歩兵銃を手に、人々をおしのけてタダオの前にやって来た。そして、長い銃身の銃口をタダオの額に突きつけてきいた。

「肝っ玉まで粟酒《あわ》に浸かったのか、この、老いぼれの酔っ払いが。仲間たちが日本人に虐げられ、死んだほうがマシな状態で生きているというのに……反抗しようとは思わんのか。おまえは日本人の仲間か、それとも俺たちの仲間か！」

ざわついていた室内は一瞬にして静まりかえった。モーナとタダオの二人が怒りをあらわににらみあう。彼らの荒い鼻息が上下するのを、皆が緊張して見守った。

「おまえも俺もこの戦いは必ず負けるとわかっているのに、なぜ戦わねばならんのだ」

モーナと同じく、かつて日本に行ったことがあるタダオが理解できないという目でモーナを見つめる。

タダオ・ノーカンはモーナよりかなり年上である。それでも、年のせいで垂れ下がったまぶたでも隠しきれない鋭さが、その目にあった。タダオはモーナが手にした銃を恐れることなく首筋を伸ばした。

「忘れ去られたガヤのためだ」

モーナのずしりとした低い声が、食いしばった歯のすき間からもれてきた。その声は天空を切り裂く稲妻のようにその場にいた人々の心に響き、タダオ・ノーカンですらハッとさせた。

「若者たちを見ろ」

モーナは一歩退き、かたわらにいた顔に刺青が一つもない青年を左手で指さした。それから振り向くと、タダオの眉間の刺青を見つめながら言った。

「彼らの白いのっぺりした顔を見ろ。セデック族としてあるべき刺青がある者は一人もいない。死後、彼らの魂が祖先の霊に見捨てられてもいいと言うのか。それともおまえは、彼らが両手を血に染めたセデック・バレにはなれないほど、勇敢じゃないとでも言うのか」

寝床に座ったタダオはごくりとつばを呑み込むと、激昂《げきこう》した若者たちを眺めた。次に彼が口を開いた時、口調にはそれまでの強硬さはなかった。

「ガヤのために戦うのか」

タダオ・ノーカンはモーナにきいた。

「ガヤのためだ」

モーナの答えは簡潔で力強かった。

タダオ・ノーカンは黙った。緊張したりゆるんだりするその表情から、彼が心の中で葛藤《かっとう》しているのがわかった。モーナもかつてその選択に苦しんだ。そのため、すぐに答えを迫ることはしなかった。

「頭目、モーナ頭目の言うとおりです。俺たちが戦うことを許して下さい」

硬直状態に陥《おちい》ったのを見て、ピホ・ワリスが切ない声でタダオ・ノーカンに懇願した。後ろの若者たちもそれに続いた。だが、タダオはまだ決心がつきかねていた。

「モーナ、答えてくれ」

我に戻ったタダオはモーナに手を伸ばし、自分の額の刺青に突きつけられた銃をどけようとした。だが、モーナは許さなかった。タダオはモーナを見つめると、銃身をつかんで言った。

「若者たちの生命と引き換えにガヤを取り返すと言うが、では、何と引き換えにこの者たちの命を取り戻してくれる」

モーナはシワだらけのタダオの顔をじっと見つめると、こめかみがずきずきと痛んだ。

「誇りだ」

モーナはためらうことなく答えた。手にした銃を反対に向け、銃身をタダオに渡すと、まだためらっているタダオに向かってもう一度言った。

「俺は、誇りと若い命を引き換えにする」

モーナの後ろに立っていたピホ・ワリスは、その言葉に感動して涙ぐんだ。他の若者たちも拳《こぶし》を握りしめて涙をこらえた。

きっぱりと答えたモーナに、タダオの心中はまだ気がかりでいっぱいだった。とはいえ、〝誇り〟という言葉に抵抗することはできなかった。

タダオ・ノーカンは目を閉じて長いため息をついた。それから目を開けて、モーナの手にした銃を受け取り、参戦の要求を受け入れた。ピホ・ワリスをはじめ、すべてのホーゴー社の男たちは歓声を上げ、タダオの決断に興奮した。

一方、二人の頭目の目に喜びの色はなかった。騒ぎの中、モーナはタダオをじっと見つめ、二人は沈んだ微笑みを交わしあった。この戦いの前途多難さを、二人ともよく知りつくしているからであった。心中は複雑ではあるものの、モーナは今は進むしかないことを知っていた。振り向いて、血気をはやらせる若者たちに向かい大声で叫んだ。

「よし。出発だ！　ガヤをあまり長く待たせてはならん」


一九三〇年十月二十七日の早朝、十五度に達しない涼しさの中、モーナはおよそ三百人からなる赤と白の格子模様の戦衣に白い頭巾を被った戦士たちを率いていた。わざと林の小道を通ってホーゴー社から霧社へと向かった。

年に一度の運動会と「台湾神社祭り」の前日行事である「宵《よい》祭り」に備え、大通りはきれいに掃き清められていた。霧は濃いが、通りは露店や見物の人たちで賑わっている。

教師たちは子供たちに指示して、運動場を飾り立てていた。

入場門が立てられ、横長の看板には「会場」という文字が書かれている。二本の竹竿で日の丸の国旗が交差して門柱に掲げられている。会場に入る人々は旗に描かれた二つの太陽を仰《あお》ぎ見る。運動場の真ん中には芝が植えられ、外側のコースには石灰できれいに白線が引かれている。開催の時間が近づくにつれて、人の数はどんどんと増えていった。スーツの男性や和服の女性、笠を被り中国服を着た平地の人、民族衣装を着た原住民、彼らの間を運動着姿の小学生たちがおおはしゃぎで駆けまわっている。

冷たい風の中、楽隊が演奏する吹奏楽の音楽が流れ、緊張感を高めている。制服に身を包んだ花岡一郎が人々の群れの中を歩きながら、周りの状況をおどおどと見回している。

小島巡査の妻が二人の子の手を引いて、知りあいの日本人夫婦と親しげにあいさつを交わしている。見物にやって来たうれしそうな漢人もたくさんいる。ただ違っているのは、会場に原住民の姿が非常に少ないことだ。いてもそれは年寄りか女か学童であり、男は一人も見かけなかった。そのことに気づいた一郎は、緊張して心配そうに懐中時計を取り出した。

小学校から歩いて五分ほどの霧社分室の応接間では、主任の佐塚愛祐《さづかあいすけ》が、台中州能高郡郡守※1の小笠原敬太郎《おがさわらけいたろう》と教育長の菊川孝行らと一緒にお茶を飲んでいた。さほど広くないその部屋は小笠原の随行員たちでいっぱいだった。

霧社分室の警官は、その外側に立って、佐塚の表情をうかがっている。彼らの仕事は佐塚の顔色を見ながら、めったに視察に来ないお役人たちに奉仕することで、緊張した様子の花岡二郎もその中にいた。

「そろそろ時間ですな。郡守、会場のほうへ向かいましょうか」

佐塚は立ち上がると、恭しく郡守を促した。

丸メガネをかけ、ちょびひげを生やした小笠原は湯呑み茶碗をおいた。台湾の高山烏龍茶《こうざんうーろんちゃ》の香りが漂い、のどもとを甘みが通りすぎる。彼はことのほか、このお茶がお気に入りのようだった。

小笠原は丸顔の小さな目で佐塚を見ると、軍服のポケットから白いハンカチを取り出し、口元をぬぐった。その胸には、天皇から賜ったぴかぴかの勲章が下がっている。

隣りの菊川教育長は先に立ち上がって待っている。小笠原はハンカチをポケットにしまうと立ち上がり、白手袋をはめた両手で軍服のシワを伸ばし、軍刀の位置を正した。それから、随行員たちに向かってうなづくと、分室の外へと歩きはじめた。

「霧が濃いのう」

小笠原は、うっそうと霧の立ち込めた空を見上げて、驚きの声を上げた。

「そうなんです。ここの天気はずっとこんなでして……。ですが、郡守に何度か足をお運びいただけば、霧社にも太陽が出るというものですわ」

お世辞の上手な佐塚は小笠原の右後ろに立つと、おべっかを言った。

厳格な小笠原も、佐塚が自分を太陽に喩えたのには思わず笑い声を上げた。菊川教育長は笑いを浮かべつつも佐塚を心底嫌悪し、冷たい目でそのやり取りを眺めた。

分室の外は郡守を見たことのない人々が、お偉いさんを一目見ようとつめかけていた。警官たちが人々の間にわけ入り、小笠原が歩く道を確保していた。

小笠原は満足そうに佐塚の肩をたたく。と、群衆に向かってうなづいて見せた。

「二郎」

二郎の妻の高山初子が、秩序維持に励む警官の中に夫の姿を見つけ出し、大声で夫の名を呼んだ。

二郎も、大きなお腹の初子がドロップの缶を手に、一郎の妻である川野花子と一緒にいるのを見つけた。花子は、おくるみにくるまれた赤ん坊を抱いている。

二人とも和服を着ているせいか、人混みに押されてよろめいたりしている。二郎は二人の姿を見て、緊張して叫んだ。

「初子！」

「バカ、何を叫んでいる。びっくりするじゃないか」

二郎のすぐそばにいた日本人の警官が、突然の大声に驚き、振り向いて二郎を罵った。

「すみません」

二郎があわてて謝り、人混みをかきわけて妻のところに行こうとすると、その警官に呼び止められた。

「花岡、どこに行く気だ。任務遂行中だぞ」

「はい」

二郎はその場に足を止めて妻のほうを見た。初子は遠くから「大丈夫よ」という笑いを投げかけた。それから花子の手を引いて、人々の群れと一緒に運動場のほうへと歩いていった。

妻が遠ざかって行くのを見ながら、二郎は声をかけようとしてやめた。

「早く引き継ぎに行けよ。皆、会場へ行きたくて待ってるんだ」

同僚がまたいらいらと催促する。

「すぐに行きます」

口ではそう答えたものの、二郎はやはり不安だった。彼は、初子と花子の後ろ姿をもう一度確かめた。一郎はこの時すでに、仲間の計画を二郎に話していた。そのため、二郎は今朝出がけに、妻に絶対に会場に行ってはならないと話していた。妻はいぶかしそうに「なぜ」ときいてきた。だが、二郎はただ自分の言うとおりにするように、と言うしかなかった。

初子は仕方なく承知したものの、結局は見物の誘惑に抗しがたく、同じく一郎に外出を禁じられた花子を説得し、一緒にやって来たのだった。

妻が危険に近づいていくのを見て、二郎は焦りでじりじりした。だが、日本人の同僚の前でそれを露わにすることはできない。宿直に向かいながら、心の中で秘かに天に祈った。愛する初子が、巻き添えを食うことのないように——。


「バッサオ、俺の話がわかったか」

総数三百人余りのセデック族の部隊は、霧社分室の後ろの林に秘かに集結していた。

ここでモーナは全体の計画を指示した。まず男たちを年配組と若者組にわける。

モーナ自身は年長の男たちを率いて、霧社分室と駐在所、日本人の宿舎など少ない人数が留守を守る地域を襲撃する。人数が多く戦闘力もある青年組は、バッサオが率いる。攻撃目標は運動場にいる役人と警官、そしてその家族たちだ。

二手に分かれる前に、モーナはバッサオを近くに呼び寄せ、自分の計略を説明した。バッサオは話をききながら、目を爛々と光らせた。そして心服した眼差しで父親を見つめると、手順を完全に理解したというようにうなづいた。

モーナは自分によく似た息子の顔を見つめ期待をかけた。モーナは振り向くと、崖のふちから霧におおわれた霧社を見下ろし、ひと言ずつ振りしぼるように言った。

「いいか、目の前の霧はガヤだ。祖先の霊が俺たちの刀に宿り、俺たちの恨みを霧にこめているんだ。わかるか」

バッサオは両手につばを吐きかけ、手をあわせて血痕《けっこん》をこする。それから刀を引き抜くと、決意をみなぎらせて父の言葉にこたえた。

モーナも、息子が青年たちを率いて小山を降りていくのを見送った。しばらくして青年たちの隊列は霧の中にその姿を消した。

「モーナ、俺たちロートル組も負けるわけにはいかんぞ」

タダオ・ノーカンはモーナのそばに立つと、同じく刀を抜いて威勢よく言った。

モーナの顔に微笑みが浮かんだ。

「タダオ、俺を年寄り扱いする奴がいたら、この刀で二度とそいつが物を言えないようにしてやる」

そう言うとモーナは、タダオと目を見交わした。二人の目はどこまでも深く、明るかった。


運動会の本部には、赤い布をかけたテーブルの上にカップや賞牌《しょうはい》が並べられている。

「郡守、こちらへどうぞ」

佐塚の案内で、小笠原郡守が立ち上がり、朝礼台へと向かう。国旗掲揚が終われば、いよいよ開会式である。

国旗掲揚の旗竿《はたざお》は朝礼台の横にあり、真新しい日本の国旗が巻きつけられてある。二人の日本人の児童が緊張した面持ちで、旗を両手で開いて持っている。彼らは号令と共に、国歌斉唱にあわせて旗を掲揚する用意をしていた。

花岡一郎の任務はオルガンで国家の伴奏をすることだった。たくさんの人が見つめる中、一郎はまるで針のむしろに座る思いで、いても立ってもいられなかった。その時、花子が息子の幸男を抱いて自分のほうへとやって来た。花子はそっとお腹のところで一郎に手を振ってみせた。

一郎は驚いて花子を見た。さらに隣りにはお腹の大きな初子がいる。一郎の心は凍りついた。花子にこたえることもできず、霧におおわれた周囲を緊張して見回す。すると、スーク社のウガン・バワンが全身を赤と白の格子模様の布で包み、群衆に紛れ参観しているのに気づいた。

一郎はウガンをじっと見つめた。ウガンはきょろきょろし、日本人の役人とうっかりぶつかった。役人はウガンをにらみつけたが、ウガンは我慢して顔をそむけた。その拍子に一郎と視線があった。

一郎はうつむいて、どうしてこんなことになってしまったのか、と考えていた。仲間たちが本当に日本人に手を下したら、和服を着た初子は日本人に間違われるのではないか――。

一郎の思いはそこで停止した。それ以上、先を考える勇気はなかった。

「全員起立」

司会の太った警官が、よく通る声で会場の観客に号令をかけた。一郎はその声にあわてて椅子から立ち上がった。だが、自分は伴奏をするのだと思い出し、急いで腰を下ろした。

何も知らない日本の観客たちはきちんと運動場に整列し、運動会の開始に興奮している。一郎は指を鍵盤の上におくと、顔を上げて、再びウガンの姿を探した。だが、彼の姿はもうどこにも見えず、ただ花子だけがずっと一郎を見て笑っていた。

「国歌斉唱」

会場にいる人々の目が一斉に一郎へと向けられた。小笠原郡守たちも、なかなか弾き出そうとしない一郎のほうを見た。

一郎の心臓は高鳴り、胸が痛くなってきた。深呼吸を二つすると、歯を食いしばって震えを抑える。一郎は、人々が騒ぎ出す前に何とか日本の国歌を弾き出した。皆の歌声が白くけむった世界にようやく響きはじめた。

国旗掲揚係の児童が旗を手から放すと、風がないため旗はうなだれたまま、するすると昇りはじめた。すると厳粛な雰囲気の中、ウガン・バワンの姿が人混みに現れた。ウガンは運動場の入り口にやって来て、行列の最後尾にいる台中州理蕃《りばん》課顧問の菅野政衛《すがのまさえ》を見つめている。

菅野はじっと国歌にきき入り、後ろから近づく足音にも気づいていない。

ウガンは菅野にゆっくりと近づくと、体にまとった布を左手でかき上げた。白地に赤い模様の麻布は、満開の花びらが散るようにウガンの背後に落ちた。ウガンは布の下に隠した右手で刀を握り、獰猛な笑みを浮かべていた。

「国歌斉唱時は動かないで……」

若い警官が、立ち動くウガンを注意しようとして、様子がおかしいのに気づいた。その後に起こったことは、若い警官の予想をはるかに超えていた。

菅野は、死神の接近にまったく気づかないでいた。国歌斉唱が最高潮に達した時、何者かが自分の髪を引っ張ったのに気づき、頭ごと後ろにのけぞった。

風を切るような音が耳に接近したかと思うと、これまで感じたことのない激痛を首に感じた。

「うわあ」

菅野が首を刈られたのを見て、若い警官は驚いて目を白黒させた。

「首……首刈りだ！」

若い警官は舌をもつれさせながら震え声で叫んだ。ウガンは落ち着き払っていた。そして挑発的な笑みをもらすと、踵を返して会場の外へと走り出した。

「早く捕まえろ。逃がすな」

突然の出来事に会場は混乱に陥った。国歌を歌っていた人たちも歌うのをやめて、何事かと騒ぎ出した。

「大胆不埒《ふらち》な。こんな大事な場面で出草《しゅっそう》をするとは……」

武装警官らは白く光る刀を抜いて、犯人のウガンを追いかけていく。この時、警官たちは、これがウガンによる誘きであることも、地獄へと葬られる罠だとも気づかないでいた。

武装警官たちがウガンを捕まえようとした瞬間、木陰の中から猛烈な勢いで弓矢が飛んできた。

「しまった、罠にかかった！」

警官たちはようやく悟った。

その言葉が終わるやいなや、セデック族たちは羊の群れに飛び込んだ狼と化した。血に飢えた目で警官たちをにらみつける。日本人はどんなに抵抗しようと、その運命からは逃れられなかった。

すべてはモーナの計略だった。屈強な若者たちに武装警官を誘き出させ、彼らを一網打尽にしとめる。その後、防衛する者のいなくなった運動場を思いのままにする予定だった。

「バッサオ、武装警官は片付けたぞ」

一人の青年が山道を駆け下りて来ると、自分たちの成功を告げた。

バッサオは目を光らせ、笑みをこぼした。

「よし。俺たちが待ち望んだ時が来たぞ」

バッサオはそう言うと、片手で歩兵銃を高々と上げ、空に向かって一発放った。銃声が霧の中で響いた。

「日本人は一人も取り逃すな」


「バッサオたち、はじめたらしいな……」

モーナが約束の銃声をききつけ、武者震いした。

それから人毛を巻きつけた刀を抜くと、霧社の大通りを指さし、振り返って年配組に命令を下した。

「行くぞ。日本人の血でガヤを執行するんだ」

モーナ同様に顔に歳月を刻んだ男たちは、巣から飛び出したクマバチのように雄叫びを上げた。彼らは大通りに飛び出ると、そのまま霧社分室付近にある日本人宿舎へと向かっていった。


国歌斉唱は恐怖の叫び声と悲鳴に取って代わった。山の朝の清新な空気に血なまぐさい匂いが混じり込んだ。

六つの部落からなる二百名近い勇士たちは日本人に襲いかかり、役人と警官だけでなく、武器を持たない一般人でさえも容赦なく殺しにかかった。

「逃げろ。出草だ」

祝賀行事に参加したはずの人々は、修羅地獄をアリのように逃げ惑った。漢人と何も知らされていなかった原住民たちも押しあいへしあいして、恐怖の真っ只中にいた。

バッサオは日本の国旗を引きずり下ろすと、縄ごと引きちぎり切り裂いて足で踏みつけた。

「何をぼんやりしている」

マヘボ社のバワンらセデック族の学童たちは、おびえて立ちつくしていた。

「さっさと武装して、ガヤを執行するんだ」

バッサオはバワンの襟首をつかんで怒鳴った。

子供たちは夢からさめたように驚愕《きょうがく》の表情をひっこめ、しきりとうなづいた。バワンはまだ幼いが、日本人に対する恨みでいっぱいだった。

「まさか本当にやるとは――」

一郎は伴奏をやめると椅子から飛び上がった。原住民たちが本当に手を下したのを見て胸が痛んだが、もう止めようがないと察した。

一郎はすぐに制服を脱ぎ捨てると、セデック族の布を広げた。

「花子！」

彼は大声で叫びながら、妻の行方を捜した。

花子と初子は人波にもまれて、ちりぢりになっていた。息子をしっかりと抱いた花子は、へなへなとしゃがみこみ震えていた。

一郎はあわてて花子たちのそばに近寄ろうとした。すると、長矛を持った男が、花子の真後ろから武器を振り下ろそうとした。

「やめろ！　彼女は仲間だ」

一郎は思わず母語で叫ぶと、男に飛びついた。男は振り向いて反撃しようとした。だが、飛びついてきた相手が伝統の布をまとった部族の仲間だと気がつくと、あわてて長矛を引っ込めた。

「彼女は俺の妻だ。日本人じゃない」

一郎はもう一度、男に説明した。男は花子を見て、その顔がセデック族のものだと確認すると、笑って別の日本人のところへ向かった。

危うく死神の手から逃れた花子と幸男は、一郎の広い肩に抱かれて、引きずられるように会場の外へと逃げ出した。

「初子は？」

驚きのさめやらぬ花子は、連れの初子を思い出した。だが、一郎はそれどころではなく、足をゆるめずに言った。

「見ていない。とにかく、おまえと幸男を安全な場所に連れて行くのが先だ」

「モーナ頭目、はじまりましたか」

モーナが年配組を率いて霧社分室にやって来ると、警察署には留守番役の二郎しかいなかった。他の警官たちは運動会の見物に出かけていた。広々としたがらんどうの事務所内に、二郎が震える音が響いた。

モーナの刀には血がしたたっていた。

あわてて立ち上がった二郎に、モーナはその顔を確かめると、目に不信の色を浮かべた。二郎が自分たちの隊列に加わるつもりなのか、はっきりしなかったからだ。

「銃器庫を開けろ」

モーナは二郎の問いには答えず、命令した。行動で態度を示させようとしたのだ。

二郎は黙ってモーナを見返した。その表情は複雑だった。

自分に選択の余地はないことはわかっていた。日本の警官として日本側につくことを選べば、モーナはきっと遠慮なく自分に手を下すだろう。それに、二郎には〝仲間を裏切れ〟と自分を説得するだけの理由も見つからなかった――。

「はい」

二郎は自分に言いきかせるように返事をすると、ベルトから鍵束をはずした。顔にはまだためらいの色を浮かべながらも、銃器庫へと向かい、分厚い鉄の扉を開けた。

モーナは入り口に近づいて中をのぞく。そして歩兵銃がずらりと並んでいるのを見て、満足そうな色を顔に浮かべた。その目には、険しさはもうなかった。

「頭目、俺の妻のオビン（初子）と一郎の妻が運動場にいます。二人とも和服を着て……」

「何だって」

モーナは驚いた。こんな混乱した状況下では、敵か味方かを判別するのは難しい。

「さっさと制服を脱げ」

時間が緊迫しているため、モーナはすぐには答えることができなかった。銃器庫から歩兵銃と弾薬を運び出すよう指示しながら、二郎に言った。

「他のことは後だ」

初子のことが心配でならない二郎はうなだれた。モーナは人手をわけるのに忙しく、二郎のことを構っていられない。奪った弾薬を処理させ、真新しい村田式歩兵銃と弾薬を運び出すと、仲間の一部を連れて小学校のほうへ向かうことにした。

「ダッキス、おまえはここに残って弾薬を運ぶのを手伝え。オビンのことは俺にまかせろ」

「ありがとうございます、モーナ頭目」

二郎は感激して、モーナを見送った。だが、心はまだ不安でいっぱいだった。

霧社の大通りでは露店が倒され、扇子や小さな竹槍などの雑貨が地面に散乱していた。和服姿のたくさんの亡骸が地面の上に横たわっている。

漢人のウー・ジントンの店先では、背広姿の日本人商人が、日本語で助けを求めていた。ウーは被害が自分に及ぶのにおびえていた。こんな大規模の出草を見たことがなく、自分も攻撃の対象にならないかと冷や冷やしていた。

そこへ、タダオ・ノーカンに追われた日本人警官が、裏門からウーの店に侵入してきた。

驚いたウーは椅子の下に隠れようとして、タダオがすでに自分の姿を認めたのに気づいた。

ウーは内心しまったと叫ぶとすばやく身を起こして、日本人警官と共に店の外へと逃げ出した。店の外で待っていたバッサオは二人が突然飛び出してきたのを見ると、追って出てきたタダオと一緒に、警官とウーを追いかけた。

ウーは必死で大通りを走ったが、後ろからはどんどん二人が近づいてくる。さらに前方からも歩兵銃を手にしたセデック族たちがやって来る。ウーは先頭を歩いているのがモーナであることに気がついた。

「もう終わりだ」

ウーはモーナが刀を抜いて近づいてくるのを見て、もはやこれまで、と目を閉じた。

「バッサオ、漢人に手は出すな。漢人は俺たちと同じだ」

ウーが完全に絶望しかけた時、モーナの言葉が天の声のように落ちてきた。そばにやって来たモーナはウーを押しのけると、一歩前に進み出て、刀を日本人警官の首に正確に振り落とした。

「ウー店長、俺たちの目標は日本人だけだ。漢人たちに安心するよう伝えろ」

モーナは申し訳なさそうな目でウーを見た。

「日本人の報復が怖くないのか」

ウーの問いにモーナは答えなかった。だが、その表情が答えを物語っていた。ウーはゆっくりと立ち上がる。つい二日前、セデック族たちが物資を買い漁っていたことを思い出し、これが突発的な行動ではないことを理解した。万感の思いでウー・ジントンはかぶりを振った。

モーナはウーの肩をぽんぽんとたたき、振り向いて仲間たちに言った。

「いいか、俺たちには時間がない。バッサオたちが俺たちを待っている——。そうだ、タダオ」

モーナは突然思い出したようにタダオに言った。

「急いで学校に行って娘のオビンを助けろ。和服を着ている」

二郎の妻、高山初子の父であるタダオはモーナの言葉をきくと、さっと顔を曇らせた。霧社の市にいた日本人はほとんど片付けた。行動がすばやかったのは、和服を着ていると見れば手にかけたからである。タダオは娘の安否を思って心配になった。タダオはモーナをちらりと見ると、すぐに学校のほうへと駆け出した。モーナたちもその後を追っていく。走りながら、タダオの目の前にはオビンの美しい顔が浮かんだ。不吉な予感がして、タダオはさらに足を速めた。


警官たちは小笠原を取り囲み、何とかしてお偉いさんたちを逃がそうとしていた。だが、セデック族の戦士たちは毒バチのようにそこかしこに飛び交う。祭典に出席するために銃を携えていなかった警官たちは、警棒と軍刀だけで彼らと立ち向かわなければならなかった。

「霧社はもう諦めましょう。菊川教育長、郡守と一緒に山を下りて下さい。ここは自分が引き受けます」

佐塚は軍刀を手に撤退を叫んだ。心中は恐怖でいっぱいだったが、それでも主任としての身分を忘れず、上司を守って西の眉渓《びけい》へと逃げようとしていた。

だが、小笠原の軍服は会場で一番目立つ存在だ。セデック族がこんな大きな獲物を逃すはずがなかった。若者たちは次々と役人たちに襲いかかる。

中でも最も興奮していたのは、家族を日本軍に虐殺された者たちだった。特にピホ・サッポとピホ・ワリスのいとこ同士は、日本人を手にかけるのに何のためらいもなかった。目を血走らせたピホ・ワリスは小笠原たち役人が逃げ出そうとしているのを見て、弓矢のごとく飛んでいった。そして佐塚と激しく打ちあいになった。

「ふん、やっと怖くなったか。何もかもおまえたちのせいだぞ」

鉄と鉄がぶつかりあう音が響く。ピホ・ワリスの刀が佐塚の軍刀めがけて何度も振り落とされる。口からは、しきりに恐ろしい吼え声を立てていた。

ホーゴー社の青年が一人、佐塚との闘いに加わった。警察内では剣道で鳴らす佐塚も、二人の戦士相手に苦戦を強いられた。佐塚の軍靴が土埃を巻き上げる。鼻には脂汗をにじませ、荒い息を立てている。

「わあ」

苦境に陥った佐塚は大きな声を上げた。

「倒れろ」

ピホ・ワリスが佐塚の背後から刀を繰り出してきた。刀の切っ先が佐塚の体に突き刺さった音がした。

「くそっ」

佐塚は振り向いてピホをにらみつけたが、ピホは足をひっかけて佐塚を倒した。

佐塚は顔ごと土の中に突っ伏し、口の中が砂利だらけになった。立て続けの攻撃にさすがの佐塚の屈強な体も震えだし、手は軍刀を持つ力さえなくなってきた。

「天皇陛下万歳」

死期が近づいたことを悟った佐塚は、小笠原の逃げていく後ろ姿を眺めながら、天皇への忠誠を力いっぱい叫んだ。

ピホ・ワリスは佐塚の体から刀を抜くと、後ろに立ち、その首に狙いを定めた。

「天皇ともこれでお別れだな」

そう言うとピホは刀を力いっぱい振り落とした――。


「モーナ頭目が、漢人は殺すなと言ってる」

運動場の入場口で、バッサオが青年組の隊員たちに向かって、そこを包囲するよう指示していた。彼らは、日本人らしいと見ればすぐに飛びかかった。一方、漢人か原住民の服を着ている者に対しては、戦士たちは何もせずに解放した。和服姿の花子は、伝統衣装を身に付けた一郎に保護されて、会場を逃げ出したのだった。

一郎は漢人たちと霧社の市街のほうに逃げる途中、会場へ応援に駆けつけたモーナとタダオに出会った。タダオは、一郎を捕まえてきいた。

「ダッキス、オビンを見なかったか」

一郎も花子も息を切らしていた。すぐには話ができず、ただ呆然とタダオを見るしかなかった。一郎の反応を見て、抱いていた微かな希望も打ち砕かれたタダオは、一郎を突き放すと会場へと走っていった。モーナも一郎に疑惑の目を投げかけた。一郎はモーナの目を見ることができずにいた。片手で息子を抱き、もう片方の手で妻の手を引き、そのまま逃げていった。

モーナは一郎を見送ると、不満そうに首を振った。関わりたくないのなら仕方がない――。モーナは失望を押し殺して、会場へと走り出した。

バッサオの任務遂行状況が気がかりだった。逃げてくる漢人たちの表情から、会場の惨烈さは想像に難くない。期待と憂慮が半ばする思いで、モーナたちが入場門に近づく。すると、入り口を守る若者たちが年配組の登場に勝利の歓声を上げた。

タダオはすぐに混乱した運動場へと入り、娘の行方を捜そうとした。年配組の戦士たちも会場に突進していく。モーナだけが留まって若者たちと言葉を交わし、現場の状況の理解に努めた。

モーナが会場に入ろうとした時、十五、六歳のセデック族の少年がモーナに向かって突進してきた。少年の恐怖に満ちた表情を見たモーナは、鷹《たか》がひな鳥を捕まえるように少年の襟首をつかんだ。

「おまえは男だろう。なぜ女たちと一緒に逃げてくるんだ」

少年の両足はモーナに持ち上げられてほとんど地面についていない。少年はおどおどと答えた。

「俺はただ開会式に来ただけだから……」

軟弱な答えに腹を立てたモーナは、自分が背負った歩兵銃を少年に押しつけ、無理やり戦闘に戻らせた。少年は恐怖で震えながらも命令には逆らえず、よたよたと戻っていった。モーナは眉をしかめて少年を見送った。その時、別の若者が運動場から駆け出してきた。

「おまえはタウツァ人か」

青年はうなづくだけで声にならない。

「帰って、頭目のタイモ・ワリスに伝えろ。これはセデック族全体のガヤだと。霧社はすでに俺たちに攻め落とされた。タウツァとトロックも早く加入しろとな」

モーナは刀を抜いて、タウツァの青年に言い含めた。

「おまえたち若いのときたら、肝っ玉がスズメのように小さいときてる。そんなんで、セデック・バレになれるのか」

モーナは青年を押しやると、彼がトンバラ社のほうへ逃げていくのを不満そうに見送った。若い者が過ちを犯すのはいい。だが命がけで戦う気迫がなくてどうする。何がなくても魂と勇気だけは持たなくてはならないのに――。

「日本人どもめ。思い知ったか」

嵐がすぎ去り、会場に倒れた日本人の数は、辺りを逃げ惑う者よりはるかに多かった。

バワンら少年たちが削ったばかりの竹槍を手に、教室から飛び出してくる。少年隊を自称する幼い勇士たちは未熟ではあるが、その気勢は大人たちにも負けていなかった。

「おい、バワン、この辺にはもういない。宿舎のほうを捜しに行け。一人も逃がすな。だが、漢人には手を出すな」

ずっと運動場で戦っていたピホ・サッポは、意気軒昂な少年たちを見て作戦を指示した。

「わかった。まかせてくれ」

バワンは興奮して手を振り、仲間たちを引き連れて校舎のほうへと急いだ。

部下に命がけで守られた小笠原は、会場を逃げ出せた数少ない役人だった。郡守の彼は、楽しい運動会がこんなことになるとは思いもよらないでいた。軍服と狼狽《ろうばい》した顔とが似つかわしくなく、いかにして眉渓の駐在所に逃げようかと考えていた。

妻も娘も会場に置き去りにした小笠原は、ひたすら生き延びたい一心で駆け続けた。随行の役人たちの九割方は殺され、佐塚も命を奪われた。今、小笠原の隣りにいるのは菊川教育長と軽傷を負った護衛一人だけだった。

「郡守、もっと急がないと追いつかれますよ」

小笠原の先を走る菊川が振り向いて、体力のない上官を急かした。

「無理だ。これ以上は走れん」

「眉渓はもうすぐそこです。急がないと……」

パン！　銃声が二人の会話をさえぎった。

菊川と小笠原は護衛が被弾して倒れたのを見た。

「しまった。前にもいるぞ！」

小笠原が叫ぶ。

前方に待ち伏せがいることを知った菊川は、道端の渓流を見ると、小笠原と一緒に飛び込もうとした。だがその時、二発目の弾が飛んできて菊川のすぐ横をかすめた。

「郡守、早く飛び込みましょう」

菊川は焦って大声で叫ぶと、そのまま川へと飛び込んだ。

「菊川！」

菊川が渓谷に姿を消したのを見て、小笠原も飛び込もうとした。だが、足がもつれて意のままにならない。

「くそう」

生存の機会は失われ、続いて三発目が飛んできた。左肩に激痛を感じた小笠原は、そのまま山道に倒れた。

「タダオ、撃つな」

草むらに潜んでいたタダオたちが、不思議そうに辺りを見回す。誰の声かと思っていたところへ、タロワン社のテム・マナが姿を現した。

「奴は俺の獲物だ」

テム・マナは叫んで、小笠原のそばに駆け寄った。

「こんなことをして、どうなるかはわかっているな」

死を覚悟しつつも、小笠原はまだ役人としての尊厳を失わず、情けない態度は見せなかった。

「平気さ――。おまえらがいれば俺たちは祖先の霊に会いに行けるんだ」

テム・マナは小笠原に向かって刀を振ると、何の躊躇もなく彼の首を斬り落とした――。

「タダオ、大役人を殺してやったぜ」

タダオはテム・マナに近づくと、笑って答えた。

「テム、そんなに英雄になりたいか」

タダオは、菊川が消えた渓谷のほうに近づくと残念そうに言った。

「くそ、もう一人を逃がしてしまった」

「構わんさ。一番大きな魚を獲ったんだ」

サプがタダオの肩をたたいて言った。

「行こう。まだ魚が隠れてないかどうか、見に行こうぜ」

彼らは顔を見交わして笑うと、小学校へと走っていった。

校長の宿舎では日本人とセデック族の戦いは終盤を迎えていた。追いつめられているのは日本の警官たちだった。

「おい、ピホ、俺は奈須野だ」

ホーゴー社のピホ・ワリスに向かって日本の若い警官が震える声で命乞いをした。

「一緒にサラマオで戦ったじゃないか。忘れたのか」

後ずさりしながら奈須野は、かつての友であるピホの心に訴えて命を助けてもらおうとしていた。

「奈須野……、俺の友だち……」

ピホの目は異様に興奮していた。そしてうわごとをつぶやくように、奈須野に答えて言った。

「俺は**おまえ**を殺すんじゃない。**日本人**を殺すんだ」

パーン！　ピホは手にした銃を放った。奈須野は手で胸の傷口を押さえながら、しゃがみこんで最後の息を呑み込んだ。

「バワン、何をする」

その時、私服姿の中年の日本人が、セデック族の少年たちに追われて駆けこんできた。男はメガネをかけ、見たところインテリ風である。

ピホは手を止めて、竹槍を手にした少年たちを見た。先頭にいるのはバワン・ナウイであった。ピホは好奇心でバワンにきいた。

「おまえの先生か」

「うん」

バワンはうなずいた。

「先生」

ピホは同情の目で中年男を見たが、その言葉は皮肉に満ちていた。

「あんたの教え子は本当に勇敢だな」

ピホはそう言って笑うと、振り向きざま奈須野の首を斬り落とした。そして何事もなかったかのように戦利品を手に出て行った。

「……先生、俺たちセデック族をバカにしただろ」

「すまない。俺はただおまえたちを教育しようと……」

「駆けっこで俺が勝ったのに、俺を殴っただろ。あれが教育か」

バワンはうむを言わせず、竹槍で教師の胸を突いた。教師はそのまま後ろに倒れ、襖を突き破った。そのため、押入れに隠れていた人間が露わになった。

「中に人がいるぞ」

バワンが叫んだ。一坪にも満たない空間に、日本人の女子供たちがひしめきあう。その中には、小島源治の妻と子もいた。

「きゃあ」

女子供たちは悲鳴を上げた。バワンは命乞いをする無抵抗な日本人たちを哀れみと嘲笑の入り混じった目で見た。

「どうか、私たち女と子供は助けて下さい。お願いです」

小島の妻は子供を抱いて後ずさろうとするが、狭い押入れにもう退路はない。

「おまえは、すべては日本人のものだと言ってたじゃないか」

バワンは母親は相手にせず、抱きかかえられた長男をにらんだ。その子がかつて、モーナの前で大げさに言い放ったのをバワンは忘れていなかった。ただ今は、その子の顔には涙の痕があり、あの時の驕《おご》りはまったく見られない。

「かわいそうな日本人、セデック族の祖先の霊の家で、俺たちの永遠の友になるんだな」

バワンはそう言って笑うと手を振った。

血と魂の祭典の間、犠牲者たちは、自分がかつて驕り高ぶっていたことを忘れていた。バワンは自分が残酷だとは思いもしなかった。逆に、生まれながらにして受け継いだ責任を果たしているのだと感じていた。そのため、目の前で死んでいく人々は、それを光栄に感じるべきなのだと思った。実のところ、バワンは人を殺める瞬間、恐怖を感じていた。それでも、バワンの魂は血の洗礼によって以前よりも確実に成熟した。恐怖を理解し、恐怖を克服し、恐怖を運用できるようになる。その変化の過程で生まれる力こそが成熟の証だからだ。

※1　霧社地区は台中州能高郡に属し、長官を郡守と呼んだ

第十章　誇りある死

風に巻き上げられた塵《ちり》がいつか土に還るように、傷口の血もやがては乾いてかさぶたとなる。

敵は静かに眠っている。戦闘が終わり、セデック族の戦士たちが運動場の中央に次第に集まって来た。彼らのほとんどは一睡もしておらず、負傷した者も少なくなかった。だが、誰も疲れてはいない。敵の眠りが、彼らを疲労から快復させた。戦士たちは百三十六人もの日本人の命を奪った。二人の漢人も和服を着ていたために誤って殺された。

すべてが元に戻り、初子はようやく目を開けてゆっくりと体を起こした。人混みの中で花子と離れ離れになった彼女は、とっさの機転で死体の下に潜り込み、死んだふりをして禍を逃れた。そうして、お腹の子ともども命を長らえたのだった。

タダオ・ノーカンは娘が生きていたことを知り、ほっと胸をなで下ろした。無事に戻ってきたオビンを見ると、タダオは娘をしっかりと胸に抱きしめた。一方、初子は運動場の壮絶なありさまにがく然としていた。

モーナがセデック族を率いて、見事な勝利をおさめたことに疑問の余地はない。だが、勝利に酔いしれる仲間たちをよそに、当のモーナだけはこの後の恐ろしい未来に思いを馳せざるを得なかった。

菊川教育長は、まだ攻撃を受けていない眉渓《びけい》駐在所へと逃げこんだ。菊川は恐ろしい悪夢の内容を日本政府に報告した。

「大規模な出草《しゅっそう》です。霧社《むしゃ》の日本人は全滅しました。郡守も犠牲になりました……」

不幸な知らせは電話でまず埔里《ほり》へと伝えられた。宵《よい》祭りで浮かれていた日本人は、山地で発生した重大事件を知る。小さな町が恐慌に陥《おちい》った。

警察事務を統括する江川博道は惨劇を知ると、しばらく言葉を発することができなかった。いつか事が起きるだろう――という予感があり、当局に対し理蕃《りばん》政策の改革を願い出ようとしていたところだったが、一足遅かった。

事態の重大性に鑑《かんが》みて、まず江川は上層部に原住民造反の報告をした。次に駐在所の警官と日本人を最前線から撤退させ、これ以上の攻撃を受けないようにした。さらに、警察と後備軍隊を召集し、眉渓と埔里の間に位置する獅子頭《ししとう》駐在所に配置し、自らもそこに陣取って防衛の陣を張った。

「原住民は埔里を攻めて来る可能性があります。平地の原住民までが、その機に乗じて造反を起こしたら大変なことになります。状況は切迫しています。各州の役所はただちに軍隊と警察を総動員し、花《か》蓮《れん》から入って霧社を攻めることを要望します。台北と台南の軍隊もすぐに支援部隊を派遣し、霧社を鎮圧すべく……」

台中州知事の水越幸一は総督府《そうとくふ》へ電話し、石塚英蔵《いしづかえいぞう》総督に事態を報告した。就任一年足らずの石塚は、セデック族の計画的反乱に激怒した。そこですぐさま日本は台湾島におく軍隊と警察、すべての人力を中部地区に集結させた。歩兵《ほへい》と砲兵だけでなく、空軍の偵察機も霧社に飛ばして、最短時間内に事件を平定しようとしたのだ。


「今日の風は大きいなあ」

トンバラ社の駐在所にいた小島源治巡査はそうつぶやいた。

強風が、小島の机にあるノートを吹き上げる。

小島は窓を少し閉めると、家族の写真立てが倒れないように支え直し、運動会に参加している妻子のことを思い出していた。

それから茶碗を手にしてお茶をすすると、風にそよぐタンポポのような気分でのんびりとしていた。

この時、彼は、霧社で山河の色が変わっていることをまだ知らなかった。


小島がお茶を飲み終えた頃、駐在するトンバラ社にも異様な騒動が伝わってきた。窓の外では、タウツァ人たちがタイモ・ワリスの家の戸口を取り囲んで、何やら盛んに議論している。

「何があったんだ」

神経質な小島は疑問に思い、警帽を被るとタイモの家に向かった。

タイモの家はトンバラ社で最も大きかった。いつもタバコの匂いが満ちており、壁にはさまざまな動物の毛皮がかかっている。共通の趣味である狩りをとおし、小島は何かというとタイモを相手におしゃべりをした。初めの頃は理蕃のために話していたのだが、だんだんと二人の間には友情が芽生えていった。

坂道を下りて行く途中で、何人かのタウツァ人とすれ違った小島は、原住民たちが目をそらすのに気づいた。いつものようにあいさつをしてくるでもない。小島の警戒心は高まり、急ぎ足でタイモのもとへと向かった。

「どうしてここに集まってる」

タイモの家の前に着くと、小島は集まった人々にきいた。彼らは日本の警官に気づくとあわてはじめた。

「――頭目《とうもく》、小島が来たぞ。ちょうどいい、殺してしまえ」

一人の若者が激高し、そう言うのがきこえてきた。小島はきき違いかと驚いた。若者が、タイモに向かって反逆を説得していたからだ。

「モーナ頭目が出草をはじめた。俺たちも加わろう。霧社の日本人は全員殺されたそうだ。頭目――」

殺気に満ちた表情の若者が、人混みの中から小島の前に飛び出してきた。刀を抜いて、小島に突きつける。頭目が同意すれば、すぐにでも殺しかねない勢いだった。小島はその若者がタクンであることに気づいた。

「タクン、何を言っている……。モーナ・ルダオが霧社の日本人を全員殺しただって？　そんなでたらめをどこできいてきたんだ」

「でたらめだって?」

タクンは、人混みの中からおどおどした青年を引きずり出して来た。モーナに捕まっていたバガハという名の青年だった。

「バガハがたった今、霧社の運動会から帰ってきたんだ。そこで何を見たか、きいてみろ。モーナがこいつに何と言ったかもな」

「モーナ・ルダオが出草をしたのか」

バガハは全身を震わせてうなづいた。

「そんなバカな――」

小島は全身の血が頭に上ってくるのを感じた。

「あんたの女房と二人の子供も運動会に行ってるんだろう。はははは」

小島の苦痛を見て、タクンは得意そうに笑った。

「――平気さ。すぐに一緒にさせてやるよ」

「黙るんだ、タクン！」

戸口に姿を現したタイモが、厳しい声でタクンを止めた。

「小島は俺たちの友達だ。彼はいい日本人だ。悪い人間じゃない」

「タイモ、あんたはタウツァの総頭目だろう。日本人を追い出して自分で統治しないで、あんなやつらに俺たちを統治させるのか」

タイモが小島をかばうと、トンバラの副頭目が不満そうに言った。タイモはその言葉に気まずそうな顔をした。

「そうだ。日本人は友達じゃない」

「日本人を殺せ」

タクン以外の若者たちも、刀を抜いて大声を出した。

非常に不利な状況に、小島はゆっくりと拳《こぶし》を握りしめた。昨日、妻と別れた時の情景が目によみがえる。目の前の重苦しい光景と家族の安否を気遣う思いとで、彼の心は引き裂かれそうだった。

「駐在所の電話が鳴ってるぞ」

緊張の瞬間、一番後方にいた男が小高い所にある駐在所を指さして言った。

「小島、電話に出るがいい。ただ、その勇気があるならな」

副頭目は小島に一歩近づくと、手にした刀で脅した。電話の音に小島の気ははやった。霧社の状況を知るためにも、自分の命を救うためにも、何があっても出なくてはならない――。

「俺は、おまえたちにいつもよくしてやっているだろう。これが、それに対する見返りか」

小島は歯を食いしばると、覚悟を決めてタクンを押しのけた。

「俺を殺すというのなら抵抗はしない。だが、日本政府はきっとおまえたち、全部落を討伐に来るぞ。さあ、殺せ。死ぬならもろともだ！」

まだ電話は鳴り続けている。小島の決死の態度にタクンは一歩退いた。その時、二機の日本空軍の偵察機が皆の上空を飛んでいった。轟音に空を見上げたタウツァ人たちは、恐れおののいた。

「ほら、見ろ！」

――小島は心の中で感謝した。

「俺たちには飛行機がある。おまえたちにあるか？　俺たちには機関銃や山砲《さんぽう》がある。おまえたちにあるか？　モーナ・ルダオに辱められたことを忘れたのか。全員殺してやると言われたことを忘れたのか。あんな男と一緒に戦死するのか？」

小島の言葉にまわりの男たちも思わず手をひっこめた。空飛ぶ怪獣のような飛行機を見て、副頭目の覇気もかなり弱まった。人々の気炎がしぼんだのを見て小島は、チャンスとばかりに駐在所に向かって駆け出した。

息せき切った小島は、埔里の警察からの電話で、日本人による反撃の知らせを受け取った。二機の飛行機の出現は、タウツァ人に日本人の強大さを思い知らせた。その一瞬のためらいが、日本軍の形勢逆転のきっかけとなったのだった。

いつもは乗客でごった返す汽車の駅は、完全武装した軍人たちに占拠《せんきょ》された。台湾西部の平原を走る鉄道は軍隊の移動だけでなく、各種重装兵器を積載して、反乱の起こった霧社地区へと集中輸送するのに不可欠な手段となった。

菊川教育長から知らせが伝えられてからわずか数時間で、日本軍は埔里に大集合した。軍隊が総動員されたと知った江川は、安全のため拠点の放棄を決定し、警官たちを埔里から撤退させた。また、眉渓沿岸に高圧電流の鉄条網を張り巡らし、セデック族が大挙して押し寄せ、埔里を一斉に攻撃するのを防いだ。

日本側の大きな動きに比べると、霧社の山地はまるで眠るように静かだった。大虐殺から辛くも逃げ出した日本人は、とっくに現場から消え失せていた。漢人以外に残っているのは、今回の行動には参加せず、戦闘終了後に日本人宿舎に私財をかっぱらいに来たパーラン社の原住民だけだった。

モーナは彼らの略奪行為を止めなかった。抗日に立ち上がった同志たちを広場に集結させると、日本人の反撃をいかに受けて立つか、を説明した。勝利の興奮がおさまってくると、セデック族たちも次第に覚悟がすわってきた。敵を殺せば自分たちの命も終わりに近づく。戦いの前は、死に対するプレッシャーも〝復讐心〟という糖衣に包まれていた。だが、糖衣がはげて自分たちの血まみれの手を見つめると、勝利の代償に対する現実感がひたひたと押し寄せてきた。

「大頭目、あんたたちには心から敬服するよ」

霧社分室の外では、百人ほどの漢人が荷物を手に集まっていた。反攻の巻き添えにならないよう、バッサオの指揮のもと山地を離れるためだ。ウー・ジントンは酒を手に、モーナに別れのあいさつにやって来た。

「俺たち漢人には、日本人に反抗する力がないからな——。これは、ほんの気持ちだよ」

ウーはそう言うと、自分の雑貨店を名残惜しそうに振り返った。

「店の品物は全部あんたたちに寄付するよ」

モーナはウーを見つめると、手にした杯を高々と上げた。二人は顔を近づけて、兄弟の契りを交わすように大きな杯で酒を飲み干した。杯を置くと、荷物を担いだウーは日本式に深々とお辞儀をした。

「無事を祈るよ」

「あんたたちも」

モーナは感激して答え、彼の肩をたたいた。この時、他の漢人たちが山を下りはじめたので、モーナはウーを急かした。

漢人たちが霧社を離れるのを見送ると、モーナはしゃがんでタバコを吸いはじめた。午後二時の日差しが一番強い頃で、モーナは太陽に照らされながら、眉渓駐在所に派遣した突撃隊がどうなっているかと考えていた。

ボアルン社からの知らせでは、ダナハ・ラバイはモーナの指示どおり、東のいくつかの駐在所をすでに焼き払ったとのことだった。こんな短時間に、日本人が花蓮から海抜二千メートルを超える中央山脈を越えてくることはあるまい。後方が襲撃される恐れが当分ないのなら、次は埔里を攻めるか、それとも山地に引き返し、得意とするゲリラ戦で日本軍を迎え撃つかだ。

「モーナ頭目、タダオからの連絡です。眉渓駐在所はすでにもぬけの殻でした。突撃隊はこのまま下って獅子頭を攻めるかどうか、ときいています」

待ちに待った突撃隊は、サプを報告に寄こした。

「そうか……。つまり日本人は霧社で起こったことをすでに知ったというわけだな」

モーナは広場にしゃがんだままだった。彼の前では六つの部落の戦士たちが、次の指示を待って木陰で休んでいた。

「山地の状況は日本人には知りようがない。やつらの行動様式からすると、まず埔里で準備してから山に攻めて来るはずだ」

モーナは地面から小石を拾うと、考えをめぐらせた。

「奴らには電話がある。だが、俺たちにはそれがない。長い戦線で、すばやく互いに連絡を取りあう

「方法がない」

サプはモーナのそばに立ち、指令を待っている。モーナは考えをまとめると、立ち上がってサプに言った。

「霧社に戻れと、タダオに伝えろ。人止関《ひとどめのせき》も守る必要はない――」

「でも頭目、それでは……」

サプは命令をいぶかった。

「何も言うな。俺の言うとおりにしろ」

モーナは厳しい声でサプの言葉をさえぎった。

「はい、モーナ頭目」

サプは身を翻《ひるがえ》すと、駆け去った。

つづいてモーナは、ピホ・サッポとピホ・ワリスを呼び寄せた。そして、日本人が眉渓沿いに敷設したトロッコのレールを何人かで破壊し、山地での交通を遮断するよう命じた。


「幸男は寝たか」

隣りの寝室から書斎へとやって来た一郎に、墨をすっていた二郎がきいた。

「うん。花子が寝かしつけている」

二郎の宿舎は、今回の事件に巻き込まれなかった数少ない場所の一つだった。薄い戸板越しに、隣りの部屋で初子がすすり泣く声がきこえてくる。

一郎も二郎もセデック族の伝統衣装を着ていたが、二人の会話は日本語だった。

「どうする？　本当に、さっき話したようにするつもりか」

一郎は壁にもたれて、太陽の光が西の窓から差し込むのを眺めながら、かすれた声で二郎にきいた。

「俺たちはセデック族だ。日本人は俺たちを絶対に許しはしない」

二郎は机の上に真っ白な紙を広げた。

「こんなことになるとは……」

一郎の充血した目に、また涙が浮かんできた。

「俺たちは日本人に養成された警官だが、同時に誇り高いセデック族でもある。その間に挟まれてどちらを選ぶこともできない――。神様は本当に不公平だな」

「そう言うな。選択できないから運命なのさ」

二郎は墨をすり終えると、無表情に一郎に言った。

「モーナ頭目の行動に加担したのは、セデック族としての責任を果たしたまでだ。今度はこちらに、それなりの対応をしなければ――」

「自分の命を絶つことが、矛盾からの解放につながるのか……」

一郎は苦笑して立ち上がると、筆を墨に浸して字を書きはじめようとする二郎を見つめた。

「二十年間生きながらえたのは、自分の腹を切るためだったのか……。俺たちが生きてきた意味は、どこにあるんだ」

「今日はずいぶん言葉数が多いな。おまえらしくないぞ」

二郎は一郎に意味ありげな笑顔を向けた。落ち着き払っているように見えたが、いざ書き出そうとすると、手が震えてなかなか書けなかった。

「遺書を書く時ですら、自分の体が思うようにならないな」

二郎はかぶりを振ると、突然酸っぱいものがこみ上げてきた。自分を落ち着かせようと深呼吸をする。手はまだ震えていたが、歯を食いしばった。そして墨汁をたっぷり浸み込ませた筆で、一郎と一緒に考えた字句を書き出した。

「我等はこの世を去らねばならぬ。蕃人《ばんじん》のこうふんは出役の多いためにこんな事件になりました。私等も蕃人たちに捕らわれ、どうすることもできません。昭和五年十月二十七日午前九時、蕃人は各方面を守っていますから、郡守以下のすべての職員が全員小学校にて罹災《りさい》しました」

夕方が近づいて、また霧が出てきた。

「父さんはどういうつもりなんだ。どうして、人止関を放棄して戻れと言うんだ」

タダオはもう丸二日寝ていなかった。二十数名の男たちとともに眉渓駐在所から引き返した彼は、霧社の大通りに迎えに出てきた弟のバッサオに向かって怒鳴った。

「獅子頭に偵察に行ったら、あそこも日本人は逃げ出した後だった。俺たちは、このまま一気に攻め下るべきなんだ」

「父さんには父さんの考えがあるのさ」

バッサオにも父親の考えはわからなかった。だが、兄のタダオのように腹を立ててはいなかった。

バッサオは兄の肩に手を回すと、仲間たちと一緒にモーナのいる広場へと連れ戻った。

広場には、トロッコのレールを破壊し終えたピホ・サッポが戻ってきていた。他の各部落の男たちも午後いっぱい休んだおかげで、生気を取り戻していた。中央ではモーナとタダオ・ノーカンたち――各部落の頭目が集まって酒を飲んでいる。モーナは、タダオが怒りながらやって来るのを見た。モーナは杯を置くと、彼が来るのを待って立ち上がり静かに言った。

「戻ったか」

モーナがのんびりと自分が着た布の埃を払うのを見て、タダオは我慢できずに言った。

「父さん、どうして人止関を守らないんだ。日本人と対決しないのか」

その場にいた頭目たちが全員顔を上げて、かすかに笑った。モーナはまだ自分の服を直している。タダオは父親が返事をしないのに余計に腹を立て、また何か言おうとした。

「行くぞ。部落に戻るんだ」

モーナは息子の気持ちを知りながら、何らの議論の余地も与えずに、マヘボ社に向かって歩き出した。

「何だって。霧社も放棄するのか」

父の言葉にタダオはさらに驚いた。

その時、タダオ・ノーカンがタダオ・モーナの肩をたたいて、手にした杯を渡して言った。

「若いの、日本人と戦うにはやつらと同じ考えではダメだ。風の考えでやらんとな」

「風？」

「そうだ、風の考えだ」

「わしはおまえの父親を、奴が小さな頃から知ってるが、いまだに何を考えているのかわからん。だが、今日のことは、もう長いこと計画してきたはずだ」

「でも……」

タダオの言葉は、空の向こうからきこえてくる轟音にかき消された。

「なんだ、あれは」

広場にいた三百人余りのセデック族の戦士たちが皆、同時に頭を上げて音の源を探した。

「日本の鉄の鳥だ」

「日本人は、もう攻撃に来たのか」

爆音にざわついていた広場が静まりかえった。モーナも足を止めて、上空を眺めた。人々の顔に恐怖の色が浮かぶのを見て、一瞬、心が重く沈んだが、すぐに沈黙を破って言った。

「怖いか。わかるぞ」

モーナの言葉は一陣の風のように、一人一人の耳に届いた。暗い顔をしていた人々は、モーナの言動を見守った。

「十五歳、初めての出草で敵と向きあった時は俺も緊張し、ひるんだ。手足は震えていた……」

モーナは両手を胸の前であわせると、自分の物語を切々と語りはじめた。

「だが、敵の首を取った瞬間、俺は恐怖を忘れた。なぜなら、部落に戻れば自分が英雄として酒宴でもてなされるとわかっていたからだ。男も女も年寄りも子供も、俺の勇気を敬うようになると知っていたからだ」

そこまで話すとモーナは言葉を切り、つばを飲み込んで一人一人の顔を見つめ、額に青筋を浮かべた。

「だが、今度は違う」

モーナの口調は苦しげになった。

「俺たちは今日、祖先の霊の血祭りに成功し、虹の橋を渡る資格を勝ち取った。だが、これから向きあうのは酒宴ではない。死だ」

モーナは皆の心配を口に出した。若者たちの顔が重く沈みこむ。

「事を起こす前、おまえたちもこの結果を知っていたはずだ。違うか」

それは慰めではなく、励ましだった。

「子供たちよ。怖がるのを急ぐな。おまえたちは勇敢だった。祖先の霊はきっとご覧になったはずだ。だが、これからが本当の戦いだ。日本人の肝をつぶしてやる戦いなのだ」

モーナは両手を前に突き出すと、激昂《げきこう》して言った。

「自分たちの手を見ろ。勇気に自信を持て。セデック族の誇りは堅固な魂にある。それらが山奥の大木のようにそびえ立ち揺るがなければ、たとえ死のうとも春のそよ風のように心地よいはずだ」

飛行機が近づくにつれて、広場にはモーナの声だけがこだましていた。

「森のメジロチメドリが、死肉をついばむカラスを追い立てている。祖先の霊たちは、俺たちが狩り場を守る戦士だと認めてくれる。子供たちよ、怖がるな。背を伸ばして、共に虹の橋を渡るんだ！」

人々の心は陽性に向かっていった。無尽の暗闇の中でも芽を伸ばし、光の方向へと進んでいく。モーナの言葉は霧の中に昇る太陽だった。全員が興奮して泣きそうになった。恐怖にわしづかみにされた心臓が再び力を取り戻す。リーダーにはこういう能力が必要だった。誰かが立ち上がって告げなければならない。恐怖を克服してこそ、本当の勇気が生まれ、明るい世界が広がるのだと――。

こうして、セデック族の部隊は全員夜になる前にマヘボ社へと撤退した。セデック族は山岳民族である。彼らの祖先は森林から生まれている。最後の戦場も当然、森林の懐《ふところ》を選んだというわけだった。モーナは五人の頭目と会議を開き、その後の作戦と各部落の配置を話しあった。日本側の機関銃と山砲は、木が生い茂った森の奥地では、その殺傷力を発揮できないと考えた。そこで、タロワン、ボアルン、マヘボの間にある原生林がゲリラ戦の拠点となった。

マヘボ社とボアルン社はそれぞれの男たちが死守する。最初の防衛線であるタロワン社は、人手が最も多いホーゴー社とロードフ社の戦士たちが守ることになった。タダオ・ノーカンは前線の指揮を執り、モーナ・ルダオが総指揮を執る。部署を配置し終えると、モーナはブタをさばき、粟《あわ》の酒を運ばせて、すべての戦士たちに決別の酒を振る舞った。

灯りがきらきらと燃えていた。針を手にした老婆が、木槌で白い顔に刺青を打っていく。マホン・モーナの夫のサプ、ワダン、テム・マナ――勇敢に戦った若い戦士たちが静かに地面に横たわる。彼らは今まさに、最後の輝きの瞬間を迎えようとしていた。

「俺は本物のセデック・バレになるんだ！」

バワン・ナウイの顔に真紅の血が花開いた時、彼の幼い顔立ちが一瞬、頼もしい青年に変わったようにみえた。

バワンはこんなに痛いとは思わず、叫び出しそうになった。するとモーナの不屈の後ろ姿が脳裏に浮かんできた。その姿にバワンは痛みをこらえた。崇拝する頭目のように——人々から尊敬される男になりたいからだ。

「さあ、憂いを忘れて飲み干そう」

最初の一杯を飲み干す時は、まだ悲壮な気分が漂っていた。だが、酒のいいところは人の感傷をマヒさせるところだ。冷たい粟酒が一杯、また一杯と腹におさまるうちに、セデック族たちは自分たちが楽しく笑っているのに気がついた。

この美しいひと時に皆、それぞれの一生を思い起こしていた。確かに生きた自分たちの美しい思い出を——。

（今夜は酔いつぶれるまで飲むぞ）

モーナは心の中でそう思うと、飲むペースをますます上げた。

第十一章　肉体のある幽霊

一九三〇年十月二十八日。たった一晩で各地の日本軍と警察は埔里《ほり》に集結を完了した。最高責任者の水越幸一は、この日一日で霧社《むしゃ》を奪回する命令を下した。平定部隊は多方面から霧社を挟み撃ちにして、できるだけ早く原住民たちを消滅しようとした。

こうして、厳重警戒した日本の軍隊と警察は霧社へ続く道へと入った。高井警察隊と川宮部隊をあわせた約三百名の軍と警察は、埔里から大湳《たいなん》、獅子頭《ししとう》を経由し、夕刻になってようやく眉渓《びけい》に到着した。

「申し上げます。前方の人止関《ひとどめのせき》には、原住民の人影はまったく見えません」

「誰も守っていないというのか」

高井隊長は先兵の報告をきき、口をあんぐりと開けた。前進すべきかどうか、すぐには決断が下せなかった。神出鬼没のセデック族の恐ろしさが、胸に刻み込まれていたからだ。

「うかつな行動は取るな。全部隊はとりあえず眉渓に留まろう」

慎重を旨とする高井は前進を思いとどまり、セデック族が暗闇に乗じて自分たちを罠にはめるのを防ぐことにした。

「ピホ、何をためらってるの。さっさとやるのよ」

ピホ・ワリスの妻が言った。

年寄りと女子供がそれぞれ家財を背負っている。何枚かの布と祭礼の衣装に装飾品、あとは刀だけが私財のすべてだった。

ピホ・ワリスは半生を暮らしてきた家の前で、のっぺりとした表情をしていた。そして、最後の巡視を終えると、手にしたたいまつを家の中の萱《かや》に放った。

思い出のつまった家が炎に燃えつきていく。ピホの心臓はぎゅっと絞られるように痛んだ。

家々は黒煙を上げ、家族が次々と離れて行く。故郷を捨て、帰る場所をなくすこと――この世での名残りを断つことが全員に一致した決意だった。

「日本人と決闘だ」

ピホ・ワリスはかたく決意した表情で妻の腕を取った。

炎の海と化したホーゴー社は、すべてが灰燼《かいじん》に帰し、残ったのは決戦の覚悟だけだった。

「ロバオ、先に虹の橋に行ってくれ。俺も後から行くから」

副指揮官のワリス・ギリは妻のロバオと寝床に座って向かいあっていた。七歳の息子と五歳の娘がじっとそばで待っている。

「俺の父親は、霧社に日本人が侵攻して来た時に戦死した。俺も後ろ髪が引かれることがあってはならない。ロバオ、おまえも一緒に死んでくれ」

そう言うとワリス・ギリは、ロバオの漆黒《しっこく》の髪を撫でた。妻の顔の刺青《いれずみ》は、夫の目にことのほか美しく映った。

「本当にすぐに来てくれる？」

ロバオは目に涙をたたえて微笑んだ。

「うん。ごめんよ。子供たちが成長するのを一緒に見守る約束だったのに……」

「いいえ。あなたは素晴らしい夫よ。私はあなたの妻であることを誇りに思うわ」

ロバオも手を伸ばして、ワリスの顔を撫でた。愛しあう夫婦の今生の別れだった。

「あなたの手で私を連れてって」

ロバオがむせびながら言った。

「俺を信じてくれてありがとう。子供たちと一緒に行っててくれ」

ロバオは立ち上がると、二人の子供を抱きかかえ夫の前にひざまづいた。

「息子よ」

ワリスの胸は引き裂かれんばかりだった。

「父さんを信じてくれ。決して痛くしないからな」

ロバオは夫を見上げてうなづいた。ワリスはゆっくりと銃を持つと、息子に向きあった。

パン！　男の子はゆっくりと崩れ落ちた。

パン！　年端のいかない女の子も母親の腕の中に倒れた。

「さよなら、ロバオ」

「さよなら、ワリス」

ワリスは涙をこらえて引き金をひいた。

銃声が湿った空気の中を響きわたった。自らの手で妻子を葬ったワリスは、この世で最愛の存在を天のガヤに送ったのだから、と涙をこぼすことはなかった。


翌日の早朝、眉渓に駐屯《ちゅうとん》していた日本軍と警察隊は霧社へと前進した。霧の中、人止関を通り抜ける。だが、どこもかしこも静まりかえり、原住民の姿はまったくなかった。

最初の関門を通り抜け、高井警察隊と川宮連隊は霧社まであと一キロの山道に到着した。念のため、高井は先兵を霧社の大通りまで偵察にやった。だが、彼らが持ち帰った知らせは、またもや驚くべきものだった。

「なんだと、霧社にも原住民の留守番がいないのか」

高井は愕然《がくぜん》とした。

「はい。まるで死の町です」

濃い死臭が漂っていた。霧社の大通りの地面にも建物の壁にも、黒くなった血痕《けっこん》が死の墨絵を描いたように残り、欠損した死体が道のあちこちに散乱していた。

兵士と警官たちは愕然とした表情で、命を落とした同胞を検視した。

「なんてことだ。まるで地獄そのものだ」

高井隊長は手に拳銃を持ち、胃がむかむかするのを抑えながら、小学校の運動場へとやって来た。

「隊長、校長の官舎にはもっとたくさんの被害者がいます」

若い警官が涙ぐんで、報告に来た。

高井が激しく斬《き》りつけられた木造の建物の扉を開ける。すると、客間だったその場所は三十体以上の老若男女の亡骸でいっぱいだった。高井は完全に黒く変わり果てた畳を見て、目の前の光景が恐怖小説に描かれたどんな場面よりも恐ろしいと思った。高井も残酷で血腥《なまぐさ》い光景をいろいろと見てきたが、この大虐殺にはもう少しで精神がおかしくなりそうだった。

「無線電話だ。すぐにこの状況を上に報告しなければ。もっと多く援軍を要請しろ！」

高井はハンカチを取り出すと、顔に浮かんだ冷や汗をぬぐった。この先、自分がどんな敵に向きあうかはわからずにいた。だがそれでも、セデック族の手に落ちれば悲惨なことになるのだけは確かだった。


「トンバラ社の頭目《とうもく》のタイモ・ワリスです」

ボアルン社もセデック族の仲間入りをした。そのため、小島源治は上層部の指示でタイモ・ワリスらタウツァ人たちを連れて、トンバラ社で花蓮《かれん》の後藤警察隊と合流した。

「信用できるのか」

後藤隊長は小島の耳に口を寄せて、原住民は信用できないと言わんばかりだった。

「タウツァ人とモーナ・ルダオの間には恨みがあるんです」

「そうか……」

後藤はタイモを上から下まで眺め下ろした。だが、その目はまだ安心してはいなかった。

タイモは後藤の友好的でない態度を感じながら、自分が率いてきた五十名余りの仲間を見つめていた。

日本人を助けると決めた彼には、内心どうにも消し難い罪悪感があった。

「小島さん、あんたの家族も殺されたそうだね」

後藤の言葉に小島は暗い気持ちになった。事件発生から二日間、目を閉じるたび妻の姿がまぶたに浮かび、悲しみのあまり夜もろくに眠れなかった。ようやく眠りについても妻が惨殺《ざんさつ》される悪夢を見て、驚いて目を覚ましてしまう。

「ふん。原住民どもときたら本当に野蛮だからな」

憤りに駆られた後藤の視線がタイモとあった。一方、小島は悲しみの情をそれほど露わにはしなかった。

「必ず復讐してやる。待ってろよ」

小島は絞り出すように、つぶやいた。


高井警察隊長と川宮大尉は、霧社分室で大きな地図を広げて戦略を検討していた。工兵は霧社からホーゴー社へと通じる山道の脇に砂袋を設置し、戦闘の守備拠点を用意している。

静かな半日がすぎると、小心翼翼《しょうしんよくよく》としていた日本人もだいぶ余裕を取り戻していた。だが彼らは、四百人余りのセデック族の戦士が密林に隠れて、彼らの一挙一動をじっと見張っているとは夢にも思わなかった。

簡単な昼飯を済ませた日本軍警は、木陰で休んだり、タバコを取り出して、つかの間の休息を楽しんでいた。その時、隠れ潜んでいた抗日原住民たちが時機は熟したとばかり、日本の軍警たちに狙いを定めた。

パン！

第一声に続いて、ものすごい銃声が連続して鳴り響いた。森の鳥たちが驚いて飛び立つ。日本人は大混乱に陥《おちい》った。

「畜生、奇襲だ！」

多くの者が銃声と共にその場に倒れた。最初の攻撃から幸運にも逃れた者は、次々と隠れる場所を探した。

「反撃だ！　撃て！」

日本軍の将校が部下に反撃の命令を下す。だが、仰《あお》ぎ見れば山々のどこも木々しか見えない。日本軍の砲弾は目標を定めることなしに、森に向かって射撃するほかなかった。

「急いで大泉中隊に連絡し、原住民の猛烈な攻撃に遭っていると伝えろ」

川宮大尉は通信兵に命令した。敵がどれだけいるかもわからない状況では、兵力の増援を頼むしかない。

「大泉分隊ですか……」

通信兵は無線電波の周波数を盛んに調整する。だが、相手の応答は雑音に紛れ、たまに銃声がはっきりときこえてくるばかりだった。

「川宮分隊……我々は……現在、原住民の襲撃に……」

大泉分隊の通信兵の声が途切れ途切れにきこえてくる。現場の状況が危急《ききゅう》であることを告げていた。

「我々は……現在……霧社の西……一キロの……」

無線からはザーザーという雑音しかきこえなくなった。

「きこえますか、きこえますか」

通信兵が必死で応答を求めるが、相手は二度と応答しなかった。彼は受話器を下ろし、川宮に言った。

「報告します、無線が途切れました」

「くそっ、なんてことだ」


「狙撃者の位置を探し出せ！」

大泉大尉が部下に向かって叫んだ。頭上からはしきりと弾に当たった枝や葉が落ちてくる。大泉が率いる応援部隊は弾薬と食料を携えて、東から霧社へと進軍してきた。だが、霧社から一キロ地点の森で、セデック族の待ち伏せ攻撃に遭遇していた。

「敵がどこにいるのか、わかりません！」

たとえ兵士たちに反撃の機会があったとしても、森の中で絶えず位置を変えるセデック族の姿は到底追跡できるものではなかった。

「隠れ場所を探し出し、機会をとらえて反撃するんだ！」

大泉大尉は顔を上げることもできずに、地上に這いつくばって怒鳴った。

これがモーナの戦略だった。セデック族の戦士たちによる幽霊作戦だ。

「弾を撃ったら逃げろ。俺たちがいつ、どこから侵攻してくるのかわからないようにするんだ」

モーナは若者たちに言った。この戦略は霧社の攻防戦でおおいに効果を上げげた。セデック族による攻撃は午後中続いた。

長時間の攻撃は人を簡単に疲弊《ひへい》させる。三百人余りの日本の兵士と警官たちの神経は、ほとんど限界に達していた。

「殺せ！」

このやられっぱなしの状況に、高井と川宮は突撃隊に対し、死を覚悟で北の高地に攻め入る命令を下した。

だが、セデック族はこの時すでに、日本軍との正面衝突を放棄していた。突撃隊が森に侵入した時には、地面に残された薬莢《やっきょう》以外は何もなかった。

夕方近くになると、霧社に大風が吹きはじめた。空には雷が鳴り響き、石や砂の吹きすさぶ中、突撃隊はすごすごと戻ってきた。

この頃、大泉中隊の工兵たちは霧社大通りへと逃げ戻ってきた。台南から出発し、南から迂回して登ってきた警察隊も、辺りが暗くなる前に霧社にたどりついた。兵力が補充されて、日本軍はようやくほっと息をつく。一日中、死の恐怖に苦しめられた肉体も、つかの間の休息を手に入れたのだった。

第十二章　矛盾のはらわた

十月三十日。霧社《むしゃ》は大雨となり、空気中に充満していた硝煙《しょうえん》の匂いを洗い流した。

この日、台湾軍司令部は鎌田弥彦少将に「鎌田連隊」を結成させる。この連隊は松井部隊を主力とし、各種歩兵《ほへい》銃、機関銃、山砲《さんぽう》、爆撃機などを配備した。総勢千二百人を超える兵力を動員し、陸と空からセデック族を徹底討伐しようというものだった。

装備万端の松井部隊は眉渓《びけい》へと向かった。一方、モーナが派遣した男たちは、長蛇の列がセデック族の拠点へと近づいてくるのを見つけると、すぐにこの知らせを持ち帰った。

「来るべきものが来たか……」

モーナの顔は雨空のように曇った。

タダオとバッサオがモーナの寝床のそばに立っていた。冷たい雨水が屋根の穴からしたたり落ちる。

モーナは濡れた床を見つめて考えこんでいた。

「むこうが精鋭部隊を繰り出してきた以上、我々は最悪の事態を考えなければならん。マヘボは堅牢な要塞ではない。最後の拠点とするにはふさわしくない。ここが落ちれば、食料と弾薬も失い、やつらの思うがままにされるだけだ」

モーナは顔を上げてタダオに言った。

「すべての家を焼き払えと伝えろ。雨が降っているうちに、食物と銃弾を上流の洞窟に移せ」

人々は雨の中、忙しく動きはじめた。ホーゴー社に続いて、ここもまた放棄しなければならない。塩漬けにしたイノシシ肉、サツマイモとヤマイモを次々に運び出す。貴重な銃弾は湿気から守るためにサツマイモの葉で何層にもくるむ。戦闘に必要のない物はすべて諦めるしかない。物に執着のない彼らもこの世を去るとなれば、名残惜しさに苦しむ。だったら、いっそのことすべてを焼き払ってしまえばいい。

老人が家の前で口簧琴《こうこうきん》※1を奏でていた。竹片で単調なリズムを鳴らすそれは、ゴムひもの振動の音のようだった。曲調の変化は乏しいが、老人の心の中では逆巻くような楽曲が鳴っているのだろう。今、妻と共に暮らした家がなくなろうとしている。だが、老人の胸に悲壮感はなかった。むしろ、愛した人との再会を待ちわびる期待感が静かに波打っていた。もうすぐ別の世界に行くのだ。そこでも同じ曲を吹いて、妻にきかせよう――。

「マホン、来たのね」

モーナの家の前に、マホンとサプの夫婦が物資を背負い、男女の子供を連れてやって来た。モーナの妻のバタンがサツマイモをいっぱいに詰めた袋を持ち上げようとしているところだった。

「手伝います」

サプが進み出て、バタンの荷物も背に担いだ。

「バワン」

バッサオが撤退の準備を終えた少年と婦人たちの前に立って、バワン・ナウイに言った。

「マヘボ洞窟はわかりづらい場所にある。おまえが道案内をしろ。俺たちは家を焼き払ってから追いかけるから」

「わかった」

バワンは了解した。

その頃、一足先に故郷を捨てたホーゴー社の人々は森林で雨宿りをしていた。大雨のせいで山地の気温は急に下がり、人々の震えは止まらなかった。だが、男たちはそれでも戦いの準備をしなくてはならず、竹と石を使いタロワンの高地に簡単な防御工事をしていた。

一方、全身ずぶ濡れの年寄りと女子供たちは、小さな洞穴や大樹の陰で震えていた。配給された食物だけでは、十分に体を温めるだけの熱量を摂れない。

「妊婦はパーラン社で預かってもらえないだろうか。俺たちの血筋を絶やさないために」

パーラン社は直接今回の行動に参加はしていない。だが、パーラン社とホーゴー社は親戚関係が多く、そのためひそかに食物や衣類などの物資を提供していた。花岡二郎は、そのジャガイモを届けに来たパーラン社の男と交渉していた。

「その点は俺たちに任せてくれ」

男は二郎の頼みを快く引き受けた。

「ダッキス、やっぱり最後は俺たちの側についたんだな。これまでおまえたちダッキス兄弟を誤解していたよ」

男は二郎の肩をたたくと、日本人につかなかったことを誉め讃えた。二郎は目をしばたたかせて言った。

「それじゃあ、頼んだよ」

男は妊婦たちに近づくと、ホーゴー社へ連れて行こうとした。だが彼女たちは必死で抵抗し、自分たちの家族と離れようとはしなかった。その中に二郎の妻の初子もいた。

「いやよ、二郎、私は残るわ！　二郎……」

その叫び声は二郎の胸を引き裂いた。

「私はホーゴー社の頭目《とうもく》の娘なのよ。その私を追い払うというの？　二郎！　花子！」

「初子、すまない。すまない……」

二郎はそうつぶやくと、妻が連れて行かれるのをじっと見送った。

「自分勝手なことは知っている。だが、おまえには俺たちの子供を大切に育てて欲しいんだ」

妊婦たちがいなくなると、二郎は一郎の隣りに来て座った。二人は黙ったまま向きあった。

「日本人も妊娠している女をどうこうはしやしないさ」

一郎は二郎を慰めようとした。だが、二郎はじっと涙を流すばかりだった。一方、一郎の横では幸男を抱いた花子が、一郎の肩にもたれてすすり泣いている。

連名でしたためた遺書を宿舎の玄関にはって、一郎と二郎の二人は家族を連れ、ホーゴー社の家族たちと行動を共にした。二郎は妻を共に死なせまいと初めから決めていたのだった。肩の荷が下りたのに、なぜか涙が止まらなかった――。

雨の山道はぬかるんで滑りやすい。マヘボ社の人々は重い物資を担いで、渓谷の奥深いところにある洞窟を目指した。先頭を行く四人の少年たちは、二百人を超える年寄りと女子供たちを見守りながら、足を速めることなく歩いていた。だが、それでも少年たちと隊列との距離は少しずつ開いていった。

「バワン！」

後ろから彼の名を呼ぶ声がきこえた。

振り向くと、人々は立ち止まって背中の荷物を下ろしている。

「どうしたの」

バワンは駆け戻った。彼の名を呼んだのは仲間のルールーの母親だった。

「バワン。洞窟はすぐそこだから、これらの荷物はあなたたちで運べるでしょう。私たちは戻ることにしたわ」

「戻る？　どこに？　俺たち、出て来たばかりじゃないか」

バワンは戸惑って言った。

女たちは少年たちを見て微笑んだ。彼女らの目は穏やかで落ち着いていた。少年たちはその微笑に隠された意味を理解した。

「母さん、ダメだ！」

ルールーが進み出ると、驚いて母親を見つめた。背筋がぞっとするような恐怖が少年たちを襲う。

「母さん、早まったことをしないで。モーナ頭目たちも、もうすぐ来るんだよ」

バワンの母親も目を真っ赤にしてバワンを見つめている。バワンは別れを悟った。

「おまえたちは日本人と長期戦を戦わなくちゃならない。これだけの食料ではとても足りない」

「そんなことないよ、母さん。モーナ頭目はすぐに雌雄《しゆう》を決すると言ってたよ！」

バワンは急いで母親の考えを否定すると、前に進み出て彼女の手を取った。

「そうだよ。バカなことをしないで！」

他の少年たちも一緒に叫んだ。

「子供たち、きくのよ！」

バワンの母親が息子の手から自分の手をはずして言った。彼女は慈愛《じあい》に満ちた表情で、顔に刺青《いれずみ》を入れた男の子たちを見つめている。

「あなたたちがセデック・バレになれてうれしいの。私たちは先に行って、虹の橋の向こうで待っているわ。あなたたちが勇敢に戦って、家に帰ってくるのを」

「母さん……」

母親の顔を見つめながら、バワンは涙をこぼした。だが、すぐに雨水と一緒にぬぐった。母親が最後に見る息子の姿が、泣いている自分であって欲しくなかった。

「バワン、父さんに伝えて。私は先に行って、お酒を作って待っていると……」

ワダンと結婚してわずか一週間しか経っていないロビも近づいて来て、バワンに夫への遺言をことづけた。ロビのかたい決意と夫への真情にあふれた様子に、少年たちはまた涙した。

「さようなら、私の息子」

バワンの母親は両手で息子のほおをはさむとそっと額に口づけた。小さい頃、バワンが寝つけないといつもそうやって口づけた。バワンの涙は静かな川の流れのようにとうとうあふれ出てきた。

母親たちは子供たちと別れを済ますと、大雨の森の中へと入っていった。

バワンたちはその場に立ちつくしたまま、声にならない涙を流した。そして母親たちの後ろ姿が、完全に見えなくなるのを見送っていた

私の手は虹の衣装を織った
私の手は祭典の酒を作った
いま私の手は私の魂を祖先の霊に捧げようとしている
私たちの祖先は大樹の中から誕生し
いま私たちも大樹へと帰ろうとしている
私たちがあなたの誇れる子孫であるなら
この決別の歌を歌い終わったら
私たちを虹の橋で出迎えて欲しい

麻縄が次々に木の枝にかけられ、かたく結わかれた。この輪が生と死の境目だ。背中の曲がったマヘボの老婆が、縄の強度を確かめながら、ぶつぶつと哀しい歌をつぶやいた。

母親が涙を流しながら、三歳にもならない自分の息子を麻縄にくぐらせ手を放す。

「待ってて！　母さんもすぐに行くから」

母親は息子の顔を撫でると、いとおしそうに小さな息子の顔を最後に見つめた。その後、彼女も自分の首に縄をかけると足で一蹴《け》りして生きることの重みを首に託した。

こうして、二百人近いマヘボの女と子供たちは一人また一人と、集団で首吊り自殺をした。

「来世でもあなたの娘として生まれてきたいわ」

中年の女性と年老いた母親とが互いに抱きあう。

「家族一緒に行きましょう。そのほうが寂しくない……」

姉妹も従姉妹も娘も孫も、全員同じ木にぶら下がった。最後は彼女自身と母親が手を取りあって、約束を守るように家族の横で自分の命を終わらせた。

男たちは戦いの準備をしている
祖先の霊よ　彼らに武器を握る力を与えたまえ
私たちはもう二日も断食をしている
黄泉にいる先人よ　食べ物を用意して
私たちを待ちたまえ
もうすぐそばに行くので……

同じように哀しい歌声が、ホーゴー社の北にある森の中からきこえてきた。パーラン社から贈られた食料を、濡れないように木の下に積み上げる。ホーゴー社の家族たちは皆、腹をすかせていた。だが、それらの食べ物に手を出そうとする者は一人もいなかった。

「戦う男たちに残しておきましょう。死ぬのは怖いことではないわ」

花子の母親のイリス・ノーカンが皆に言った。

「日本人に命を奪われるぐらいなら、セデック族の女の誇りと気概を見せてやりましょう」

両ほおに美しい網状の刺青の入ったイリスが、用意してきた麻縄を取り出し女たちに配る。すると、どの顔にも決然と死に赴く覚悟の色があった。

「本当に、和服を着るべきだと思う?」

花子と一郎は母親の横に立ち、家から持ってきた着物に着替えていた。花子は一郎の決断に懐疑的だった。

「着替えよう。死ぬ時に式服を着ているのが、痛烈な皮肉になるじゃないか」

「ダッキス、どうして日本人の服を着るの?」

同じく和服を着た二郎に家族が思わずきいた。

「皆の遺体が日本人に見つかった時、できるだけ蹂躙《じゅうりん》されないようにさ」

二郎はちょうどいい説明が思い浮かばず、適当な答えをでっち上げた。

和装で死ぬことは、花岡兄弟がとっくに決めていたことだった。彼らの内心が、二十年間受けてきた日本式の教育から脱することができなかったからかもしれない。二人はそれを認めたくはなかったが、決して否定はできなかった。だから、本来なら着るべきではないモノを着て、運命に抗議したのだろう。日本の服を着て自決するセデック族とは、何と哀しいことだろう。

決別の歌が最高潮にさしかかる。すると、ホーゴー社の女たちは一人また一人と首に輪をくぐらせて、この世で預かった自分たちの命を祖先の霊に返した。

二郎は涙をこらえて、一人一人の着衣を裏返し、苦痛に満ちた彼女たちの死に顔を覆《おお》ってやった。すべてを見届けた一郎は、何も言わずにうつむいて、息子の口に飴を含ませた。息子の大きな目は細い線となり、満足そうに父親を見上げ、可愛らしい笑い声を上げた。

「一郎、今日は私たちの結婚記念日だと知ってた?」

手鏡に映して雨に濡れた髪を整えると花子は、一郎が息子をあやすのを見ながら思わずきいた。

一郎はすぐには返事をせずに、刀を自分と花子の間においた。それから体をまっすぐにして、花子にひざまづく形で深々とお辞儀をした。

「花子、君は結婚した時と同じようにきれいだよ」

「ありがとう」

花子も手鏡を置くと姿勢を正してしゃがみ、一郎に礼を返した。

大雨の中で、一郎はゆっくりと顔を上げた。赤くなった一郎の目は、妻への愛で充ちあふれていた。花子も幸せそうな表情を浮かべて、涙ぐんだまま促すように夫を見た。

「さようなら、花子。一緒に美しい所へ行こう」

一郎はゆっくりと刀を抜いた。それはとても重かった。花子は一郎の両目をじっと見つめたまま、名残を惜しむかのように微動だにしなかった。深い思いのこもった妻の目に見つめられたまま、一郎は歯を食いしばった――。

二郎は離れたところで、一連の流れを見届けていたが、その顔にはほんの少しの動揺もなかった。風のない湖面のように穏やかに、死んだ仲間の顔に布をかけていた。

花子がゆっくりと倒れると、一郎は目を閉じ、深呼吸して悲しみをこらえた。再び目を開けると、涙がふた筋、花子の顔を流れ落ちた。そして息子を抱き上げると懐《ふところ》に抱きしめ、花子の隣りに横たわらせた。

「幸男、ここはおまえが幸せに成長できる世界じゃないんだ。我慢してくれよ。父さんが、別の場所に連れて行ってあげるから」

息子を育てるべき手がその首にかけられる。何も知らない赤子は目を大きく見開く。父親が何をしようとしているのかもわからないでいる。一郎が静かに泣きながら手の力を強めると、成長することのかなわなかった幼い命を奪い去った。

一郎は息を荒くして、幸男の温かい体から手を離した。それから無意識のうちに服をはだけると、切腹しようとしてためらった。

「二郎、俺たちは天皇陛下の赤子なのか、それともセデック族の祖先の霊の子孫なのか」

手を動かす前に一郎は、近寄ってきた二郎を見上げた。

「それは俺たちが決めることじゃない。もしかしたらガヤの虹の橋にも、日本人の神社にも、俺たちは見捨てられたのかもしれない」

二郎が静かに答えた。

沈黙の後、一郎は涙に濡れた顔で深いため息をついた。自分の心がわからない――深い深いため息だった。

「やれよ。自分の矛盾したはらわたをかっ切るんだ。そうして、どこへも行かずに魂となってさまようんだ」

「ありがとう」

一郎は二郎に微笑んで、刀を振り上げると自分の腹に刺した。

「これで、何もかもから解放されるよ」

ずっと冷静だった二郎も自害した一郎を見て、とうとう涙を流した。前に進み出ると、ゆっくり倒れた一郎を支えて花子と幸男と並べ、川の字に横たわらせた。

「最後は俺だな……」

森の中は雨音だけとなり、二郎は大木へ近寄るとゆっくりと、麻縄を自分の首にかけた。彼はわざわざ和服の上にセデック族の布をひっかけていた。自分が幽霊となった後、どこへも行けないことを恐れるかのように。命の最後の瞬間、二郎はふと初子のことを思い出した。このまま幽霊になったら、妻子のそばに留まって二人を見守ろう。意識がだんだんと遠ざかっていった時――そんな思いが心の中で祈りのようにひらめいた。

※1　金属、竹、木などを加工した振動弁と枠で形成される手の平サイズの楽器。倍音成分を多く含み、多様な音を奏でることができる

第十三章　森林の激戦

日本軍の分厚い軍靴が雨水をいっぱい吸った土壌を踏みしめて、くっきりとした足跡をつける。大戦が近づいてきた緊張感が否応なしに高まった。

筆の跡も鮮やかに「鎌田連隊司令部」と書かれた木の札が、門柱の目立つ場所にかけられている。霧《む》社《しゃ》分室は日本軍の作戦司令部となっていた。会議室には、襟を正した軍部と警察の指導者たちがずらりと並んで座っている。高井警察隊長が霧社地区の地図に沿って、モーナ・ルダオたち――反日勢力が位置する範囲とこれに対抗する警察および軍部の配置状況を説明していた。

上座に座るのは幾星霜《いくせいそう》、戦場をくぐり抜けてきた鎌田連隊の司令官、鎌田弥彦《かまたやひこ》少将だ。彼は軍の総司令部の命令を受け、反抗原住民を討伐する任務を引き継いだのだった。鎌田は地図に神経を集中させて報告をきいていた。その様子は、完全な臨戦状態に入っていた。

「司令官、樺沢《かばさわ》警官は霧社の警官で、彼はこの地区の原住民についてよく知っています。次は樺沢警官より、反抗原住民の動員状況を説明してもらいます」

高井の紹介で、やせて背の高い、メガネをかけた中年の警察官が立ち上がった。彼は樺沢次郎といい、霧社地区のベテランの巡査だった。樺沢は原住民の言葉を話し、彼らに関する事務処理に長けていた。

鎌田を前に樺沢は相当に緊張していた。

「霧社の警官なのに、なぜ生き延びたのだ」

樺沢が報告をはじめる前に、鎌田がきいた。

「はい。自分は……当時、会場にいませんでした」

樺沢はおどおどと答えた。

「ほう」

鎌田は十本の指を交差させると、机の上においた。

「よし。ではきくが、原住民のどれだけが蜂起《ほうき》に加担している」

「――はい」

樺沢はごくりとのどを鳴らす。

「我々の調査では、今回の暴動に参加した部落は六つにすぎません。動員された戦士は約三百名余りかと思われます」

「戦士？　貴様は奴らを戦士と呼ぶのか」

鎌田は眉を寄せると、樺沢の言葉に不満の意を表した。

樺沢が決まり悪そうに続ける。

「彼らは二十七日の明け方、部落ごとにわかれて行動を取っています。現地の駐在所を壊滅したのち、集合して一斉に霧社を攻撃しています。ですから、言われているような偶発的で野蛮な出草《しゅっそう》ではなく、初めから綿密に計画を立てていたと思われます」

「……綿密な計画だと？」

鎌田は鼻で笑った。

「樺沢さん、あんた、野蛮人どもを買いかぶりすぎじゃないのか」

「司令官――」

樺沢が司令官の侮蔑《ぶべつ》的な態度に困惑していると、高井が立ち上がり樺沢を弁護した。

「昨日、我々は霧社とその近隣地区で激しい襲撃に遭いました。彼らは知りつくした地形を利用し、こちらにゲリラ戦をしかけてきたのです。首謀者のモーナ・ルダオは作戦に秀でた者として名高く、今回のことが計画的な進攻であったとする十分な理由があります」

「野蛮人は野蛮人だ！」

突然、鎌田は机をたたいた。

「あんなのは畜生の野蛮な行為にすぎん！　恐れるには足らぬ。雨がやんだら、すぐに反乱に参加した部落を攻撃するのだ！」

「ですが、司令官……」

「ですがも何もない！　わが大日本帝国の精鋭部隊が、たかだか三百人の未開の民を制圧できぬはずがない！」

鎌田は立ち上がると地図を指し、将校たちに言った。

「ここと、ここと、ここから攻めて、モーナ・ルダオとその反乱分子を消滅させるのだ！」

鎌田の手が地図に三角形を描く。一つはタロワン社、もう一つはホーゴー社、そして最後の一つはボアルン社であった。それら三本の路線はすべて、モーナのいるマヘボ社を指していた。

「はっ！」

全員が一斉に答え、顔に自信をみなぎらせた。だが、セデック族との襲撃戦を経験した警官と将校だけは、不安そうな顔をしていた。

火のそばに座ったバワンは元気なく、歩兵《ほへい》銃を手に寝ずの番をしていた。

仲間たちのいびきが、後ろの洞窟からきこえてくる。ここは未開の地で、渓谷の岸壁には大小たくさんの洞窟が形成されている。そのうちの一つである幅約二メートル、深さ約十メートルの大きな洞窟が、モーナが最後の根拠地に定めたマヘボ岩窟だった。

現地の人々でさえも普段は忘れているような密林の中の洞穴が、今は身を隠すための格好の障壁となっていた。前方は急な流れが渦巻く渓谷で、その後ろは断崖絶壁である。さらに標高二千メートルを超える山中にあることも加えて、敵が攻めてくるには相当な手間がかかるはずだった。

あずき大ほどだった雨粒が、今は小雨に変わっていた。

「さようなら、私の息子」

バワンは母親の最後の口づけを何度も思い出していた。母親が雨の森林に姿を消してからというもの、自分の心が少しも躍動しないのをバワンは感じていた。

涙は出てこない。まだ幼い彼にとって、家族との死別は高い壁に向きあっているかのようだった。壁を這い登ろうとすればするほど、心がぽっかりとえぐられ、滑り落ちていくのを感じていた。

「見張りが何をぼんやりしている？」

バワンはびっくりした。目をしばたいて振り向くと、後ろにモーナが立っていた。

「頭目《とうもく》、まだ寝てなかったんですか」

バワンは恥ずかしくなった。

「しばらくすれば長い長い眠りにつくことができる。焦ることはない」

モーナはキセルを取り出すとマッチで火をつけ、白い煙を吐き出した。

バワンはモーナの無表情な顔を仰《あお》ぎ見た。その顔は以前にもまして厳しくなり、白髪が増えたようだった。

「モーナ頭目、貸していただけませんか」

バワンは腰帯からキセルを取り出すと、モーナが手にしたマッチを指さした。

「ふん」

モーナは鼻を鳴らし、マッチをバワンに渡した。

「大胆な奴だ。俺に物を借りて返さないつもりとは」

「返します。日本人を絶滅させたら――」

バワンはキセルに火をつけた。そのキセルは、バッサオからの贈り物だった。

「ふん」

モーナはまた鼻を鳴らした。

「ごほっ」

バワンは吸い込んだ煙にむせてせきをした。

「頭目はどうして、怖いという顔をしたことがないんですか」

「――いつだって怖いからさ」

モーナは少し考えこんでから答えた。

「何が怖いんですか」

「自分が怖がることが怖い」

モーナの言葉は闇のように深く、わかるようでわからない。バワンは頭をかいた。

「人は死んだら痛みを感じないのでしょう?」

バワンは話題を変えた。

二人はキセルを吸いながら、黙って見つめあった。すると、モーナがいきなり手を伸ばして力いっぱいバワンの顔の刺青《いれずみ》をこすりはじめた。バワンはあまりの痛みに思わず声を上げた。

「痛い！　まだ傷がふさがってないのに」

モーナは、この早熟そうで実はまだ幼い少年を見つめた。本当は頭を撫でてやりたかったのだが、それを我慢した。

「頭目、母さんたちは、本当に虹の橋で俺たちを待っていると思いますか」

バワンがまたきいた。

母親を失くしたばかりの少年が、慰めを必要としているのはわかっていた。だがモーナは心を鬼にして、ヒナを崖から突き落とす鷹《たか》になることを決めた。早く成長するためには、悲しみに立ち向かい押し殺さなければならない。モーナが冷たく黙っていると、バワンの泣き声がきこえてきた。

「甘えるな。もう子供じゃないんだぞ」

モーナは感情を抑えて言った。バワンは泣くのをこらえて、モーナが真っ暗な岩窟に消えていくのを見送った。

バワンはまた一人取り残された。自分の軟弱さが腹立たしかった。


十月三十一日。空はどんよりと曇っていたが、雨は完全にやんだ。セデック族たちはそれぞれの持ち場で日本軍の到来を待ち受けていた。

日本の軍警部隊は鎌田司令官の命令どおり、三方向からマヘボ社を攻めることにした。まずいくつかの反日部落を山砲《さんぽう》で連続攻撃した後、上空からも大規模な爆撃をしかけた。だがこの時すでに、セデック族の戦士たちは陣地を森林へと移していた。そのためセデック族側の被害は微々たるものだった。こうして日本側はたいした抵抗も受けずに、次々とロードフ、ホーゴー、スーク、タロワンなどの霧社に近いエリアを攻め落としていった。だが、これこそまさにモーナの狙いどおりであった。敵からは自分たちの姿が見えず、こちらからは相手の動きがよく見える、という戦いを展開するつもりだった。

日本軍は濁水渓《だくすいけい》に沿った小高い場所に壕《ほり》を設置した。それから機関銃を隠して銃口をマヘボ社の方角に向けた。自分たちに危険が迫っていることにはまったく気づいていなかった。

「造反者はたった三、四百人らしいぞ。適当に機銃掃射すれば、ほとんど絶滅だろう。はははは」

「そうとも。こうやって、ダダダダダダ……」

機関銃手の兵士が撃つ真似をした、次の瞬間。

「ダダダダ……」

本物の銃声が鳴り響いた。

「何をしてる?」

他の機関銃班が銃声をききつけてくると、壕内で二人の日本兵が血の海に横たわって絶命していた。彼らを撃ったのは、日本軍の陣地に潜り込んでいたタダオだった。

「原住民だ！　原住民が俺たちの機関銃を盗んでいるぞ！」

タダオたちの掃射で日本軍が混乱する中、テム・マナとワダンたちの別の班が機関銃と弾薬を奪っていく。望遠鏡で様子をうかがっていた日本軍の兵士が、異常に気づき大声で叫ぶ。

「思いどおりにさせるな！　攻撃だ！」

すべての機関銃がタダオたちに向けて一斉に発射された。セデック族たちは一瞬の時間も無駄にせず、武器を奪うと山林の奥へと駆け出した。

一方、その頃。タロワン社南方の高地では戦闘の序曲がはじまっていた。

腕章に「永野部隊」と刺繡《ししゅう》した歩兵隊が、直線隊形で森林を行進していく。そこかしこに砲撃の痕が残り、鼻を突くような火薬の匂いが充満している。

敵の領域に踏み込み、永野部隊はかたつむりのような速度で進む。彼らは枝が風に揺れるだけでもびくついていた。

「止まれ」

先頭を行く兵士が突然、足を止めた。白い頭巾を巻いた数人のセデック族の姿が、木々の間にさっと動くのが見えた。

「前方に原住民を発見！　追え！」

永野小隊の兵士たちは、前方に見え隠れする影を追いはじめた。起伏のある山道を駆けずりまわり、常につかず離れずの距離を保っていた。

木立ちがまばらな林に出た日本兵は、敵を滅ぼそうとはやっていた。だが次の瞬間、白い服を着たセデック族の兵士たちは露《つゆ》が蒸発したように見えなくなっていた。逆に前方から「山田警察隊」の旗を掲げた黒い隊列がこちらに近づいてくる。

「おまえたちも原住民を追ってきたのか」

「そうだ。奴らはどこだ？」

両隊は互いを見交わし困惑した。

「日本人ども、食らえ！」

その時、身の毛がよ立つような叫び声がきこえてきた。辺りの空気が変わる。セデック族たちが幽霊のようにあちこちから姿を現し、全員が銃で狙いをつけている。

「しまった！　はめられた！」

兵士と警官、全員が恐慌と混乱に陥《おちい》った。銃声がそこかしこに響き渡り、日本人の体に赤い花を咲かせた。外側にいた兵士は一人として助からなかった。一方、銃弾に命中しなかった軍警は上り坂の山道に追いつめられ、山道の両側に潜んだ敵の射撃攻撃にどんどん倒れていく。

「前方は崖だ！」

死神に追いつかれた彼らは、目の前に現れた数十メートルの断崖を絶望的に見つめた。

「仕方がない。この場で隠蔽《いんぺい》場所を探して反撃だ。通信兵、無線で援軍要請だ！」

永野大尉は急いで身を伏せると、崖の脇の坂道に身を隠した。

地の利で優勢に立つセデック族側は、順調に敵を罠に誘い込み痛撃を与えていった。だが、残念なことに彼らの弾薬は十分ではなかった。火力で優位に立つ日本の部隊を、一挙に壊滅させることはかなわない。それでも、モーナの戦略は成功といってよかった。この意外な戦局に、霧社に鎮守する鎌田司令官は激怒した。

「報告します。永野小隊と山田警察隊はタロワン高地で待ち伏せに遭い死傷者多数、ボアルン社に進攻した後藤中隊も襲撃に遭い、援軍を求めております！」

「くそっ！　機関銃を奪われ、襲撃に遭っただと？　隊を率いる奴らは何をしている？」

鎌田司令官は次々と伝えられてくる敗戦の知らせにいてもたってもいられなくなり、思い切り机をたたくと怒鳴るように命令を下した。

「すぐに、松井大隊をタロワンとボアルンの支援に向かわせろ。飛行機部隊と山砲部隊も爆撃命令に備え待機させろ。わが大日本帝国の皇軍が、未開の原住民すらもひねりつぶせんとは、貴様らは誇りを犬にでもくれてやったのか！」

通信兵は顔を土気色にして、鎌田の指示を伝達した。

「ノーカン頭目、タダオが日本人から機関銃を二丁奪ってきました。俺たちにも行かせて下さい。それとパーラン社の親戚からサツマイモが届けられました」

タロワン高地では、タダオ・ノーカン率いるホーゴー社の男たち二百人余りが永野小隊と対峙していた。双方の火力がしばしやんだ隙に、バワン・ナウイらマヘボの少年たちが重い機関銃と弾薬、物資を背負ってタダオのそばへとやって来た。

「これが使えるのか？」

タダオはマヘボ社からの支援物資に顔をほころばせた。

日本軍との激戦により、ホーゴー社の弾薬の消耗も甚大だった。

バワンと少年たちは機関銃を丘の上に設置すると、試しに引き金をひいてみたがまったく反応しなかった。

「変だな。壊れているのかな」

「俺がやってみる」

そばにいたピホ・サッポがバワンを押しのけて、力いっぱい引き金をひく。だが、びくともしない。

「頭目、どうもこれは使えないようです」

「モーナは、役に立たない銃をなんで寄こしたんだ？」

先ほどまで大喜びだったタダオ・ノーカンの顔が沈んだ。

バワンはがっかりし、申し訳ない気持ちでいっぱいになった。

「もういい。急いでマヘボに戻れ。食べ物をありがとう」

ピホ・サッポが少年たちを慰めて言った。

すると突然、思い出したようにバワンが言った。

「タダオ頭目、パーラン社の頭目の親戚が言ってました。頭目の家族は全員首を吊って自殺したって」

「何だと?」

タダオは振り向くとバワンを見つめた。

蜂起したその日、タダオは自分の妻に家族全員を連れて、パーラン社の親戚を頼るように言った。この戦いの犠牲になって欲しくなかったからだ。だが、タダオの家族は抗日の決意を表すことを選んだのだった。

「頭目、もっと大勢の強力な日本兵がやって来ています。たくさんの山砲もあります。どうしますか?」

差し迫った戦況が、タダオから考える時間を奪った。密偵係のウェイ・ラバイが日本軍の様子を伝えたが、タダオは呆然としたまま何も耳に入らない様子だった。

バワンがもたらした知らせは、タダオを魂の内側から変質させてしまった。

タダオ・ノーカンは可愛い孫のことを思い出しながら、少年たちのほうを向いた。

「バワン、わしが若い時の威風は、おまえたちの大頭目モーナ・ルダオに負けずとも劣らなかったのだ」

バワンは大きく目を見開いたまま、意味がわからずただうなづいた。

「ワリス、わしらの弾薬では日本の大軍には抵抗できん。しばらくしたら、皆でルコダヤまで退却しよう」

タダオは小山に寄りかかると息をついた。ルコダヤは、モーナが選んだ第二の防衛線だった。地勢が険しく断崖絶壁が守りに適しており、タロワンとマヘボ間をつなぐ唯一の連絡通路だった。

副指揮官のワリスは、そう簡単に撤退を決めていいのか、と言いたいところだった。だが、タダオの確固たる決意を前にしばし呻吟《しんぎん》すると、撤退の知らせを皆に伝えに行った。

ワリスが去ると、タダオは数歩離れたところにいるピホ・サッポに怒鳴った。

「おい、ピホ。少しでも多くの日本人を殺すんだぞ、いいな」

大声に反応したピホ・サッポがタダオのほうを振り向く。すると、タダオが小高い丘の上に立って、日本軍の陣地に銃を向けているところだった。

「頭目、何をしてるんです！」

ピホが驚いて叫んだが、タダオの耳には届かない様子だった。

「松井大隊の山砲部隊が到着しました……。巡査、危ない！」

通信兵は、タダオ・ノーカンが手にした歩兵銃を山田警察隊長に向けているのを見つけた。

「まずい！」

山田は指摘されて異常に気づき、あわてて銃を取り出そうとした。だがタダオが放った銃弾は、無情にも山田の頭を貫通した。

「早く、あいつを撃ち殺せ！」

隊長がやられるのを見ていた山田の部下たちが、タダオに向かって次々に発砲をはじめた。不思議なことにタダオはまったくよけようともせず、まるで銃弾を待ち受けているかのようであった。そしてとうとう額に弾が命中し、そのままタダオは丘から転げ落ちた。

「頭目！」

ホーゴー社の人々は、あわててタダオのそばに駆け寄った。だが、彼はすでに絶命していた。ピホ・サッポは悲しみをこらえて、タダオの見開いた目を閉じた。その時、遠くから空を突き破るような巨大な音が響いてきた。松井大隊による山砲攻撃がはじまったのだった。

「撤退！　皆、ルコダヤに撤退だ！　頭目は死んだ。ルコダヤに引き揚げるんだ！」

ワリス・ジリが大声で叫び、ホーゴー社の男たちはただちに撤退をはじめた。

砲弾は絶えず林の中に飛んでくる。地面に一つまた一つと大きな穴が開いていく。原住民たちは声を立てる暇もなく吹き飛ばされていく。鬱蒼《うっそう》と木が生い茂るタロワン高地はあっという間に火の海となり、原住民たちは必死で森の奥へと逃げ出すしかなかった。


「くそっ、なんてこった。やっぱり、ちっとも動かないぜ」

ピホ・サッポが機関銃を操作しながら密林の中を逃げていた。

その時、上空に何機かの飛行機が姿を現し、爆弾を次々と撃ち落としてきた。

ドカーン！　ピホの後ろに爆弾が落ち、その勢いで彼は前につんのめった。手から飛び出した機関銃が岩にぶつかった。ピホはもう少しで木っ端微塵《みじん》になるところだった。体は傷だらけだったが、幸い命に別状はなかった。必死の思いで立ち上がり、諦めきれずに機関銃を拾い上げる。

ピホは石にぶつかった拍子に安全弁が外れた機関銃を手にすると、空に向けてダダダダと掃射しはじめた。

「砲弾攻撃やめ！　部隊は突撃せよ！」

松井少佐は数百名の軍警連合部隊を率いて、森林に突撃した。陸と空から原住民を重攻撃させる、鎌田司令官の意図は明らかであった。

「早く鉄線橋を渡り、橋を切断するんだ！」


セデック族が森林を移動する速さに、日本人はとても追いつけない。ワリス・ジリは先頭を切って走り、スーク鉄橋までやって来た。高さ千メートルの深い谷にかかったこの橋を切断すれば、日本軍の前進を妨ぐことができる。自分たちの連絡道路を遮断させることにもなるが、それは全然問題ではなかった。彼らは外の世界に戻るつもりはなかったからだ。

ワリス・ジリに促されて、生き残ったホーゴー社の男たちとバワンたちは、全速力で高く険しい大橋を渡った。ピホ・ワリスは橋を渡ると、橋のたもとで少し待った。するとピホ・サッポの姿だけが見えないのに気づき、ピホ・ワリスは従弟の身を案じて焦った。

「怪鳥がまたやって来るぞ！　皆、気をつけろ！」

ピホ・ワリスと戦士たちは天上の飛行機が近づくのをにらみつつ、鉄橋のワイヤーを切断しはじめた。するとその時、ピホ・サッポが機関銃を手に橋の対岸に姿を現した。

「待て！」

ピホ・ワリスはピホ・サッポを大喜びで見つめると、橋を切断するのを止めさせた。その時、プロペラの旋回音が迫ってきた。

「早く渡れ！」

ピホ・ワリスが大声で叫ぶ。ピホ・サッポは大きく深呼吸をすると、重たい機関銃を肩に担ぎ、スーク鉄橋を全速力で渡り出した。その時、ピホ・サッポの後ろの崖で爆弾が炸裂した。衝撃で鉄橋が猛烈に揺れる。

足の下は底も見えない深い谷だ。だが、彼はとっくに恐怖を忘れていた。ピホ・サッポが渡り終わるや、ホーゴー社の男たちは力をあわせて鉄橋を切断した。

「行こう。仲間たちがルコダヤで待っている」

ピホ・ワリスは行路を断つと、皆に急いで林の中に隠れるよう命じた。

日本軍の爆撃機は相変わらず爆弾を投下していた。一方、操縦士の目には、山全体に広がるジャングルが緑の鱗《うろこ》に覆《おお》われた巨大な獣に映った。その巨獣は日本人にこう告げていた。自分はセデック族の味方で、彼らを保護しているのだと。たとえセデック族が戦死しようと、彼らの体は自分と一体になるのだと。

「セデック族が孤立無援だと誰が言った?」

操縦士は獣がそう言うのをきいたような気がした。だが、すぐに爆弾の発射ボタンを押して反論した。巨大な火花が巨獣の鱗を燃え上がらせたが、巨獣はまったく動じず、体をどける様子もない。その見下した態度は日本人を嘲笑《あざわら》っているかのようだった。

霧社の大通りに日本の負傷兵たちが集まった。彼らは護送されて山を下りようとしていた。セデック族に破壊されたトロッコが修復され、運行されようとしていた。それは霧社と埔里《ほり》間をむすぶ最も重要な交通手段であった。

十一月に入り、双方の交戦は白熱化する。セデック族に対する全面攻撃がはじまってから数日が経っていた。日本軍はほとんどの部落を掌握《しょうあく》したかのように見えた。だが、モーナ・ルダオの勢力がまったく削がれてはいないことについては、鎌田もよく承知していた。

「奴らは幽霊と同じです。どこに姿を現すか、まったくわかりません」

司令部では日本軍の将校たちが戦局に頭を悩ましていた。

「太陽の見えないジャングルでは、ちょっと油断すると奴らの計略にはまってしまう。あいつらは狡猾《こうかつ》で、我々が何を考えているのかお見通しのようです。さらに兵力を増強しないと、このままでは皇軍の名誉に傷がつきます！」

「数千人の強力な武装部隊が、わずか三百人余りの未開の民にしてやられて、皇軍の顔はとっくにつぶされておる！」

鎌田司令官は将校たちを前に苦虫を嚙みつぶす。じっと手書きの情勢地図をにらみ、参謀に答える言葉には押し殺した怒りがあった。

「松井大隊はタロワン渓谷を越えたのか」

鎌田がふと思い出したようにきいた。スーク鉄橋が切断されたため、松井大隊は渓谷を回り道してマヘボへと進むしかなくなっていた。

「はい。進攻準備中であります」

通信兵が答えた。

「マヘボに攻め入っても効果は期待できません」

樺沢警部が突然立ち上がると、言った。

「原住民には死守する陣地というのがありません。彼らは不安定な山道を飛ぶように走り、どこから来るか、どこに行くのかもわからないのです。あのピホ・サッポなど、一昨日はここに姿を現したかと思うと……」

そう言って樺沢は地図を指さした。

「昨日はこんな所で姿を見られています。そして今日はここに――。こんなにも距離が離れているのに、どうしてそんなことが可能なのか」

将校たちは地図を見て顔を見あわせ、怪談でもきいたかのような表情を浮かべた。

「モーナ・ルダオは姿を現したか」

鎌田が樺沢にきいた。

「いいえ」

「あいつが諸悪の根源だな」

鎌田は沈んだ声で言うと、十本の指を握りあわせて机の上においた。

「次々と防衛線を移動させ、コマを送り込んでくる。粗野な野蛮人が、かくも綿密な計略を立てられるとは──」

鎌田は歯を食いしばると、じっと窓の外を見つめた。

「やはり、増援を要請しましょう」

参謀はまたも兵力増強を主張した。だが、鎌田はしばし考え込むと別の策を提案した。

「いや」

鎌田が立ち上がり、全員に向かって言った。

「これ以上、兵士を無駄に犠牲にするわけにはいかぬ。原住民同士を戦わせ、互いに殺しあわせるのだ」

その言葉に、居合わせた将校全員が光明を見出した思いだった。皆が身震いして鎌田を見つめ、司令官の構想に耳を傾けた。

「我々に帰順《きじゅん》した原住民を組織し、同じくゲリラ戦に長けた者をモーナ・ルダオと対抗させるのだ」

「それは名案ですが……」

参謀があごひげを弄びながら、半信半疑で言った。

「どんな口車を使って、モーナ・ルダオと戦わせるのです？　奴は原住民たちの間では人望があるのでは？」

鎌田も黙り込む。参謀の質問は、全員を再び考え込ませた。

「出草を使って、誘ってみてはどうでしょうか」

樺沢が沈黙を破って言った。

「どういうことだ」

鎌田が好奇心を示してきいた。

「自分の知る限り、原住民たちは我々の統治を受け入れて以来、出草を禁じられたことに対して相当に反発があるようです。出草は彼らの習俗で、男が成人となれたかどうかの象徴だからです。反乱者の首を刈ることに同意すれば、それを餌にきっと彼らを戦わせることができます」

「……やってみる価値はあるな」

鎌田は、樺沢の提案を吟味してみた。将校たちもしきりと意見を交わしあい、樺沢の意見に賛同する者が多かった。だが、鎌田は他の者がなんと言おうと、自分の判断以外はきき入れない。

「よし。早速、実行に移そう」

鎌田の言葉に周囲は静まり返った。鎌田は誰にきくこともなく、決定を下した。

「――もう一つ」

全員の注意が自分に集まっているのを意識して、鎌田は言った。

「通信兵。軍司令部に〝腐乱性爆弾〟の使用を申し出ろ」

「腐乱性爆弾ですか……」

将校たちはざわついた。

「司令官、それは慎重を期したほうがよろしいかと……」

将校の中には明らかに反対を唱える者もいた。

「国際法に違反する毒ガス兵器を使えば、おそらく……」

「黙れ！　国際法もへったくれもあるか！」

鎌田が将校の発言をさえぎる。その声の大きさに全員が震え上がった。

「原住民同士を戦わせる策は取るが、この鎌田弥彦が戦いの勝敗をやつらに託すことはできん」

「ですが……」

参謀が口をはさもうとする。

「俺が下した命令だ。責任は俺が取る」

司令官の重苦しい表情に、人々はその決意のほどを感じ取り静まり返った。

「全国民が、この反乱がいつ収束するか固唾を飲んで見守っているのだ。我々は最も効率のよい方法で、国の安定と軍の尊厳を守らねばならぬのだ」

鎌田は拳《こぶし》を机にたたきつけた。

「我々の文明を受け入れようとせぬ、奴らが招いた当然の報いだ！」

鎌田が後ろを向いて日本の国旗を見つめると、まだ見たことのない男の顔が浮かんできた。顔立ちもおぼろげなその男に向かって、鎌田は胸の中で一語ずつ声に出して言った。

「いいか、モーナ・ルダオ。俺様は鎌田司令官だ。覚悟しろ」


日本の警察は鎌田の号令のもと、「原住民が原住民を制する」という策略で、密林でのゲリラ戦に対応することになった。川西警部が原住民の再編成を担当する。トンバラ、タウツァ、白狗《はくこう》、万大《ばんだい》の各部落の男たちを集め、五百名余りから成る「奇襲隊」を編成した。そして警察隊の一部に帰属させると、彼ら親日の部族民を〝味方蕃〟と称した。

「おまえたちは日本の軍警に所属する。今後は我々の戦地命令に絶対服従しなければならない」

民族衣装に身を包んだセデック族たちは、ばらばらに学校の運動場に座り、壇上の川西警察隊長の訓話に耳を傾けていた。手には配給された歩兵銃と弾薬、食料を持ち、顔には諦めに似た表情があった。

「勇ましく戦い、手柄を立てた者には報奨《ほうしょう》を与える。だが、命令に逆らい、陣営から逃亡した者は銃殺刑に処する！」

人々の群れの中、タイモ・ワリスは硬い表情で講話をきいていた。彼が率いるトンバラ社は〝味方蕃〟の主力陣営に組み入れられていた。

「次に重要な発表がある」

川西の話が続く。その時、小島源治がタイモのそばにしゃがみこんだ。そして一緒に上官の命令をききはじめた。

「反乱平定期間は出草の禁止令を全面的に解除する。めったにない機会だぞ。正々堂々と出草してよいばかりか、政府からの奨励金も手に入れることができるのだ」

川西隊長の宣告に、原住民たちは夢からさめたように色めきたった。日本人のために戦わされることに、内心反発のあった彼らだったが、金銭で出草を奨励するという。ガヤを執行できず、赤貧状態だった彼らにとっては、まさに青天の霹靂《へきれき》の誘惑だった。

「首を獲った場合の賞金を発表する。頭目は百五十元から二百元、男が百元、女が三十元、子供は二十元だ。特別賞もあるぞ」

川西はわざと間をおいて言った。

「モーナ・ルダオの首を取った者には、さらに特別に賞金が与えられる!」

「男一人で百元だって?」

原住民たちは驚きの表情を浮かべた。当時の日本人の公務員の月給ですら、たったの三十元であった。そのため川西が口にした金額は天文学的数字だった。

「きいたか」

モーナの名をきいた小島の目に、復讐の色が浮かんだ。振り向いてタイモと目を見交わすと、強い語調で繰り返した。

「モーナ・ルダオには特別賞だぞ」

「モーナ・ルダオ……」

タイモの目は小島のようにはきらめかなかった。タイモの心にはひっかかりがあった。彼は視線を仲間たちに向けると、空に輝く太陽を見つめた。日本人が金銭で自分の同胞に手を下させることに、漠然とした不安を感じていた。特に、女子供を手にかけることはセデック族の勇士としては納得できないし、ガヤも決して許さないはずだ。

「モーナ・ルダオが日本人に抵抗する英雄なら、このタイモ・ワリスは何なんだ?」

同じセデック族の部落の頭目として、タイモは日本人から武器を受け取ったことが突然恐ろしくなってきた。モーナに勝ちたい、モーナの首を取りたいと思ってきた。タイモはそのことに思いを馳せると、体がぶるっと震えるのを感じた。

「タイモ、どうした?」

様子がおかしいのに気づいた小島が、心配して声をかけた。

「……何でもない」

タイモはからからの声で適当に返事をした。小島の顔を見ることができなかった。自分の恐怖に向きあうこともできず、手にした歩兵銃を投げ捨てたくなった。だが、もうすでに後戻りできないところに来ていた。

第十四章　栄えある戦士

松井大隊は山砲《さんぽう》と曲射砲を携えて、セデック族と山谷を隔てて対峙した。タロワン高地は陥落し、ホーゴー社の頭目《とうもく》であるタダオ・ノーカンもこの戦役で命を落とした。ホーゴー社の男たちはマヘボ社の東にあるルコダヤ断崖に退却し、ここで再び日本軍との血戦を迎える用意をした。

一方、東の能高社方面からボアルン社に進攻中だった後藤中隊が、空撃の力を借りてボアルン社を攻め落とす。こうしてマヘボ社は北方の防衛線を失った。

ダナハ・ラバイ率いるボアルン社は、兵力の大半をタダオ・モーナに割いてマヘボ地区の守りに就かせていた。そのため、ボアルン社の男たちは貧弱な武器と兵力で日本軍と戦わなくてはならなかった。それでも彼らは神出鬼没で姿を現しては、密林に侵入してきた軍警に襲いかかった。結果、日本軍は多数の死傷者を出し、北からマヘボ社に攻め入ることをしばらくの間断念せざるをえなかった。

泥沼に陥《おちい》った戦局を打破するため、日本軍警は積極的に〝味方蕃〟を戦場に投入した。武装した親日派の原住民が、最前線の偵察突撃部隊となった。原住民と原住民を戦わせるという計略は、彼らの血中にある部落間の矛盾に致命的な毒素を注入した。

金銭の誘惑はヒトを狂わせる。〝味方蕃〟は吸血鬼と化して、自分たちの同胞を殺戮《さつりく》して金と引き換えはじめた。畑を破壊し、防御工事を取り壊し、物を見れば焼き払い、武器を見れば奪う。こうしてウイルスのように活動し、抗日の力を衰弱させていった。

十一月四日。日本軍もついに〝味方蕃〟の協力のおかげで状況の改善を見た。鎌田司令官はこの日の朝早く、マヘボ社への総攻撃命令を出した。大量動員された砲兵と空中部隊は、猛烈な爆撃を開始した。その結果、ダナハ・ラバイとタダオ・モーナの部隊は、攻撃の威力にちりぢりとなり、部下たちをマヘボ洞窟に退却させざるをえなかった。

台南から派遣された安達大隊は後藤中隊と合流して、地上の主力部隊となり、ボアルン社から密林へと進攻するべく待機していた。

集中砲撃は正午から夕刻にかけて続き、周辺の林は焦土と化した。安達大隊は狡猾《こうかつ》にもまずは〝味方蕃〟を砲撃後の密林に派遣した。そうして敵兵が潜んでいないかを確かめてから、正規部隊を前進させることにした。

「急げ、五百元を逃すな！」

タウツァ人たちは最新の歩兵銃《ほへい》を手に、マヘボ付近の森林を疾走する。そしてワダン、サプら五人のマヘボの青年たちが、食料補充のためにタロワン渓谷にやってきたところに狙いを定めた。

「おまえらが前から気に食わなかったんだ！」

タウツァ人たちは興奮して雄叫びを上げた。歩兵銃の銃声が樹木の間を響き渡る。二人のマヘボの青年が銃弾に倒れた。タウツァ人たちは先を争って飛びつくと、富を意味するその首を刈り取った。何世代も前から狩り場をめぐって争ってきた二つの部落は、報奨金という要素が加わったことにより、殺戮を楽しむ追いかけっこをはじめた。

日本人が相手なら、サプたちは地形を熟知しているために逃げおおせることができる。だが、相手がタウツァ人となると、自分たちに有利な条件は存在しない。加えて、サプたちは重い食料を背負っているため、普段のように軽々と逃げることができない。タウツァ人の殺気に満ちた目は、サプたちの背中にぴたりとはりついていた。

「ああ！」

サプの後ろを走る青年の背中に、銃が命中した。青年は必死で逃げようとしたが、その場で絶命した。サプは被弾した仲間をひと目見たが、足は少しもゆるめなかった。残るはサプとワダンだけだ。

「サプ、二手にわかれよう。奴らの勢力を分散させるんだ。洞窟で落ちあおうぜ！」

ワダンが声を限りに、サプに向かって叫んだ。

「よし！」

サプはワダンとは別の方向に走りはじめた。タウツァ人たちも自然と二つの集団にわかれ、それぞれ見定めた獲物を追い続けた。

サプが心配していたのは自分の生死ではなく、食料を持ち帰れるかどうかということだった。仲間たちを腹をすかせたまま、日本人と戦わせるわけにはいかない。

モーナの娘婿として、サプには自然と責任感が備わっていた。マホンを娶《めと》ったことを誇りとする彼は、自分が部族の誰よりも勇敢でなければならない、と考えていた。その信念が、彼を限界まで走り続けさせた。

だが、栄誉が人を燃えさせるのと同じように、物質的な欲望も人を燃えさせる。タウツァ人は銃弾でサプの胸を貫いて、決して手ぶらでは戻らないという決意を証明した。サプは被弾すると、自分が穴の開いた水槽になったように力が抜け出ていくのを感じた。どうしてもっと速く走らなかったのか、と後悔で胸がいっぱいになった。

サプは自分の最期を悟ると、白い頭巾をはずし、長髪を風になびかせた。それから最後の力を振り絞って体を谷へ向け、力いっぱい足を蹴《け》ると鷹《たか》のように夕日に向かって飛んだ。彼は風の音をきいた。タウツァ人たちの驚く声もきこえてきた。サプは魂が肉体を離れていき、空へと近づいていくのを感じていた。


建物の残骸《ざんがい》だらけのマヘボ社で、小島源治と二人の警官はタイモ・ワリスを伴って、砲火でやられなかった家を調べていた。小島はどの警察隊にも属しておらず、妻子の死後はタウツァ人の力を借りて肉親の仇を討とうと決意していた。彼はタイモのおかげで、他の日本の警官のようにびくびくする必要もなかった。

「くそっ、ここにはいないな」

小島は家々をつぶさに調べた。だが、セデック族の死体は一つとして見つからず、思わず地面の灰《かい》塵《じん》を蹴飛ばした。

初めてマヘボ社に足を踏み入れたタイモ・ワリスは、かつて栄えていた部落を見て内心震えていた。

これらの家のどこかにモーナの家があるのだ、と尊敬すべき敵を思い浮かべた。モーナはどんなに誇り高く、ここで計画を練ったことだろう。そう思うと自分が恥ずかしくなり、タイモは次第に自分に対して腹が立ってきた。モーナの陰で生きるのだけは嫌だ――。

「原住民だ、気をつけろ」

タイモの物思いを破るように、日本人の警官が叫んだ。見ると、汗だらけのワダンが部落の入り口に姿を現した。ワダンは驚いて小島たちを見つめる。その目には解せないという色があった。

「ハハハハ、もう逃げられないぞ。おとなしく俺たちに首を刈られるんだな」

ワダンの後ろに姿を現したトンバラ社の男たちが、ワダンを取り囲んだ。ワダンは周囲の敵を見渡すと、刀を鞘《さや》から抜いた。その表情は驚きから確固たる決意に変わっていた。タウツァ人たちはワダンを見つめ、にやにやと笑う。七、八丁の銃が同時にワダンに向けられた。

「ガヤを裏切った負け犬どもめ。おまえらの手にかかって死んでたまるか！」

これが最期と決意したワダンは、敵に刀を振るってみせると大声で叫んだ。

辱めを受けては死なないと決めたワダンは、刀を逆手に握ると自分の腹を一刺しにした。敵にひざまづくことなく仰向けに倒れ、ぎらぎらと輝く目で周囲の者をにらみつけ燃えるような威厳を見せつけた。

「ほら、百元だぞ」

トンバラ社の若者がワダンの壮烈な挙動にも動じることなく、貪欲な表情を顔に浮かべた。

二人の日本人警官は、ワダンの首のない死体を見つめて何やら議論している。小島が満足そうにタイモの肩をたたいた。タイモはワダンの腹に突き刺さった刀と、賞金獲得に喜ぶ同族の表情を見比べた。その瞬間、タイモの敗北感はいっそう深まった。

暗闇の夜、モーナはマヘボ渓の河岸で水が岩に打ちつける音をきいていた。最後のタバコの葉を燃やすと、大事そうに煙を吸い込んだ。ここ数日間の激戦で、モーナ率いる抗日部族は男たちの三分の一を失った。モーナはますます不利になっていく戦況に、憂いを覚えずにはいられなかった。

モーナは抗日部族の総指揮として、軽率には戦闘の前線に参戦しなかった。闘いたい欲望を押し殺し、人々の後方に隠れて全戦陣の指揮を執らなければならなかった。

日本の大軍は、すでにマヘボ社の山門の入り口へと迫っていた。モーナはほとんどの兵力をタダオに任せ、敵の進攻に当たらせた。マヘボの洞窟は見つけにくい。とはいえ、全体の地勢はポケットのようなもので、その入り口が封じこめられれば抗日部族は追いつめられたも同然であった。

生死を決する一戦は明日に迫っている。これが最後となるかもしれない静かな夜、タバコを吸いながらモーナの心はざわついていた。すると、がさごそいう音が後ろの竹やぶからきこえてきた。感覚が鷹《たか》のように鋭いモーナはさっと刀を抜くと、飛びかかる姿勢を取った。次の瞬間、張りつめた緊張を解いて、モーナは思わず失笑した。暗闇から姿を現したのは、モーナの猟犬たちだった。先頭の大きな黒犬が弱々しい月光のもと、尾を揺らして近づいてくるのを見ると、モーナの厳しい表情に喜びの色がもれた。

「ついて来るなと言っただろう」

黒犬は飼い主の言葉を理解したかのようにその場に立ち止まった。頭を下げると、口にくわえた黒い物を地面におき、光る目で主人を見つめた。

「行け。おまえたちにやる餌はもうないんだ。一緒に狩りに行くこともできん」

モーナは気持ちを押し殺して、犬たちを追い払おうとした。黒犬は渋々後ずさると、名残惜しそうにじっと主人を見つめた。小さい鳴き声をもらしたが、主人の同情を引けないと悟ると、他の数匹を引き連れて去って行った。

モーナはまた独りぼっちになった。黒犬がおいていった物を拾い上げると、それは日本の警察の帽子だった。モーナはほっとため息をついた。一緒に何度も狩りに出かけるうちに、人と動物の間には通じあう何かが生まれていたらしい。

モーナは呆然とそこに立ちつくしていた。だが、その表情がくしゃっと崩れた。すべてを失うことを覚悟していたはずなのに、まさか手にしたタバコと忠実な犬たちに心をわしづかみにされるとは――。

「やっぱり俺も、凡人ということだな」

モーナは自嘲《じちょう》した。

人は暗闇の中でこそ自分の本当の顔を見ることができる。あるいは、人の真実の姿は見るものではなく、心で感じるものだということか。

「誰だ！」

竹やぶでまた何かが動いた。

「モーナ頭目、俺です。バワンです」

バワンのおどおどとした声がきこえてきた。目を凝らすと、バワンが同じ年頃の少年たちとその場に立ちすくんでいた。

モーナは警察帽を手で弄びながら河原に腰を下ろした。

「モーナ頭目、今日バッサオからききました。新たな日本の軍隊がやって来ると。たくさん、北からやって来るって。俺たち話したんですけど、明日はきっと決戦になりますよね」

少年たちはモーナのそばに来てしゃがんだ。モーナは警察帽をじっと見つめたまま、身じろぎもしなかった。

「モーナ頭目、俺たちにはもう家族はいません。伝令の仕事だけでなく、俺たちも日本人と戦わせて下さい」

バワンは声をつまらせかけたが、必死でそれをこらえた。

「俺たち、毎日ろくに物も食えず夜も眠れません。生き延びたとしても、せいぜい一日長く生きられるかどうかです。頭目、俺たちの刺青《いれずみ》を見て下さい。俺たちはもう子供じゃありません。皆と一緒に日本人と戦わせて下さい。そして、ぐっすりと眠らせて下さい。俺たち、もう、疲れてしまったんです」

バワンが切々と訴えると、モーナの心がざわめいた。少年たちの清らかな目は泉の水のようであった。そこに隠れた苦痛が、水底の石ころのようにはっきりと見ることができた。

モーナの表情がやわらぐ。モーナは警察帽をバワンに被せると、珍しく笑顔を見せて言った。

「俺たちの先祖がどこから来たか、覚えているか」

モーナは満天の星が瞬く夜空を見上げた。月の光が微かな時は、星の光が明るく輝いて見える。

「白石山です」

何人かの少年が同時に答えた。

「昔、白石山にはバソカンフニという名の大木があった。その木の幹は半分が木で、半分が岩だった」

バワンが続けた。

「ある日、木の根っこから一組の男と女が生まれた。二人の兄妹はたくさんの子供を産んだ。それが、俺たちセデック族だった」

「森の木はすべて、俺たちセデック族の兄弟姉妹だ」

モーナは、少年たちが祖先の起源を忘れていないことがうれしかった。

「そのことを忘れなければ、たとえ日本人が俺たちを焼きつくして灰にしようとも、春になったら俺たちはまた新芽を出すことができる」

モーナは立ち上がると少年たちに言った。

「戦いたければ、おまえたちの武器を手にしろ。俺たち年寄りについてこられないようではダメだぞ」

「はい。日本人に俺たちセデック族のすごさを思い知らせてやります！」

少年たちは出征の許しを得て興奮した。モーナは彼らを見つめて、わざとバカにしたような表情を作った。だが、内心ではこの若い戦士たちを誇りに思うと同時に、切なさを感じていた。

十一月五日。安達大隊の先鋒《せんぽう》隊はマヘボ社の近くに到着した。夜明け前、司令部は彼らに対し全面攻撃の命令を下した。目標は「一文字高地」だった。そこはマヘボ社に隣接する見晴台のような場所で、マヘボ地区全体を見下ろせた。ここを攻め落とせば、モーナたちの根拠地であるマヘボ洞窟を山砲で直接攻撃することもできる。

モーナも鎌田もわかっていた。この高地での戦いが勝負を左右する決戦になることを――。双方は精鋭部隊をここに集結させ、雌雄《しゆう》を決するつもりだった。

日本軍はいつものように、セデック族側の陣営めがけて爆撃をはじめた。だが今回、タダオ率いるマヘボ部隊はそれまでのように逃げ隠れはしなかった。彼らは「一文字高地」を死守する覚悟で日本軍に痛撃を浴びせようと待ち構えていた。

空爆が終わると、安達大隊が高地に進軍を開始した。彼らはその優勢な兵力で、セデック族の拠点に攻め込んだ。一方、抗日原住民たちは敵が出現するやいなや次々と洞窟や草むらから飛び出し、猛烈な火力で反撃した。

モーナは安全を確保するため、すべての兵力をマヘボ社に集め、敵を迎え撃つ命令を下していたのだ。セデック族の一人一人が驚くべき戦意を有し、強烈な殺気で日本軍を圧倒した。

「やれ！　退くな。殺せ！」

高階《たかしな》将校率いる兵士たちが、雨あられのように銃弾が降り注ぐ戦場へと突進してくる。静かで美しかった森林が地獄の入り口に変わった。アリの大群のような敵に対し、モーナは部隊を分散させた。個々の戦闘能力では日本人を上回るセデック族の戦士たちに少数攻撃でその能力を発揮させ、敵の侵入を阻止しようとした。

「日本人め、これでも喰らえ！」

タダオは機関銃を小高い地点に設置すると、狂ったように掃射しはじめた。銃の強烈な振動で、タダオの両手は完全にしびれマヒしてしまった。

「どこに向けて撃ってる。俺にやらせろ」

モーナはタダオを押しのけて、自ら機関銃を操縦し掃射しはじめた。周囲の戦士たちは勇ましいその姿におおいに勇気づけられると、敵の攻撃がさらに激しさを増すのにもまったく退却する気配を見せなかった。

セデック族側の陣営はモーナを中心として、左右に延びていた。バッサオは木の上に隠れて攻撃を続けていた。だが呼吸が乱れ、銃の照準をなかなか定められない。そこでバッサオは発射の瞬間、息を止めてみた。長年の狩りの経験を活かしたのだ。

パン！

バッサオが引き金を引くたび、弾は必ず敵に命中した。

彼は得意気にさらに銃弾に手を伸ばして、顔色を変えた。

「くそっ、もう弾がない！」

日本兵が次々と前方に現れる。バッサオは最後の銃弾を差し込むと、慣れた手つきで構えた。これまでと同様、左前方の敵を撃ち倒した。それを最後に、歩兵銃は完全にその役割を終えた。

「弾がなければ、刀を使うまでだ」

バッサオは硝煙《しょうえん》を上げる銃を、日本兵の顔めがけて投げ捨てた。日本兵はそのまま地面に突っ伏した。

バッサオは機会到来とばかり刀を抜いて、ヒョウのように木の上から跳び下りた。

　彼は叫び声を上げると、兵士の頭に猛然と刀を振り下ろした。ところが、地面の兵士が間一髪、バッサオに向かって発砲する。弾はバッサオの下あごを撃ち抜いた。

「バッサオ！」

　バワン・ナウイはバッサオがやられる全過程を目撃していた。バワンは焦ってバッサオの名を叫び、彼が倒れると同時に飛び出してきた。そして味方に重傷を負わせた兵士を一発で撃ち殺し、バッサオのそばへと駆け寄った。

「モーナ頭目、バッサオがやられた！」

　鮮血が傷口からどくどくと湧き出てくる。バワンは声を限りにモーナに向かって叫んだ。モーナもその時、銃弾を撃ちつくした。モーナとタダオがバワンの叫び声をききつけ、同時に振り向く。すると、苦痛でのたうち回るバッサオの姿が目に入った。愛する息子が重傷を負ったのを見たモーナの目に、狂ったような光が宿った。

「死ね！　セデック・バレ、死ぬのだ！」

　モーナの声は狼の遠吠えのように、遠くの空気にまで浸透していった。とっくに死別を覚悟していた。モーナは死の悲しみを敵と戦う力へと転換した。

「殺せ！」

　モーナは刀を抜くと、野獣のように敵の陣地に突っ込んでいった。彼の巨体が天神のように飛び出していくのを見た仲間たちも、号令を受けたかのように次々と飛び出していった。銃弾は撃ちつくしたが、彼らにはまだ身体があった。決して自分を裏切らない刀があった。日本軍は怪物たちに心底恐怖を覚えた。セデック族たちが直接向かってくるとは夢にも思わなかった。そう思った瞬間、日本兵たちは恐怖に立ちすくんだまま、刀に体を刺し抜かれていた。

「バワン、イタい！　はやくラクにしてくれ。はやく！　もうガマンできない！」

もごもご言う声が、バッサオののどから搾り出された。バッサオの錯乱した頭からは、戦場の騒音がだんだんと消え去っていく。自分の魂が蝶になるために、サナギが繭《まゆ》から飛び出してくるような感じがしていた。だが、強烈な痛みが羽に絡みつき、どうにも飛び出せないでいた。

「バワン、みんな、ためらうな。はやくオレをラクにしてくれ」

「バッサオ……」

バワン・ナウイは悲しみをこらえて、彼の名を呼んだ。バッサオの懇願するようなその目を見つめると、抗《あらが》うことはできなかった。バッサオの苦痛は命の限界を超越していた。傷心の少年は、とうとう刀を握りしめた。

バワンは無表情に立ち上がると刀を高々と持ち上げ、バッサオの首に狙いを定めた。

「……ありがとう、バワン」

バッサオが感謝の言葉を絞り出した。その目は少年を通り越して、バワンの背後の空を見つめていた。

「わあ！」

バワンは狂ったように叫びながら、振り下ろしたくない刀を振り下ろした。

「バッサオ、待っててくれ。俺もすぐに後を追うから――」

少年はバッサオの首を抱え上げると、大事そうに背負ったかごに入れた。それから歯を食いしばり、敵の陣営に向かって突撃していった。

「日本人め、全員、俺の狩り場から出て行きやがれ！」

涙をためて、バワンは懸命に走り続けた。

「セデック・バレ、共に魂の家へと進もう！」

ボアルン社の頭目のダナハ・ラバイが高らかに叫ぶ。そのまま彼は、日本人の死体の上にゆっくりと倒れた。その体には少なくとも七発の銃弾の痕があり、血が流れていた。ボアルン、ホーゴー、マヘボの戦士たちは、武器も人力もはるかに及ばない状況下で、安達大隊を相手に三時間を戦い抜いた。そしてとうとう部族の尊厳を賭けた強大な精神力で、日本軍を撃退した。

この勝利で日本側の進軍を一時的に食い止めることができた。だが、同時にセデック族側も痛切な代価を支払った。この戦役でダナハ・ラバイ、バッサオ・モーナ、テム・マナらリーダー格を失い、ルコダヤの断崖も松井大隊に攻め落とされていた。

日本人が退却した後、死体の山と化した林を前に、モーナは自分が生きていることを喜べないでいた。仲間たちの多くはけがを負い、無傷の者にも飢餓の影が忍び寄っていた。ますます切迫する弾薬と食料を前に、モーナは次の戦いがさらに熾烈なものになることを覚悟していた。

「司令官、一文字高地が落とせなかっただけでなく、安達大隊の被害も甚大です」

鎌田連隊司令部では、作戦参謀が戦略担当の高階将校を召集し、緊急会議が開かれていた。

「司令官、こんな戦いで兵士たちを犠牲にするのは無意味です。もっと、最新の武器があるではありませんか――」

「直接の正面衝突は避けるべきです。もっとたくさんの味方蕃を導入して、原住民同士で戦わせるべきです」

「司令官、軍司令部は腐乱性爆弾を使うことを認めました。おおいに導入しようではありませんか」

将校たちはそれぞれ勝手な発言を繰り返していた。鎌田の顔色は冬の空のように沈んでいた。安達大隊に絶大な期待をおいていた鎌田には、日本軍が原住民にかなわなかった事実をどうしても受け入れられないでいた。司令官の采配を待ち、時間はじりじりとすぎていった。

「飛行機に腐乱性爆弾を搭載して、飛ばせろ」

鎌田は怒っていた。自分の判断に納得できなかった。ようやく挫折を受け入れると、複雑な気持ちが無表情な顔の陰に流れた。

「確かに自分たちは無意味な犠牲を払った。おまえたちの言うように、味方蕃の召集を拡大しよう」

鎌田の顔に自嘲的な苦笑が浮かんだ。誇り高い将軍は、誰かに横っ面を張られたかのごとく落ち込んでいた。その重苦しい雰囲気に、将校たちも気分が滅入った。


十一月六日。日本の部隊は二度とマヘボ社に闇雲に進攻してくるのはやめたかのようだった。だが、砲撃はやまなかった。一方、抗日部族たちは数日間に及ぶ砲弾の洗礼を受けて、こうした作戦にすっかり慣れていた。

モーナは負傷した仲間たちを後方の洞窟地区に引き揚げさせた。そして彼らに治療を受けさせ、休養をとらせた。まだ戦える男たちはマヘボに留まり、再度の進攻に備えた。

日本の爆撃機はクマバチのように動き回っては爆弾を落としていく。空襲に対して豊富な経験を積んだ抗日原住民たちは、鈍い音が天空から響いてくると急いで付近の洞窟に隠れるようになった。

空爆は林を焼きつくし、鬱蒼《うっそう》と生い茂っていた竹林は爆撃のせいでデコボコになっていた。広がった野火はくすぶり続け、大木は次々と焼け焦げて灰塵となっていった。セデック族たちは変わり果てた森林の姿に胸を痛めると同時に、日本人の手段を選ばないやり方に歯ぎしりをした。マヘボの女たちの半分以上はすでに自害していた。一方、まだ生きながらえている女たちは、煮炊きと傷の手当てを受け持っていた。

憂いに満ちた表情のマホンは虚弱した息子を地面に下ろすと、急いで柴を拾いはじめた。夫のサプの行方はわからず、彼女は最悪の事態を覚悟していた。食べ物を戦場で戦う人たちに残すため、もう二日も何も口にしておらず川の水を飲んで飢えをしのいでいた。

過酷な条件のもと、マホンは自決した他の仲間たちと運命を共にしたいと思っていた。我慢して生き残っていたのは、少しでも仲間たちの手助けをしたいと考えたからだ。たとえ、それが柴を拾うことであっても。

（まずいわ。また日本人が来た）

マホンは心の中でしまったと叫んだ。輝く機体が猛烈なスピードで、マヘボ洞窟のほうに飛んでくる。

マホンは小さな男の子を抱き上げ、洞窟のほうへ必死で駆け出した。

爆撃の音が近づいてくる。風に向かって走りながら、マホンは自分の心臓が高鳴る音をはっきりときいた。長い飢餓状態で足がふらつき、足下の大地でさえも揺れているように感じた。

戦闘機が冷酷な猛禽《もうきん》のように、砲弾の鋭い爪を伸ばしてくる。地上のマホンは逃げ惑うウサギのようにひ弱く無力だった。彼女は息子を抱きしめ、息を切らせて走った。そして間一髪というところで、小さな洞穴の隠れ場所を見つけた。

今回の空襲が戦局に致命的な打撃になろうとは、セデック族たちは予想もしなかった。爆弾が炸裂したあと、薄緑色の煙霧《えんむ》が空気中にちらばった。その時、セデック族たちは自分たちが卑劣な悪行に直面したことを知った。

「臭い！」

形容しがたい劇臭が風に吹かれて洞窟へと漂ってきた。強烈な匂いを嗅《か》いだ人々は地面に転げ回った。異様な気体にマホンは皮膚を焼かれたような痛みを感じ、目は針で刺されたようで涙が止まらなくなった。

彼女は本能的に口と鼻をおおうと、上着を脱いで息子をしっかりとくるんだ。地表の石のすきまに新鮮な空気を探し、大きく口を開けて吸うのはためらい、そっと息をした。

惨烈な爆撃の音に混じって、仲間たちの悲鳴がきこえてきた。この爆弾が「腐乱性爆弾」であることを、マホンは知るよしもなかった。

この爆弾が振りまく毒ガスを嗅いだ瞬間、すべてが終わりを迎える。目や口の粘膜といった人体の脆弱な部分が攻撃され、臓器が壊死《えし》してしまうのだ。

日本軍は開発されたばかりのこの化学兵器を実戦利用することで、セデック族を実験対象にしたのだった。自分たちは安全な場所に隠れ、拡大鏡を手に彼らがこうむった受難を検視しようとしていた。セデック族の人々は新鮮な空気を求めて、次々と洞窟から飛び出してくると、空襲の砲火にやられて爆死していった。大量の毒ガスを吸った者たちは地面でのたうちまわり、五官がただれて死んでいった。少しの間生き延びた人たちは、さらに悲惨な状況を味わいつくすことになった。涙があふれ続け、呼吸困難になり、強烈な嘔吐感に襲われて血反吐《ちへど》を吐いてのたうちまわった。

「――なんてことだ。爆弾に何を仕込んだんだ？」

タダオが駐留するマヘボ森林にも、哀願の声が広がった。タダオは鼻をつまむと、爆弾攻撃を受けた陣地を見つめて怒りに全身を震わせた。隣りの林の中では、ピホ・サッポが口から白い泡を吐いたピホ・ワリスを抱きかかえて大樹の下にやって来た。彼らの周りにはピホ・ワリス同様、毒にやられたセデック族の戦士たちが倒れていた。

「兄弟、先に行け。俺も後から行くから」

ピホ・サッポは麻縄を取り出すと、木の枝に絡ませて輪を作り、生死を共にしてきた従兄を見つめた。それからピホ・ワリスを抱き起こすと、その首に輪をくぐらせた。そして、旅立つ友を見送るかのように彼の頭を麻縄で引っ張った。

モーナはちょうどマヘボ社から洞窟へと引き返していたところで、幸い毒ガス爆弾の被害を受けなかった。洞窟に戻ってきたモーナは凄惨なありさまを見ると、何も言わずに毒にやられた人々を検視していった。

モーナの見た目は冷酷なほど平静だったが、その実、心臓は痛みでえぐられそうだった。屈辱的に毒死するより、自ら命を絶ったほうがどれだけ光栄なことか——。その考えが一瞬モーナの頭をよぎったが、すぐに頑強な戦意でそれを押し殺した。たくさんの仲間たちが頭目である自分に期待し、戦闘はまだ終わっていないことを知っていたからだ。

「母さん、父さんの所に行かないの？」

洞窟からそう遠くない崖で、マホンは小さな息子を抱き、目の前に広がる美しい山谷を眺めていた。

「母さん、頭が痛いよ」

幼い声が母親の耳を貫く。

「……我慢してね。もうすぐ痛くなくなるからね！」

マホンは息子を見つめた。彼女の目は慈愛《じあい》にあふれているが、まるで温度のない炎のようだった。浅く急になった呼吸は、幼子の命がもう長くないことを物語っていた。

「さあ、母さんが痛みを忘れさせてあげる」

マホンは、ゆっくりと息子の体を崖の外に持ち上げた。その口調は子守唄のようだった。母親の柔らかい歌声をききながら、幼子は突然眠気に襲われて夢を見はじめた。夢の中で、幼子はおいしそうなイノシシの肉に満足そうにかぶりついていた。それと共に自分の体がふんわりと飛ぶのを感じた。何かの遊びかと思い、笑い声を立てた。こんなに楽しかったことはない、というように笑った。真っ暗になり、疲れ果てて満足そうに深い眠りについた。

幼子は、自分の体が深い谷底に落ちたことを永遠に知ることはなかった。

第十五章　尊敬

遺体の腐臭が、呼吸を止めても鼻をついてくる。二百体の年寄りと女子供の亡骸が木にぶら下がる。その光景はまるで奇怪な果物が木に垂れ下がっているようであった。

そんな情景にタイモ・ワリスは嘔吐した。すると、黒い大きなハエの大群がタイモにまとわりつきはじめた。

彼は恐怖のあまり叫び声を上げると、手で払おうとした。

悪夢が潮が引くように去り、タイモは寝床から起き上がった。夢の中で溺れでもしたかのように息を荒げ、怯えて体は震えていた。結局、明け方になるまで二度と目を閉じることはできなかった。


「俺たちは戦わない！」

「戦わない？　どういう意味だ」

昇ったばかりの朝陽の中、小島源治は真っ青な顔をしたタイモ・ワリスの言葉に驚いた。

「いまさら戦わないとは、どういうことだ」

「あんたも見ただろう。たくさんの女と子供が……」

マヘボの森で見た惨状がよみがえってきて、タイモはうつむいた。

一文字高地の戦役が終わると、日本軍はさらに首の報奨金《ほうしょうきん》を吊り上げ、さらに多くの〝味方蕃〟を戦局に投入した。タイモも小島に説得されて戦区に入り洞窟地域に潜入した途端、たくさんの首吊り死体を発見したのだった。

「俺たちの戦いは、ガヤを執行するためだ。あんたの死んだ家族の、復讐のためじゃない」

殺された家族のことを指摘され、小島は泣きそうになるのをこらえた。そしてタイモの顔をじっと見つめたまま言った。

「怖いのか。臆病風を吹かせたのか。タイモ、見損なったぞ」

「――何だと」

二人の言い争いがはじまり、タイモは臆病者扱いされたことに腹を立てて小島の襟首をつかんだ。

「おまえは永遠に、モーナ・ルダオには勝てない。タイモ、おまえの意志は薄弱すぎる」

「バカを言うな！　殺されたいのか！」

小島の言葉はタイモを刺激した。タイモは刀を抜くと、憎々しげに小島をにらみつけた。一方の小島も負けじとばかりに日本刀を抜き、二人は殺気に満ちた表情でにらみあった。

「おまえたち、何をしてる？」

この争いにトンバラ社の日本軍駐屯《ちゅうとん》地は大騒ぎになった。日本の警察とタウツァ人たちが飛んできて、二人を引き離した。

「タイモ、落ち着け」

トンバラ社の副頭目《とうもく》がタイモの前に立ちはだかり、彼の怒りに満ちた顔を見つめた。

「これが落ち着いていられるか」

「おまえが、何を見たかは知っている」

副頭目は両手をタイモの肩におき、刀を下ろさせた。

「今はもう、おまえや俺がどうこうできる状態じゃない。まして、俺たちはマヘボの者たちを殺した。モーナ・ルダオは、絶対にこのままではいないはずだ」

「俺が戦いたくないことと、モーナ・ルダオとは何の関係もない」

タイモは、誰もがモーナの名を出すことに腹を立てた。タイモが日本人に協力を承知したのは、モーナのせいだと言わんばかりだ。

「俺はヤツを恐れたことなどない！」

タイモはそう言い捨てると、自分の家に帰っていった。広場に残されたのは、あれこれ言いあうタウツァ人たちと小島源治だけだった。


「父さん、どうしたの？」

タイモ・ワリスはたき火のそばにしゃがんで、手にした枝で火種をひっきりなしにかき回していた。

「――なんでもないさ」

息子はそばにしゃがむと、父親の顔をじっと見つめた。

「父さん、僕が考えたとおりかどうかはわからないけど……」

頭目の息子らしく、男の子の言葉には早熟さが感じられた。

「なんのことだ」

タイモは息子を見下ろした。

「虹の橋の向こうには美しい狩り場があって、最も勇敢な戦士だけがそこを守る資格があるんだよね」

男の子の白い顔が火に映えて輝く。タイモは、幼い息子が話す深い言葉に驚いた。

「だから僕たちは、モーナ・ルダオと戦わなくちゃならないんだ。祖先の霊に、僕たちが最も勇敢で戦いに強いセデック・バレだと示すために。それが証明できれば、虹の橋の向こう側で僕らとモーナ・ルダオたちは永遠に同盟を結ぶ戦友になれる。二度と恨みあったりはしないんだ。そうじゃない?」

「……そうだな」

タイモはゆっくりとうなづくと、息子の言葉を反芻《はんすう》しはじめた。

「僕は死ぬのは怖くないよ、父さん」

男の子は続けた。

「機会があれば、僕も父さんと同じように刀を持ってモーナ・ルダオと戦いたい。だって、僕も美しい狩り場を見に行きたいから」

「――できるさ。おまえは勇敢な子供だからな」

タイモは感動して、息子の頭を撫でた。栄誉を命より重んじる者は、信念のために戦う。その信念が迷った時の自分を戒める。すべての力を振りしぼってでも守るべきものとは何か――。森の中で首を吊った女たちや子供たちは、強い信念を持っていた。夫や息子たちは、セデック族という誇り高い民族のために戦っている。そのためにも自分たちは誇りを持って死んでいく、と。

だから彼女たちを哀れむ必要はない。彼女たちの手には刀こそないけれども、その意志は刃よりもかたく鋭く、敵の精神に一撃を与えられるからだ。

息子との会話で、タイモの心は自由になった。自分は日本人に屈服して戦うのではない。自分の信念を全うするためで、誰にそそのかされたのでもない。息子が言うように、美しい狩り場に進むためなのだ。

「ありがとう」

タイモは息子を胸に抱きしめると、微笑んだ。長いこと迷い続けて、守るべき信念と誇りをとうとう取り戻した。自分はモーナと戦い、虹の橋の向こうで尊敬すべきライバルと互いに信服しあう友人になるのだ、と。


「百元だ！」

血のしたたる首が、タウツァ人によってホーゴー駐在所の机の上にどさっとおかれた。机に突っ伏して書き物をしていた警官は、椅子から転げ落ちそうになった。

「――バカ野郎、何をする？　そんなものは床におけ！」

警官は怒って罵った。彼の前にはタウツァ人たちが集まり、どの手にも一つ二つの斬《き》り落としたばかりの戦利品があった。タウツァ人たちはしぶしぶとそれらを床におき、並べはじめた。

「この調子で行くと、俺たちよりも金持ちになりそうだな」

樺沢警部が部屋に山積みになった戦果を見て、冗談を言った。

「これは誰だ」

賞金の記録係の警官が、隣りで震えている少年にきいた。

少年の名もピホ・ワリスと言った。霧社事件が起きた時、同級生と共にトンバラ社に逃げていた彼は、ホーゴー社出身であることがわかり逮捕されたのだった。この少年は死人の身元確認に駆り出され、〝味方蕃〟が取ってきた首を検分させられていた。

「これはマヘボ社のバワン・ナウイで、あれはボアルン社の頭目のダナハ・ラバイです」

ピホは恐る恐る首を指さして答える。すると、警官は登記簿に急いでそれを書き留めていった。

「申し上げます。昨日タウツァ人が連れてきた原住民の女が、意識を取り戻しました。ご覧になりますか」

「――そうか。よし、すぐに行く」

検分が進む中、医療兵が入ってきて樺沢警部に報告した。すると、樺沢は喜びの表情を浮かべてすぐに駐在所を出て行った。


マホンは意識を取り戻した途端、鼻を突くような消毒薬の匂いを嗅《か》いだ。

ぼんやりと視界に映った周囲は見慣れぬ環境であった。たくさんの男たちが、日本語で何やら小声で話している。周りは日本人の負傷兵ばかりで、木で作った仮設ベッドに寝かされている。マホンが想像していた虹の橋とは大違いだった。

「……ここはどこ?」

マホンは起き上がろうとして、体にまったく力が入らないことに気づいた。なんとか手を持ち上げて顔を撫で、夢ではないことを確認する。それと同時に、自分の首に包帯が巻かれているのに気づいた。

(確かに縄を首にかけたはずなのに。どうして?)

彼女の頭は混乱し、一生懸命、最後の記憶を思い出そうとした。息子を自分の手で谷に投げ落とした。一人で、女子供たちの死体がぶら下がった森に入った。毒ガスで頭が朦朧《もうろう》としてはいたが、マホンは自分がしたことを確かに覚えていた。

「マホン、気がついたか」

樺沢の大きな体が現れ、マホンの顔を照らしていた陽の光をさえぎった。

「――樺沢だよ。覚えているか。君の父さんのモーナ・ルダオと私は友達だっただろう」

樺沢警部は、霧社《むしゃ》の各部落と良好な関係を保っていた数少ない警官だった。口も立ち、酒も飲める、あのモーナですら認めるよい日本の警官だった。

「こ、ここはどこ?」

「臨時の医療所だよ。昨日、トンバラ社のタイモ頭目が林の中で息も絶え絶えの君を木から下ろし、ここに連れて来たんだ」

「どうして私を助けたの!」

樺沢の説明をきくと、マホンの目から涙があふれてきた。顔を樺沢から背けると、腹立たしさと悲しさでいっぱいになった。

「余計なことをしないで。家族が私を待っているのに……」

「そんなこと言わないで、マホン」

樺沢はマホンを慰めようとした。

「洞窟に隠れて大変だったろう。私は上官に〝腐乱性爆弾〟を使わないよう言ったんだが……」

「ききたくない！　あなたたち人殺しに私の苦しみがわかってたまるものですか」

マホンは振り向くと、憎々しげに樺沢をにらみつけた。息子が死の間際にどんなに苦しんだかを思い出し、彼女の目は憎しみの炎でぎらぎらと燃えていた。樺沢はおどおどと視線をそらし、マホンの顔を真正面から見られなくなった。樺沢の心は今回のことで葛藤《かっとう》していた。毒ガス爆弾を使えば戦争を短縮できると思いつつも、その方法はあまりに残酷だとも感じていた。

「――なんと答えていいかわからないが、でも信じてくれ。私だって、こうはしたくなかったんだ」

樺沢の声が沈んだ。心からセデック族たちに同情していた。

「マホン、彼らはすぐにまた毒ガス攻撃をしかけてくる。君の仲間のためにも頼みがある。お願いだ、引き受けてくれないか」

マホンの胸に恐怖が襲ってきた。毒ガスの恐ろしさを身をもって知る彼女は、まだ生き延びている仲間たちのことを案じた。

「何ですか？」

マホンは歯を食いしばって、問い返した。

樺沢は深呼吸をすると、言い出しにくそうに話しはじめた。

「君の仲間たちに、投降を願い出るようにと……」

「投降？」

マホンはその言葉に呆れた。

「きいてくれ。すぐに否定しないでくれ」

樺沢はマホンの反応を見て、すぐに言葉を継いだ。

「今回の反抗で日本側も考えを変えるはずだ。どの程度かはわからないが。君たちが山地警察にいびられて、苦労していたことは知っている。だが、これからはきっと変わるはずだ。いいほうに変わると信じてる。だから、マホン、お父さんに話してみてくれないか。毒ガスがどんなに恐ろしいかも。二度とあんな思いをしたくないだろう？」

樺沢は自分のこの言葉が、マホンの態度をやわらげると信じ、この時とばかりに語り続けた。

「モーナを投降させるのが難しいことは知っている。だが、一人でも多くの人を助けたいんだ。これ以上、無駄に死なせたくないんだ。マホン、信じてくれ。この戦争が早く終わり対立がなくなれば、未来はきっと明るいはずだ」

樺沢は下を向いて、マホンの肩に手をおいた。彼女の心は葛藤していた。樺沢の申し出を受け入れるべきかどうか。長い沈黙が、二人の間で続いた。


「タイモ頭目、マヘボの奴らの足跡を見つけました」

長い血痕《けっこん》の筋が、マヘボ社へとずっと続いていた。タウツァの突撃隊の先鋒《せんぽう》が、草むらの上に乱れた足跡を見つけた。痕跡はまだ新しく、明らかにたった今ここを離れたようだった。先兵はすぐにその知らせをタイモ・ワリスにもたらした。

抗日原住民たちは険しい山道を遠回りし、マヘボ北方の封鎖線を避けて見晴牧場（現在の清境牧場）に侵入し、牛を盗んだということだった。

小島源治はその知らせを受けると、タイモに部隊を率いてすぐに追撃するよう求めた。タイモは慎重に検討した結果、約五十人からなる突撃部隊を率いて出発した。タイモは小島に、今後は二度と自分の部隊に姿を現さないよう求めた。また、自分とモーナの対立が純粋にセデック族同士の戦いになるよう希望した。

「マヘボのやつら、相当腹が減っているようだな。たった一頭の牛を盗むために、山を半分越えるとは」

人影のない山道をたどりながら、トンバラの副頭目は同情を見せて言った。だが、その言葉は他の者たちの冷笑を誘った。

「あいつらに、牛を楽しむ時間も与えてやるもんか」

若者がうれしそうに言った。

「彼らを甘く見るな」

タイモが渋い顔をして、若者をたしなめた。

「命を投げ捨てた戦士たちだぞ――。敬意を払わないと、災いはすぐに俺たちに降りかかるぞ」

「わかってますよ、頭目」

頭目の厳しい口調に皆、浮ついた態度を改めた。

タイモは地面の血を嗅いで立ち上がった。

「牛の血だ。すぐ前にいるぞ。気をつけろ」

白い煙が川辺の狩猟小屋から立ち昇っている。空気中に、牛肉の焼ける匂いが漂う。この小屋は山に狩りに来た人が雨宿りをする場所だった。

タウツァ部隊はゆっくりと姿を現した。牛肉の塊が焼けている。炎の勢いから見て、肉を焼いていた者はそう遠くには行っていないはずだ。

タイモが仲間たちに取り巻くように合図して、少しずつ小屋に近づいていく。歩兵銃《ほへいじゅう》を手にした二人の先発が、小屋の入り口にたどりついた。二人は目を見交わし、ひと呼吸すると、扉の板を蹴《け》り倒した。

「あれ？」

小屋の中はくすぶった炭火と獣の骨だらけで、二人は拍子抜けしてその場に立ちつくした。

「……まずい、罠だ」

外で待機していたタイモは、不吉な予感に襲われた。まさにその時、空気中をパン！　という音が鳴り響いた。小屋に一番近いところにいた青年がゆっくりと倒れ込む。

タイモの予感は当たった。待ち伏せをしていた抗日原住民が次々と近くの梢《こずえ》に姿を現す。彼らは草むらに隠れたタウツァ人に銃の照準をあわせていた。

「木の上だ！　早く撃て」

一発の銃弾がタイモの耳の横をすり抜け、もう少しで命中しそうになった。タイモは思わず草むらにはいつくばり、仲間に反撃の指示を出した。数の上での優勢を頼りに、損失を最低限に止めようとしたのだ。

「やれ！」

タウツァ人が発砲をはじめる。その時、彼らの後ろに七、八人の男たちが現れ、突進して来た。タイモが驚いて振り向く。先頭にいるのは、顔に牛の血を塗りつけた、まるで悪魔のようなピホ・サッポだった。

「日本人の犬め、死にやがれ！」

ピホの刀は日本人と戦いはじめてからぬぐったことがなかった。その刀身にどれだけの血が累積《るいせき》していることか、ピホは風に乾くに任せていた。

突然の攻撃に、タウツァ人たちは混乱に陥《おちい》った。敵も味方もわからぬ混戦の中、タウツァ人たちは銃を撃つこともできずにいた。やがて次々に刀を抜くと、ピホが率いる刀部隊とやりあいはじめた。一方、抗日原住民たちは一種の狂気状態にあった。一太刀一太刀が力強く、到底タウツァ人たちのかなうところではなかった。戦局は圧倒的に抗日原住民に有利で、怖気づいたタウツァ人たちはすでに退却をはじめていた。

「殺せ！　刈った首を拾って持ち帰るんだ！」

タイモが叫んだ。彼は頭巾も引き裂かれ、長髪がざんばらに乱れ、すさまじい表情となっていた。

「きさまらに負けてたまるか！」

タイモは目が血走り、狂ったように刀を振り回す。すると一人のマヘボの青年が、彼の蛮力にかなわず地面に倒れた。タイモが首を斬ろうとした瞬間、ピホ・サッポがタイモの背後から飛び出してきて、タイモの背中に一太刀を浴びせた。

「タイモ！」

トンバラの副頭目は急いで飛び出してきて、必死で刀を振り回しピホを後退させた。タイモの傷は相当に重傷だった。だが、タイモはまったく構わずピホに向かっていった。副頭目はタイモにあわてて抱きついて、後ろへと退かせた。だが、タイモは重傷を負ったとは思えない力で副頭目を振り払った。

「モーナ・ルダオ、俺はタウツァの総頭目のタイモ・ワリスだ！」

互いの刀が激しくぶつかりあう。タイモはあたかも目の前のピホを、生涯最大の敵モーナ・ルダオと思っているかのようだった。タイモは力の限り戦い、自分の勇ましさを証明しようとした。血が泉のように、背中の傷から流れ出してくる。彼の服は真っ赤に染まった戦士の陣羽織となり、血が地面にしたたり落ちた。

一方のピホ・サッポもタイモの気迫と勇猛さに圧倒され軽侮《けいぶ》の心をおさめると、敬意をもって彼と対戦しはじめた。ピホがタイモに突き刺した最後の一太刀にも、深い敬意がこもっていた。どんなに強い風もやむ時が来るように、タイモは最期の時を迎えていた。

「ハハハハハ」

ピホが刀を抜いた時、タイモは体を震わせながら豪放な笑い声を上げた。痛みはまったく感じず、タイモの体は久しぶりの興奮を覚えていた。

ピホはタイモがゆっくりと倒れていくのを見つめた。タイモが突然歌いだす。ピホの心中は複雑だった。

祖先の霊の家に帰ろう
セデック・バレよ
祖先の霊の家に帰ろう
セデック・バレよ

ピホはこの敵の最期を見送ることが、死闘を展開した相手への敬意だと感じた。それから友に別れを告げるかのように、ゆっくりと刀を振り上げた。そして歌声が終わると、ピホはタイモ・ワリスの満足げな微笑を浮かべた首を斬り下ろした。

第十六章——決別の曲

〝ハヤクコウサンスルモノハコロサナイ。
　コウサンスルモノハテッポウヲステ、リョウテヲアゲテ、マヘボバンシャヘデテコイ〟

　十一月十六日。霧社《むしゃ》の上空から赤い雪花が降りはじめた。また毒ガス爆弾攻撃かと恐れた原住民たちは、次々と洞窟に隠れ衣服で口や鼻を覆《おお》った。だが、雷のような爆撃音はきこえてこず、プロペラの音は遠ざかっていった。いぶかったセデック族たちは洞窟から出ると、青い空から赤い物体がひらひらと舞い落ちて来るのを見た。遠くから見ると、まるで炎のように壮観だった。

「——桜の花か？」

　マヘボ洞窟の前に立ち、モーナは目を見開いて不思議な景色を見つめていた。空気中に舞うそれが何だかわからず、霧社で毎年冬に満開を迎える山桜の花かと彼は思ったのだ。

「たくさんの、花びらだな」

　百人余りに減ったセデック族たちは、思わず驚嘆の声を上げた。そして喜びに目を輝かせると、奇跡のような桜の雨を迎えた。飢えとけがと毒ガスのせいで、体は疲弊《ひへい》しきっていた。それでも彼らの大自然に対する崇拝は、呼吸と同じぐらい自然なことだった。何万という桜の花びらは風に吹かれながら、林の中へと落ちてきた。

　モーナは手を伸ばすと、目の前に落ちてきた花びらを握りしめた。だが、その花びらはかたく生気を感じなかった。じっと目を凝らすと、それは日本語が書いてある紙で、日本軍がセデック族に投降を勧める告知が書かれていた。

「早く降参する者は殺さない。降参する者は鉄砲を捨てて、両手を挙げて、マヘボ蕃社へ出て来い」

　モーナは黙って文字を読んだ。文字の他には飛行機と日本の国旗、人型が一列になって両手を挙げ投降している姿が描かれていた。

「俺たちはもう二度と、満開の桜を目にすることはなさそうだ」

　その画を見た瞬間、モーナは自分の感情を抑えることができなくなった。彼は怒っていた。そして、悲しみが怒りを上回り彼の目を濁らせた。

　モーナは、いまにも雨が降りそうな空を思い起こしていた。陰鬱《いんうつ》な雲が雷を呑みこんで、今にも襲いかかろうとしている。雨は怖くなかった。むしろ、早く大雨を降らせて欲しかった。ガヤを信じて苦難を舐めつくした同胞たちを見た時、そろそろ終わりの時が来たと感じた。必ず来たる厄災ほど、残酷なものはない。囚人が処刑執行の時を待つかのように、どんなに強靭なモーナもそれには耐えられなかった。

　モーナは手にした赤い紙をくしゃっと丸めると、マヘボ渓へと投げ捨てた。無数の紙切れが木の枝や草むら、渓流に落ち、セデック族の心にも落ちてきた。その紙は心の表面に大きな穴を開け、人間の意志の基盤を揺るがした。

「父さん、マホンが日本の軍営にいるのを見た者がいる。父さんの命令で首を吊ったはずなのに、どうして……」

モーナは、昨夜のタダオからの報告を思い出していた。息子の顔には失望と闘争心を失ったような動揺があった。

「父さん、今、俺たちと戦っているのは、同じ血統を持つセデック族の同胞だ。パーラン社の親戚までが、戦線に駆り出されている。日本人は俺たちが殺しあうのを見ている。仲間と戦うのは毒ガスでやられるよりもつらい。皆、たまらないと言ってるよ」

戦いはここへ来て、確かにあるべきでない方向に向かっていた。期待した雨がなかなか降って来ないのなら、モーナはいっそ自分が雨となりたかった。そうすれば、少しは尊厳を保てることだろう。

俺は彼岸の向こうへ行く
俺たちは本物のセデック・バレだ
きけ
見よ
俺たちは決死の勇士だ
古い松の下で
混戦して松葉のように乱れ飛び

そして今、松葉を手に帰ってきた

モーナは突然歌い出した。豪気なはずの出草《しゅっそう》の歌が悲壮さを増していた。

投降勧告のビラを読んでいたタダオは、刀を抜いて踊り出した父親に愕然《がくぜん》とした。

「タダオ・ノーカンも、ダナハ・ラバイも、バッサオも行ってしまった。なのに、どうして俺は前線に立って、皆と一緒に誇り高く死んでいないんだ?」

歌声は最高潮にさしかかったところで終わった。モーナは歌の余韻の中で感傷的につぶやいた。

「俺の首には、さぞかし高い賞金が懸けられているのだろう。最後に俺たちの心臓に刀を刺すのが日本人ではなく、同胞の者たちだとは――。ハハハハ、なんとおかしいことか」

モーナの黒髪は短い間に真っ白になり、戦争が進むにつれ、老いに抗《あらが》う気力もなくなっていた。モーナにずっと付き従ってきたセデック族は頭目《とうもく》の失意を感じ取り、すでに涙ぐんでいる者もいた。

「皆、腹が減っただろう。疲れただろう。俺たちの前途を決める時が来たようだ」

モーナはタダオから赤い紙を受け取ると、ある覚悟をこめて言った。

「自害したい者はそうするがいい。投降したい者はこの紙に書いてあるようにするがいい。戦いたい者は……」

モーナは言葉を切ると、タダオを見た。

「タダオ、俺の息子よ。マヘボの勇者よ。おまえは仲間たちと最後まで戦うんだぞ」

「父さん!」

「頭目！」

タダオたちはモーナを見つめ、自決を意識した頭目の言葉に愕然としていた。一方、モーナは傲然《ごうぜん》としていた。

「――死ぬしかあるまい。だが、俺は自分の頭を猟犬の餌食にはしたくない。死体をやつらの手に渡したくない。だから、俺は消えるしかないのだ」

モーナは仲間たちを見回した。

「戦士たちよ。自分たちの選択をせよ。祖先の霊の家でまた会おう。その時は、ゆっくりと眠ろうではないか」

「父さん！」

タダオがまた叫んだ。だが、モーナはすでに踵《きびす》を返し、歌いながら離れていくところだった。

行け
セデック・バレ
行くのだ

長い間、杖を頼りに歩いてきたセデック族たちは険しい山道を歩き終えなければならない。あるいは、その前に倒れてしまうしかない。頼みの綱のモーナ・ルダオがいなくなるのだ。

「バタン、家族を全員連れて出て来い」

薄暗い洞窟の入り口に、大きなモーナが立ちふさがると、中はさらに暗くなった。うずくまっていた老人と女たちがその声に振り返る。すると、祭祀《さいし》用の服に着替えたモーナに、全員が驚きの表情を浮かべた。

「頭目、それは？」

一人の年寄りがモーナの意図を汲んで全身を震わせた。モーナは問いには答えず、妻が人混みの中で立ち上がるのを待った。そして二人は互いに見つめあった。

やせ衰えた年寄りがモーナにたずねた。

「頭目、わしらはどうすればいい？」

「自分で決めるがいい」

モーナは赤い紙を年寄りの足元に投げた。バタンは熟睡していた子供たちを起こした。年寄りと女子供たちは互いに体を寄せあって、バタンの動きを悲しそうに見つめていた。

年寄りは紙を拾い上げると、深いため息をついた。日本語は読めないが、ビラが伝える内容は察しがついた。

「わしらには決めようがない……」

彼は苦笑した。モーナは妻と子供たちを連れて洞窟を後にした。残された者たちは顔を覆って泣きはじめた。

森林の中、モーナたちは不安を抱えて歩いていた。終点がどこなのかもわからない。

陽光がこぼれる中、何も話すことなく静かに歩いた。重い足音が枝の上のメジロチメドリを驚かす。

鳥はあわてて飛び去っていった。その不安そうな鋭い鳴き声に家族たちは足を止め、先頭を歩くモーナも空を仰《あお》いで笑った。モーナが何を考えているのか、誰にもわからなかった。

「僕は戦う！」

モーナの十歳の孫が我慢できずに叫ぶと駆け出した。

「僕も行く！　まだ戦ってないもの！」

兄の叫び声をきいて、もう一人の孫もすぐに彼の後を追った。

パーン！　銃声が響いた。モーナが持った銃口から硝煙《しょうえん》が立ち昇る。

「終わりだ」

モーナは言った。女と子供たちは驚いて立ちすくむ。ただバタン・ワリスだけが、その場でかたまっている孫のもとに駆け寄った。

「モーナ、モーナ！」

バタンは発砲した夫に、怒りの声を上げた。

「あなたの祖先の霊はどこにいるの？　あなたの祖先の霊はどこにいるの？」

モーナは銃を操る手を止めた。妻の問いは銃弾よりも人の魂を射抜いた。モーナの心は痛んだが、どんな感覚が痛みなのかすら、もうわからなくなっていた。ずっと昔、自分を追い抜いた若者のことを思い出した。あの時、自分がその相手に銃を発砲した感覚を思い出した。だが、名前がどうしても思い出せない。その若者に謝りたいと思った。モーナは誇りが高すぎて、謝る方法を学ばなかった。

男の子たちはバタンの後ろに隠れ、モーナに疑いの目を向けた。

「おまえたちには無理だ。残るんだ」

モーナの声は平常そのものだった。バタンは夫の決意を察し、孫たちを握っていた手をゆるめた。そして直立不動の姿勢で夫を見つめたまま、殺してくれという素振りをした。

初めてモーナに会った時、バタンはまもなく自分の夫となる男を冬山の雪のようだと思った。誇り高く、寡黙《かもく》で、優しさのかけらも持ちあわせない男。永遠に栄誉と他人の評価を第一におく男。

この男と結婚したら、自分を省みない夫に耐えるしかないと思った。だが、朝晩を共に暮らしてみると、夫の別の一面をバタンは知ることになった。山の気温が低くなると、モーナはバタンを自分の体に寄り添わせ、体温で温めて安心して眠れるようにしてくれた。

バタンは丈夫で、めったに病気になることはなかった。だが、彼女がせきをしたりすると、モーナは黙って薬草を採ってきて機織り機の前においた。

モーナには独自の生き方があり、誰にもそれを変えられなかったが、仰ぎ見ればいつもそこにいて雨風を防いでくれていた。

出征した男たちが悪い知らせをもたらさないかと、怯えながら待つ日々だった。

一人の女としては夫に優しい言葉どころか、甘い言葉の一つもかけられたことはない。だが、モーナは妻と言い争ったことはなく、罵声を浴びせたこともない。モーナは終始、敬意をもってバタンに接していた。

三十年間、共にすごしてわかったことは、本当の気持ちは表現しにくいということだ。それは行動で、あるいは視線で表されるものなのだ。言葉にすれば、ありふれたものになってしまう。自分が幸せかどうかはわからない。だが、目の前のこの男をバタンは信頼していた。男が自分を信頼しているのと同じように――。

「顔を拭くんだ」

モーナの口調はいつものように冷たかった。バタンはもう慣れっこで、沈黙の中に優しさを読み取っていた。

手を伸ばしてつばを吐いたあと、顔の汚れを拭き取る。すると深く美しい刺青《いれずみ》があらわになった。刺青の美しさは、彼らが結婚したその日から変わっていなかった。しいて言えば顔にシワが増えたことぐらいで、それは二人が共にすごしてきた歳月がもたらしたものだ。

バタンが顔を拭くのをモーナはじっと待った。モーナは何も思い出していなかった。いったん何かを思い出してしまったら、引き金を引く指に力がこもらなくなるからだ。

バタンは掌をモーナのほうに向けてももの上に揃えると、自分の誇り高い表情を夫に覚えてもらおうとあごを上げた。


「ありがとう」

「ありがとう」

言葉は声にはならず、二人の無表情な顔に最後の声なき会話が交わされた。

「おまえたちに感謝する。俺たち、男の魂を見守ってくれたことを」

パン！

発砲したにもかかわらず、モーナは瞬きもしなかった。二十四人の投降したセデック族が清酒を手に、マヘボの森の中に残った戦士たちを捜していた。

「タダオ……タダオ……」

満身創痍《まんしんそうい》のマホンが家族の名を呼んでいた。

モーナが立ち去ってから、日本軍は毒ガス爆弾をマヘボ洞窟に何度も見舞った。多くの抗日原住民たちはその苦痛に耐えきれず、次々と日本軍に投降した。一方、首吊り自殺を選んだ者はさらに多かった。

〝味方蕃〟は暗い林の中で、枝にぶら下がった義士の遺体を次々に発見した。義士たちの表情は苦しげだったが、その魂は愉悦《ゆえつ》に満ちていた。〝味方蕃〟の原住民たちは、自分たちの同胞が壮絶な方法で信念を全うしたのを見て、戦闘する気力が萎えていった。

日本軍は、事件の首謀者であるモーナ・ルダオの行方をつかめずにいた。〝味方蕃〟の情報によると、日本軍が例のビラをまいて以来モーナは姿を見せなくなり、最近の戦闘はタダオが指揮しているという。日本軍の推計では、武装セデック族の数は残り五十人にも満たないはずだった。激烈な戦闘も少なくなり、討伐を担う鎌田隊も続々と改編された。セデック族の聖戦は終結したかのようだった。この戦争を一刻も早く終わらせるため、日本軍は人情作戦を取ることにした。マホンら家族の影響力を利用してタダオを説得するか、モーナを投降させようとしていた。

この二人が降伏すれば、残りの者たちも抵抗する力はないはずだった。

森林を歩き続けたマホンと降伏勧告の代表たちは木陰で休憩を取っていた。初冬の日差しは、いくえもの枝を透してては届いてこず、空気はひんやりと冷たかった。並んだ木立が強健な根を生やして、森林への愛を表現している。

憂いに満ちた表情のマホンがやぶ蚊を手で追い払う。すると、前方の竹林ががさごそと音を立て、タダオと四人の仲間が姿を現した。

「マホン?」

「タダオ!」

マホンは驚き喜んだ。だが、再会の喜びはすぐに打ち消された。悲惨な姿のタダオをじっと見つめたマホンは、はらはらと涙を流した。ほおは落ちくぼみ、髪はぼさぼさで、鮮やかな赤と白の縞模様の服は血痕《けっこん》と泥とで褐色になっている。だが、彼らの目の光だけは誇りを保っていた。

「日本人に言われて、やって来たんだな」

タダオがきいた。マホンたちが手にした清酒を見て、五人の戦士は投降を勧めに来たことを責めるように微かにあごを持ち上げた。タダオは、モーナの娘であるマホンが投降していることが許せず、怒りと深い痛みを感じていた。

マホンは樺沢の言葉を思い出していた。

「これからはよくなる」

人の心をつかむのが巧みなあの日本人の警官は、たしかにそう言った。だが、「よくなる」とは、どういう意味なのだろう。理由をちゃんと用意してきたはずなのに、タダオをひと目見たら何も口にできなくなっていた。

タダオの視線は死を覚悟し、豊かな精神性をたたえていた。マホンは彼らを見ることで、自分たちの貧しさと信仰のなさを思い知った。彼女は涙を流し続け、嗚咽が激しい慟哭に変わった。投降を勧めていた他の仲間たちにもその気持ちが感染し、一様に目に涙を浮かべはじめた。

「あ～あ」

タダオは軽いため息をついた。妹の泣く姿に、それ以上強硬にはなれずにいた。かといって、心の底の悲しみに抵抗することもできなかった。生き残った者が死んだ者よりも気楽なわけではない。この世に生きていること、それ自体が苦しみなのだから。死を恐れた者は、一時的にその苦しみを回避したにすぎない。この事件の生存者として苦しみ、やましさを感じている者には、実際はより大きな勇気が必要となる。

「酒をくれ」

タダオが言った。マホンはすすり泣きながら、顔を上げた。兄の表情はやわらぎ、厚い雲の間から太陽の光が差し込んだようであった。

戦士たちが同族から酒を受け取る。ふたを開けると、甘い匂いが漂って来た。タダオたちの体は興奮に震えた。

「投降？　なぜ投降しなくちゃならん。敵の酒を飲んだら、和解ということになるのか？　どうして降参する必要がある？」

芳醇《ほうじゅん》な日本酒を腹におさめる。すると久しく枯渇していた体が元気を取り戻した。

「ふん！　日本人が日本酒のように美しければ、どんなにいいか」

タダオは感じ入ったように言った。酒は悲しみを忘れさせる賄賂《わいろ》だ。しばらくは哀情の鋭さをおさめてくれるが、ふたたび覚醒すると、さらなる悲哀を負うことになる。それだけ割にあわないものだった。

「タダオ」

マホンは兄にすがりついて泣いた。兄に謝りたかった。自分が現れたことがタダオにとって、限りない苦痛であることを彼女は知っていた。

「二度と投降のことは言うな。さあ、おまえも飲め」

タダオの太い指がマホンの涙をぬぐい、それがかえって彼女を泣かせることになった。小さい時、泣き虫の妹に手を焼いたことをタダオは思い出していた。妹が泣くと、タダオは譲歩するしかなかった。酒瓶をマホンに手渡し、タダオの目も潤んできた。

「マホン、死ぬことは簡単だ。生き延びることのほうが大変だろう。だが、生きることを選んだ以上、耐えるしかない」

タダオは必死で涙をこらえて言った。

「子供をたくさん産め。そして、その子たちに俺たちの誇り高い父、モーナ・ルダオのことを話すんだ。やがて、その子たちが子供を産み、さらにその子供が……、どの子も誇り高いセデック族の子孫として、胸を張って強く生きていくんだ。わかったな」

タダオはそう言うと背筋を伸ばしたが、ついに涙がぽろりとこぼれ落ちた。

「帰るんだ、マホン」

タダオは妹に言った。

「生きることを決めたのは、おまえ自身だ。俺と父さんと死んだ仲間、皆で虹の橋の上で見守っているから」

マホンを引き剝がして立ち上がると、タダオは辞世の歌を歌いはじめた。

やあ、妻よ！
酒を造ってくれたか
子供たちよ
会いたかったぞ
祖先のいる、あの世に通じる道で待っててくれよ
俺もすぐに、おまえたちと一緒になるからな！

タダオは即興の舞いを踊りはじめた。四人の仲間たちも、それぞれ自作の歌を歌った。彼らは歌いながら、銃の中のすべての銃弾を取り出した。タダオは歌い終わる前に、森の奥へと駆け去った。

「……タダオ」

マホンはそっと兄の名を呼び、その後ろ姿を胸に刻みこんだ。これが兄妹の最後なのに、呼び戻すことができない。マホンの周りの連中も悲しみをこらえて戦士たちを見送った。タダオは、彼らが近づこうとする道を閉ざした。彼らは誇りある死を選べず、卑屈に生きていくしかない。いつかこの世を去る時が来ても、彼らは戦士たちのように顔を上げていくことは永遠にないのだ。

仮設小屋もすでに撤去された。兵士が「鎌田連隊司令部」の看板をはずして、もとの霧社分室のものにつけ換える。歴史の一段落が終結したように、トロッコが山上の軍の装備を麓へと運ぶ。それは、旅が終わったかのようなやるせなさを感じさせた。

「三百人余りの戦士が、数千人の大軍に抵抗し、戦死するか自害した。我々は、このはるか彼方の台湾の山中で、我が大日本帝国で次第に失われつつある〝武士道精神〟を見たような気がする」

鎌田司令官が、軍刀の鞘《さや》に刻まれた桜の花の浮き彫りを撫でさする。霧社分室を後にした鎌田は、撤退の準備をする部隊を見つめながらため息をついた。霧社に来た当時の傲慢さは、その顔から影を潜め、勝利をおさめた側の喜びも見て取れなかった。

「――この戦いは我々が負けたも同然だ」

鎌田は満開の山桜の林を眺めながら、隣りの随行に言った。

「我々が野蛮人とバカにした原住民が、これほどまでに我々を苦しめるとは――。おい、この桜の花は赤すぎやしないか」

「今年の桜は咲くのが早すぎて……まだ桜の季節ではないはずなのですが……」

随行の一人が答えた。

「我々も、咲く時期を間違えたのかもしれん」

万感の思いを味わった場所を立ち去りながら、鎌田は言った。

「霧社は、我々が咲く場所ではなかったようだ」

一陣の冷たい風が満開の山桜を吹き飛ばし、真紅の花びらを大気中に舞わせた。相変わらず、霧は濃かった。渓流もまた、清らかだった。靄《もや》がかかった遠くの奇萊山《きらいさん》も、いつもと同じように高くそびえている。だが、そこには誰かがいなく、何かがなくなっていた。

焼け焦げた土壌も、いつか癒える日が来るだろう。痛みが完全に癒えた時に古傷を撫でると、その痛みの行き先をいぶかるかもしれない。だが事実は生き残った者たちの記憶に残り、たまには思い出さざるを得ないことだろう。

たとえそれがまれにであっても、彼らはきっと喜ぶに違いない——。

訳者あとがき

本書は2011年に台湾で大ヒットを記録した魏徳聖（ウェイ・ダーション）監督の映画『セデック・バレ』の原作の邦訳版です。映画公開時、観客は若い人が多く、拍手喝采や笑い声が起こったりして、娯楽作品を観ているようだったと聞きます。また、好況の中国映画に押され気味の台湾映画に活を入れるため、台湾政府による相当なテコ入れがあったとも聞きました。

ともあれ、この映画はやはり同時期に大ヒットした『あの頃、君を追いかけた』という青春映画と共に中国大陸でも公開されました。2014年の台湾ひまわり学生運動の契機となった中国と台湾のサービス貿易協定により、それまでタブーだった純粋台湾映画の大陸での公開が解禁となり、その先陣を切ったのがこの2作品だったのです。

私も2013年の日本公開に先がけて、DVDを入手して観ましたが、4時間半という長尺の4分の3近くを占める生々しい戦闘シーンには目をつぶってしまうことも多く、同じ部族同士のせいか、服装もよく似ていて登場人物の見わけがつかず、当惑しました。そのため、当初、翻訳の話をいただいた時は正直迷いがありました。ですが「とりあえず読ませてください」と原作本をいただいて、一読すると、蜂起《ほうき》に至ったセデック族たちの心情が映像よりも仔細《しさい》に描かれているのに胸をつかれ、翻訳を引き受けた次第です。

グローバル時代と喧《かまびす》しい日本ですが、昨今の嫌中・嫌韓に流れる国民感情を見ていると、異文化の理解や相手の立場に立って考えるという点で、80年以上も前の霧社事件から日本人はあまり進歩していないように思われ、歴史の教訓を少しも学んでいないのではないかと感じます。ただ、映画でも安藤政信さん演じる小島巡査が原住民と心を開いて交流する様子が描かれたように、原作においても何人かの日本人警官は原住民の言葉を身につけ、彼らを理解しようとする姿が描かれています。高圧的に原住民に接する部下に反感を持ち、危機感を募らせる新任の上役も登場します。個々のレベルではそうした交流があったのに、なぜこれほどの悲劇に至ってしまったのか、というのも深く考えさせられるところです。そういう意味でも、映画公開から少し時間は経っていますが、今、この原作の日本語版を出す意味はおおいにあるはずです。

また、原作には映画と大きく違う点がひとつあるので特記しておくと、小説では後半部分に登場する〝腐乱性爆弾〟、つまり毒ガス爆弾を日本軍が空中から投棄したとはっきり書いています。当時の国際法に違反する毒ガス兵器を、日本軍が使ったかどうかについては諸説あります。一方で、日本軍が使用したのは同じく国際法で禁じられていた催涙ガスだった、と主張する人も存在します（実際、日台双方でも人によって主張が違う）。真相が定かでないとして、映画でははっきりと描かなかったのかもしれません。この点での原作との異同は非常に興味深いところです。

平成27年　春　　水野衛子

編集付記

本書は、2011年に台湾で記録的大ヒットをし、日本でも話題となった映画『セデック・バレ』と並行するかたちで制作された、小説作品『賽德克　巴萊』（2011年）の全訳です。

映画の監督・脚本を担当した魏徳聖（ウェイ・ダーション）氏と、台湾では作詞家としても人気の嚴云農（イェン・ユンノン）氏による共著になります。

テーマは日本統治時代（1895～1945年）の台湾下で起こった歴史的事件（通称：霧社事件）を題材としています。

霧社事件とは、1930年（昭和5年）に発生した台湾原住民による最大規模の抗日暴動事件です。当時の日本軍上層部は、文字文化も持たず、首刈りを行うような台湾原住民の文化・習俗・信仰を野蛮と見なし、それらを大義として台湾統治政策を進めていました。やがて、差別や強制労働などの圧政に不満を募らせた原住民たちは暴動を起こします。こうして生まれた未曾有の大事件は、互いに多数の死傷者をもたらし、にわかには信じ難いほどの悲しい結果となりました。しかし、現在の日本においては、事件の概要はおろか〝霧社事件〟という言葉すら知られていないのが実情です。

著者のひとりであり、日本統治下の台湾を舞台に多くの映画を製作・監督しているウェイ氏はこう語っています。「いつも戦争は勝者が正義で、敗者は悪になりがちです。しかしながら敗者にも歴史や文化はあるのです。映画『セデック・バレ』はどちらが正しいかなんて語っていません。ただ、この映画をとおして、台湾に原住民という部族がいるという事実を知ってもらいたいだけなのです」

本書では、今こそ異文化への理解が、いかに大切であるか、ということを映画同様に書かれていると思います。「もし、あの時、日本軍が異文化に対し理解を示していたなら、歴史はどう変わっていたのだろう」とそんなことを、私共はこの仕事をとおして考えさせられました。

余談ですが、台湾版原書の著者イェン氏はウェイ氏の友人でもあります。その二人の熱き共同作業の上、出来上がった原書に込められた想いは、翻訳家である水野衛子氏にも見事に引き継がれ、この日本語版は完成しました。編集部として、この仕事に関わり発刊できることを光栄に思います。

本文表記には、今日では不適切と思われる言葉が含まれていますが、著者自身には差別的な意図はなく、当時の歴史的事実を描くために必要な表現であると考え、そのまま翻訳しています。読者の皆さまには、その点をご留意してお読み下さいますようお願いいたします。

※台湾では「先住民族」と漢字で書くと「すでに滅んでしまった民族」という意味が生じるため「原住民（族）」と表記しています。本書中でもそれに準拠して表記しています。一説によると台湾原住民とは、7世紀頃に中国本土の福建人が移民して来る以前から居住する、漢民族とはルーツの異なる台湾先住民のこととされています。現在の原住民数は、台湾の総人口約2300万人に対し、約2.1%にあたる49万人程とされ、16民族（台湾政府認定）から構成されていると言われています。

セデック・バレ

2015年5月27日　初版発行

原案・原文　魏徳聖（ウェイ・ダーション）
著　　者　嚴云農（イェン・ユンノン）
　　訳　水野衛子

発 行 者　工藤和志
発 行 所　株式会社出版ワークス
〒651-0084
兵庫県神戸市中央区磯辺通3-1-2　NLC三宮604
TEL.078-200-4106　FAX.078-200-4134
http://www.spn-works.com/
発　　売　株式会社河出書房新社
〒151-0051
東京都渋谷区千駄ヶ谷2-32-2
TEL.03-3404-1201（営業部）
http://www.kawade.co.jp/
印 刷 所　株式会社光陽社

ISBN 978-4-309-92054-2　C0097